高等学校电子信息类教材

数据通信原理与技术

（第 2 版）

Principle and Technology of Data Communication
Second Edition

达新宇　周义建　林家薇　朱海峰　编著

电子工业出版社

Publishing House of Electronics Industry

北京·BEIJING

内 容 简 介

本书系统地介绍了数据通信的基本原理、基本技术及其设备和网络的知识。具体内容包括：数据通信的基本概念、传输方式、主要指标和发展趋势，数据传输信道，数据通信的数据编码、数据压缩、差错控制、多路复用和数据复接等技术，数据基带和频带传输，数据交换，数据通信协议，数据信号的同步，数据通信设备，以及数据通信网介绍。

本书可作为高等院校通信、计算机及电子信息类专业数据通信课程的教材，也可作为相关工程技术人员的参考书。

本书配有教学课件，任课教师可从华信教育资源网（www.hxedu.com.cn）免费注册后下载。

图书在版编目(CIP)数据

数据通信原理与技术/达新宇等编著. —2 版. —北京：电子工业出版社，2010.3

高等学校电子信息类教材

ISBN 978-7-121-10332-2

I. 数… Ⅱ. 达… Ⅲ. 数据通信—高等学校—教材 Ⅳ. TN919

中国版本图书馆 CIP 数据核字(2010)第 022694 号

责任编辑：张来盛（zhangls@phei.com.cn）

印　　刷：北京市李史山胶印厂

装　　订：

出版发行：电子工业出版社

　　　　　北京市海淀区万寿路 173 信箱　邮编　100036

开　　本：787×1 092　1/16　印张：14.5　字数：370 千字

印　　次：2010 年 3 月第 1 次印刷

印　　数：4 000 册　定价：25.00 元

第 2 版前言

本书第 1 版自 2003 年出版发行以来,先后 8 次印刷,在十多所高校使用,受到广大读者的厚爱,使我们倍感欣慰。几年来,通过与使用本教材的老师们交流,获得了许多有益的建议;另外,数据通信技术的发展迅速,出现了不少新系统、新设备与新技术。这是我们再版的动因。

考虑到教材内容的系统性以及院校使用需求的连贯性,本书第 2 版在选材上仍然注重数据通信理论的系统性、实用性与现代数据技术先进性的有机结合。第 2 版保持了第 1 版的风貌与格式,内容上尽量避免进行大幅度的变动。与第 1 版相比,改动较大的地方如下:

(1) 在 5.3 节中,增加了数据链路层点对点协议(PPP)的内容;

(2) 删掉了原来 5.6 节有关 X.75/X.32/X.121 的内容,增加了目前应用广泛的网络层协议;

(3) 在 7.2 节中增加了关于 ADSL 调制解调器的内容。

另外,对个别章节的内容和名词术语进行了订正和完善,并对原来各章中的个别错漏之处进行了更正。

本书第 2 版的编写工作主要由达新宇、周义建、林家薇和朱海峰完成,参加部分编写工作的还有:谢丽静、翁木云、谢铁城、伍文、王艳岭、曾武、申勇和欧阳向京等。最后达新宇对全书进行了统稿。

由于编著者水平有限,书中错误在所难免,敬请广大读者不吝赐教。

E-mail:daxinyu@2008.sina.com;daxinyu@vip.sina.com

编著者

2010 年 1 月

第 1 版前言

　　数据通信是通信技术与计算机网络技术的交叉融合，它伴随着信息产业的蓬勃发展，促进世界进入信息时代，已成为当今网络信息技术发展的重要技术基础。因此，数据通信的基本知识和技术，已不仅仅局限在相关专业技术人员中，而越来越多地成为广大科技人员和技术管理人员学习和掌握的必备知识。本书主要面向计算机和电子信息类专业的学生、广大工程技术人员及技术管理干部，系统介绍了数据通信的基本原理、基本技术及其设备和网络的知识。

　　全书共分 8 章。第 1 章概论，主要介绍数据通信、数据通信网及计算机网的基本概念，数据通信的传输方式、主要指标、发展趋势及数据通信研究的内容等；第 2 章数据通信技术基础，主要介绍数据通信的传输信道特性、数据编码技术、数据压缩技术、差错控制技术、多路复用技术和数字复接技术等；第 3 章数据信号的传输，涉及数据信号的基带特性、基带传输以及频带传输的基本方法、系统组成、工作原理、主要技术、系统分析和性能等；第 4 章数据交换，主要介绍电路交换、报文交换、分组交换、帧中继和 ATM 交换技术的技术原理和特点；第 5 章数据通信协议，在介绍通信协议的概念和分层结构的基础上，重点介绍物理层协议、数据链路传输控制规程、CCITT X.25 建议、PAD 相关协议、X.75/X.32/X.121 建议；第 6 章数据信号的同步，简单地介绍同步的概念、作用，位(码元)同步、群(帧)同步及网同步的实现方法及性能指标；第 7 章数据通信设备，主要从功能、分类、技术特点等方面介绍各种终端设备、调制解调器、多路复用器、集中器、协议转换器、网络适配器、前端处理器以及中继器、路由器、网桥、网关等网络设备；第 8 章数据通信网介绍，结合具体网络和设备介绍了分组交换网、数字数据网(DDN)和帧中继网(FRN)的组成、技术特点等。在每章后均有内容小结与思考练习题。为了便于阅读，在书后附加了数据通信常用技术标准和缩略语英汉对照表。

　　全书在选材上注重数据通信原理与技术内容的系统性、实用性、先进性及未来发展；编写上力求简明扼要、深入浅出；注重内容提炼，避免抽象的理论表述与复杂的公式推导；强调基本概念、基本技术的准确易懂，具体网络和设备的实用性。

　　本书第 1,2,3,7 章由达新宇编写，第 4,5,6,8 章由林家薇编写，张德纯编写了第 7,8 章部分内容，全书由达新宇统稿。

　　由于数据通信技术(特别是网络技术)发展非常迅猛，加上编著者水平有限，本书错误在所难免，敬请广大读者不吝赐教。

E-mail:da_xinyu@163.net

编著者

2003 年 1 月

目 录

第1章 概　论

随着计算机的广泛应用,特别是 Internet 的出现,人们对信息的需求和依赖性越来越大,促使着数据通信的快速发展。

本章简要介绍有关数据通信的一些基本概念,包括数据通信的传输方式、主要技术指标、发展趋势以及数据通信网、计算机网的基本知识。

1.1　数据通信的概念

人们普遍认为,我们所处的时代是一个信息与网络的时代,我国目前已有的七大互联网络:中国科学技术网(CASNet)、中国教育与科研网(CERnet)、中国公用经济信息通信网即金桥网(CHINAGBN)、中国公用计算机互联网(Chinanet)(即 163 网)、中国联通网(UNInet)、中国网通互联网(CNCnet)以及与其他网络物理隔离而服务于军队的军网。七大网络的形成,为我国数据通信的应用和发展提供了强大而多样的网络平台;反过来,数据通信也为这些网络提供了可靠而坚实的技术基础。因此,数据通信已进入了一个崭新的高速发展时期。数据通信的知识与技术已越来越普遍地受到人们的关注与重视。

1.1.1　消息、信息、数据和信号

在通信中,消息、信息、数据、信号等是经常使用的名词,在某些场合,它们也相互替换,混合使用。

1. 消息(Message)

所谓消息,是指通信过程中传输的具体原始对象,例如,电话中语音,电视中的图像画面,电报中的电文,雷达中目标的距离、高度和方位,遥测系统中测量的数据等。很显然,这些语音、图像、电文、参量、数据、符号等消息在物理特征上极不相同,各种具体消息的组成亦不可能相同。

消息通常可以分成两大类:一类是离散消息,另一类是连续消息,它们的共同特点是都具有随机性,并且都可以进行度量。

离散消息和连续消息的统计特性归纳如下:

离散消息 { 组成离散消息的不同符号的个数是有限的
消息中各符号出现的概率可能不同,也可能相同
相邻符号的出现具有统计关联性 }

连续消息 { 是一个随机过程
在某一状态出现的概率无意义
具有统计关联性 }

2. 信息(Information)

信息在意义上与消息相似,但它的含义却更抽象。通信中通常把有用的消息认为是信息,

消息可以包含信息，但消息不完全等于信息。信息在本质上看是事物的不确性的一种描述。例如，"今天中午我们去吃饭"这句话是消息，对消息的接收者来说，是经常发生的情况，可能没有什么信息；但如果是"今天中午我们吃满汉全席"，这一消息平常不可能出现，或出现的可能性很小，它可能就包含着较多的信息。可见，消息的有用程度与信息的多少有关系。消息出现的概率愈小，则消息中包含的信息就愈多。

信息可以进行度量，消息中信息的多少可直观地用信息量来衡量。根据香农（Shannon）的理论，对于离散消息，信息量 I 可表述为

$$I = -\log_a P \tag{1-1}$$

式中，P 是离散消息发生的概率；对数的底数 a 决定着信息量 I 的单位：

$$a = \begin{cases} 2, & \text{信息量的单位为比特（bit）} \\ 10, & \text{信息量的单位为哈特莱（Hartley）} \\ e, & \text{信息量的单位为奈特（nat）} \end{cases}$$

在数据通信中，常以二进制（1 和 0）方式进行传输，因此，二进制的每个符号等概时所包含的信息量为

$$I = -\log_2(1/2) = 1 \quad \text{（bit）}$$

对于 M 进制、每个符号等概出现的消息，单一符号的信息量可表示成

$$I = \log_2 M \quad \text{（bit）} \tag{1-2}$$

对于更一般的情况，设消息是由一串（m 个）符号构成的，若各符号的出现相互独立，则第 i 个符号的信息量为 $-\log_2 P_i$，$i = 1, 2, \cdots, m$。由于信息量具有相加性，则这个消息的信息量为

$$I = -\sum_{i=1}^{m} n_i \log_2 P_i \tag{1-3}$$

式中，n_i 为第 i 个符号出现的次数，P_i 为第 i 个符号出现的概率，m 为消息中符号的总数。

当组成消息的符号数目 N 很大很大时，第 i 个符号出现的次数 $n_i = N \cdot \dfrac{n_i}{N} = N \cdot P_i$，则它具有的信息量是 $-NP_i \log_2 P_i$ bit，这个消息所具有的信息量是所有符号信息量的和，即

$$I = -\sum_{i=1}^{m} NP_i \log_2 P_i = -N \cdot \sum_{i=1}^{m} P_i \log_2 P_i \tag{1-4}$$

而其中一个符号的信息量（称为平均信息量 H）为

$$H = \frac{1}{N} I = -\sum_{i=1}^{m} P_i \log_2 P_i \quad \text{（bit/ 符号）} \tag{1-5}$$

平均信息量有时也称为熵（Entropy），这是因为 H 的计算公式与热力学和统计力学中关于系统熵的公式相似的缘故。

可以证明，当消息中每个符号等概出现（$P_1 = P_2 = \cdots = P_m = P = 1/m$）时，$H$ 具有最大值：

$$H = -\sum_{i=1}^{m} \frac{1}{m} \log_2 \frac{1}{m} = \log_2 m \quad \text{（bit/ 符号）} \tag{1-6}$$

在这种情况下平均信息量等于每一个符号的信息量 I，此时式（1-6）与式（1-2）一致。值得说明的是，H 的单位是比特/符号（bit/符号），而 I 的单位是比特（bit）。

如果已知一个消息的符号个数 N 和符号的平均信息量，则消息的总信息量为

$$I = N \cdot H \tag{1-7}$$

例 1-1 已知一消息源由 A、B、C、D 四个符号组成，它们出现的概率分别为 $\dfrac{1}{4}$、$\dfrac{1}{4}$、$\dfrac{3}{8}$ 和

$\frac{1}{8}$，且每个符号相互独立。消息源每秒输出 2 400 个符号。试求 A、B、C、D 单个符号的信息量和消息源在 1 min 内的信息量。

解：各个符号的信息量 I 可用式（1-1）求得：

$$I_A = I_B = -\log_2(1/4) = 2 \ (\text{bit})$$
$$I_C = -\log_2(3/8) = 1.415 \ (\text{bit})$$
$$I_D = -\log_2(1/8) = 3 \ (\text{bit})$$

每个符号的平均信息量 H 可通过式（1-5）求得：

$$H = -\sum_{i=1}^{4} P_i \log_2 P_i$$
$$= \frac{1}{4}\log_2 4 + \frac{1}{4}\log_2 4 + \frac{3}{8}\log_2(8/3) + \frac{1}{8}\log_2 8$$
$$= 1.905\,625 \quad (\text{bit}/\text{符号})$$

消息源每秒输出 2 400 个符号，则在 1 min 内共输出 $60 \times 2\,400$ 个符号，则 1 min 内的信息量

$$I_\Sigma = N \cdot H = 60 \times 2\,400 \times 1.905\,625 = 274\,410 \quad (\text{bit})$$

通过例 1-1 可以看出，离散消息符号出现的概率愈小，则信息量愈大，可见消息的信息量与符号发生的概率值成减函数关系。另外，消息总的信息量与符号的多少成正比关系。

对于连续消息信息量的计算，可用下式计算：

$$H(x) = -\int_{-\infty}^{\infty} P(x)\ln P(x)\ \mathrm{d}x \tag{1-8}$$

式中 $P(x)$ 为连续消息的概率密度函数，$H(x)$ 的单位为奈特。在数据通信中，由于数据是离散消息，故对连续消息信息量的计算不予详述。

3. 数据（Data）

"数据"一词是人们日常工作和生活中使用频率很高的词，例如各种实验数据、测量数据、统计数据、计算机数据等。尽管人们经常遇见各种各样的数据，处理和运用数据，但数据很难严格地定义。一般可这样认为：数据是用来描述任何物体、概念、情况，且预先具有特定含义的数字、字母和符号。

在数据通信中，通常认为数据是指具有数字形式的数据，即由二进制或多进制数组成的数字序列（串）。从消息的概念来看，数据就是携带有用信息的离散消息。

4. 信号（Signal）

信号是数据的表现形式，是消息的承载者。在通信中所使用的信号，指的是电信号或光信号，即随时间变化的电压、电流或光强。信号是通信系统中传输的主体，它存在于系统的每个环节中，因此，了解信号的特性及分析方法是非常有用的。信号分类和信号特性分别简要归纳如下：

信号分类 {
连续信号与离散信号（模拟信号与数字信号）
确知信号与随机信号
周期信号与非周期信号
能量信号与功率信号
}

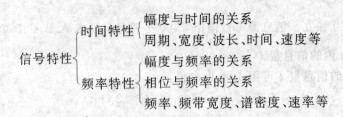

$$\text{信号特性} \begin{cases} \text{时间特性} \begin{cases} \text{幅度与时间的关系} \\ \text{周期、宽度、波长、时间、速度等} \end{cases} \\ \text{频率特性} \begin{cases} \text{幅度与频率的关系} \\ \text{相位与频率的关系} \\ \text{频率、频带宽度、谱密度、速率等} \end{cases} \end{cases}$$

1.1.2　模拟通信、数字通信和数据通信

通信的目的是为了进行消息的传递和交换。通常把从一个地方向另一个地方进行消息的有效传递和交换称为通信（Communication）。通信的分类形式多种多样，因此会出现许多概念。例如，按通信信道具体形式的不同，可分为有线通信和无线通信；按使用的频段可分为长波通信、中波通信、短波通信、微波通信、光通信等；按具体业务和内容可分为语音通信、图像通信、数据通信、多媒体通信等；按信道中传输信号形式的不同，可分为模拟通信和数字通信。图1-1是一个点对点通信的模型。由图可以看出，通信系统由三部分组成：发送端（简称发端）、接收端（简称收端）和介于两者之间的信道。

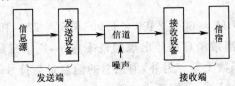

图 1-1　通信系统的模型

在图1-1中，信息源（简称信源）出来的信号叫基带信号。所谓基带信号，是指没有经过调制（频谱搬移）的原始电信号，其特点是信号的频率较低。基带信号有模拟基带信号（如电话系统中电话单机输出的信号）和数字基带信号（如计算机通信中计算机输出的信号）之分。信源出来的信号一般不能直接在信道上传输，需要由发送设备对信号进行某种变换（如调制），以适应信道的特性。在接收端，接收设备的作用正好与发送设备相反，把通过信道传过来的信号还原成基带信号。

知道了通信系统的组成，下面来说明什么是模拟通信、数字通信和数据通信，以及它们之间的区别。

通过通信系统中信源输出信号的类别和广义信道①上信号的形式，就可非常清楚地界定模拟通信、数字通信和数据通信。当信源和信道上的信号都是模拟信号时，称为模拟通信；信源是模拟信号，而信道上是数字信号时，称为数字通信，显然，数字通信在发端有一个把模拟信号变换成数字信号的转换器（A/D），收端则有相反的 D/A 转换器；只要信源是数字信号（数据信号），则不管广义信道上信号的形式如何，都称为数据通信。为了方便理解，归纳成表1-1。

可以看出，数据通信强调的是信源信号的形式。随着计算机的广泛应用，现代意义上的数据通信已与计算机密不可分。数据通信是人与计算机，或计算机与计算机之间的信息交换和传递的过程。现代数据通信并不是一般简单的点对点的关系，而涉及到比较复杂的网络结构、路由选择、通信协议等内容。因此，可对数据通信作如下定义：依照通信协议，利用数据传输和

---

①　广义信道是指不仅包括传输介质，同时也把收、发端的部分设备（功能单元）包括在内的信号通路。例如，调制信道是指从发端调制器后到收端解调器前的那部分信号通路。

交换技术,在两个功能单元之间完成数据信息的有效传递和交换。实际上,现代数据通信是计算机与数字通信相结合的一种新型通信方式和业务。

表 1-1　模拟通信、数字通信、数据通信的区分

信源信号形式	广义信道上信号形式	通信类型
模似信号	模拟信号	模拟通信
模拟信号	数字信号	数字通信
数字信号/数据信号	数字信号	数据通信
数字信号/数据信号	模拟信号	数据通信

1.1.3　数据通信的特点

数据通信与传统的电话等通信手段相比,具有如下特点:

(1)传统电话通信是人—人之间的通信,而数据通信是机(计算机)—机之间、人—机之间的通信。机—机间通信需要按事先约定好的规程或协议来完成,而电话通信则没有那么复杂。

(2)电话通信的信源与信宿都是模拟的电压信号,其传输是利用现有的公用电话交换网(PSTN)。而数据通信的数据终端设备发出的数据都是离散信号(数字信号),传输时,既可以利用现有的 PSTN,又可以利用数据网络来完成。

(3)数据通信具有差错控制能力。根据不同的可靠性要求,对数字信号可以进行差错控制编码,以达到满意的误码要求。另外,可以在数据通信的中间转换环节对信号进行抽样、判决,以消除噪声积累,而传统电话则不能。

(4)数据通信具有灵活的接口能力,以适应各种各样的计算机与数据终端设备。

(5)数据通信每次呼叫平均时间短,要求接续和传输响应时间快。

(6)数据通信抗干扰能力强,因为数据信号比模拟信号的抗干扰能力要强。

(7)数据通信容易加密,且加密技术、加密手段优于传统通信方式。

1.1.4　数据通信系统的组成

数据通信系统是通过数据电路将分布在远端的数据终端设备与中央计算机系统连接起来,实现数据的传输、交换、存储和处理功能的系统。因此可以认为,数据通信系统是由数据终端设备、数据电路、中央计算机系统三大部分组成的,如图 1-2 所示(图中未画出中央计算机)。

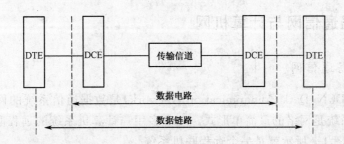

图 1-2　数据通信系统的基本组成

1. 数据终端设备(DTE)

数据终端设备(DTE,Data Terminal Equipment)通常由数据输入设备(信息源)、数据输出设备(信宿)和传输控制器组成。数据输入/输出设备是操作人员与终端之间的界面,其中输入设备有键盘、鼠标、扫描仪、传真机等;输出设备有显示器、打印机、绘图机、磁带或磁盘存储器、传真机以及各种记录仪器等;传输控制器主要执行通信网络中的通信控制,包括对数据进行差错控制、实施通信协议等。

需要说明的是,不是每一个 DTE 都包含有数据输入设备、数据输出设备和传输控制器。例如,接收数据的打印机就是一个简单的 DTE。

通常情况下,DTE 就是一台计算机,传输控制器相当于计算机内相应的控制软/硬件。

2. 数据电路

数据电路包括传输信道和数据电路终接设备(DCE,Data Circuit Terminating Equipment),它位于 DTE 和 DTE 之间,或 DTE 与中央计算机系统之间,为数据通信提供传输信道。

DCE 是 DTE 与传输信道之间的接口设备,其主要功能是完成信号变换,以适应具体的传输信道要求。如果传输信道是模拟信道(调制信道),则 DCE 就是调制解调器(Modem),目前普通家庭用户通过电话线上网,就是这种类型;如果传输信道是数字信道,则 DCE 就是一个数字接口适配器,其作用是对数据信号进行码型变换、电平变换、抽样、定时、信号再生等,以便能可靠、有效地传输数据信号。

3. 中央计算机系统(CCS)

中央计算机系统(CCS,Central Computer System)通过通信线路可连接多个 DTE,实现主机资源共享。CCS 的主要功能是处理和管理 DTE 来的数据信息,并将结果向相应的 DTE 输出。

在图 1-2 中未画出 CCS,如果考察正在通信的一个 DTE 和 CCS,这时 CCS 就等同于一个 DTE。

4. 数据链路(DL)

数据链路(DL,Data Link)是一个广义信道,它是指包括数据电路及其两端 DTE 中的传输控制器在内的信号通路。一般来说,在数据通信中,只有首先建立起数据链路后,才能真正完成数据传输。

1.2　数据通信网与计算机网

1.2.1　数据通信网

数据通信网(DCN,Data Communication Network)是数据通信系统的网络形态。图 1-2 所示的数据通信系统是网络的最简单形式。一个多用户计算机系统的远程联机数据通信,就构成网络的形态,图 1-3 所示就是一个远程联机系统。

随着时间的推移,数据通信网的概念也进一步扩展,它常常是广域计算机通信网或计算机网络的基础通信设施的代名词。例如,以太网、公用数据网、ISDN、ATM 网等,都可以称为数据通信网。从网络角度看,数据通信网的主要作用是为各种信息网络提供"通信子网"资源。

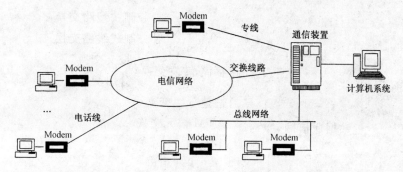

图 1-3　远程联机系统

因此,数据通信网与"通信子网"在功能概念上是等价的,如图 1-4 所示。

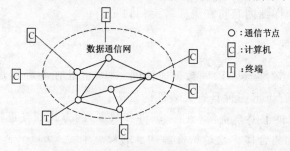

图 1-4　数据通信网

从硬件组成上看,数据通信网由完成数据传输、处理、交换功能的节点和链路两部分组成·从网络结构上看,数据通信网由硬件部分和软件部分组成。

数据通信网的拓扑结构形式有五种,即总线、星状、树状、环状及网状,分别如图 1-5(a)、(b)、(c)、(d)、(e)所示。

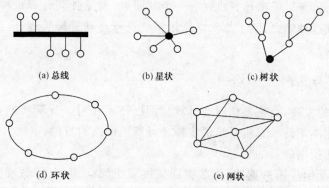

图 1-5　数据通信网的拓扑结构

从传输技术角度考虑,数据通信网可分为交换网和广播网,简单归纳如下:

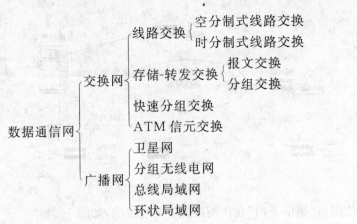

交换网及其技术的详细内容将在第 4 章专门讨论。

1.2.2 计算机网

计算机网（Computer Network）同数据通信网一样，也处在不断发展之中，很难有一个权威而确切的定义，大致有以下三种具有代表性的说法：

（1）计算机网是以能够共享资源（硬件、软件和数据）的方式相互连接起来，各自又具有独立功能的计算机系统的集合体。这是从资源共享的观点来定义的。

（2）计算机网中存在一个能为用户自动管理资源的网络操作系统，由它来调度用户在完成其任务时所需要的资源。整个网络如同一台大型计算机系统，其拥有的一切资源对用户都是透明的。这是从对用户透明的角度来定义的。

（3）计算机网是计算机技术与通信技术相结合，使多个计算机系统互连起来，实现远程处理或进一步达到资源共享的系统。这是从广义的角度来定义的。

从以上不同定义，可以看出计算机网有一个共同点，就是强调计算机网必须具备"资源共享"的能力。要实现这种能力，除了靠网络操作系统进行自动资源管理外，更要靠计算机网的开放互连环境的支持。

1.2.3 联系与区别

随着信息技术的发展，数据通信网与计算机网已密不可分。计算机网中必须有数据传输网络，而数据通信网离不开计算机系统的支撑。计算机网络的目的，本质上看是进行数据的传送，这也正是数据通信网的目的。

计算机网属于面向应用的网络，而数据通信网属于面向通信（传输）的网络。例如，以太网、公共数据网、ISDN、ATM 网及帧中继网等，都是面向通信的网络，它们为面向应用的网络提供通信资源的基础设施，计算机网络正是建立在这些网基础之上的应用型网络。

1.3 数据传输方式

在数据通信中，数据在信道上按一定的方式（模式）传送。通常，按数据代码传输的顺序可以分为并行传输和串行传输；按数据传输的同步形式，可分为同步传输和异步传输；按数据传输的流向和时间关系，可分为单工、半双工和全双工数据传输。下面分别加以介绍。

1.3.1 串行传输与并行传输

1. 串行传输(Serial Transmission)

串行传输指的是组成字符的数字串(二进制代码)排成一行,一个接一个地在一条信道上进行数据传送,如图 1-6(a)所示。

串行传输是比较简单的一种传输方式,它容易实现,且成本低,在长距离连接中也比较可靠;缺点是为解决收、发双方码组或字符的同步,需要外加同步措施,同时单位时间内每次只传送 1 个比特位,所以速度慢。

2. 并行传输(Parallel Transmission)

并行传输是将数据以成组的方式在两条以上的并列信道上同时传输,如图 1-6(b)所示。通常是将构成一个字符的几位二进制码同时送到几个并列的信道上传输,另外加一条控制线传送控制信号,以指示各条信道上已出现某一字符的信息,通知接收器对各条信道上的电压进行采样。

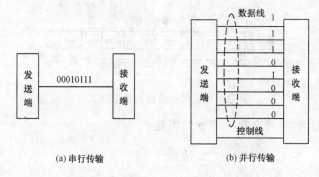

(a) 串行传输 (b) 并行传输

图 1-6 串行与并行传输方式

并行传输主要优点是速度快,单位时间内可传送多个比特信息,不需要外加措施来进行收、发同步;缺点是要求有多条信道,成本高,不适合远距离传输。

串行传输是远距离数据传输常采用的一种方式,并行传输仅在短距离之间使用,如计算机与打印机之间的数据传输。

1.3.2 异步传输与同步传输

上面讲过,并行传输是通过在收、发两端之间多加一根控制线来完成数据同步的。那么在串行传输中是靠什么方式来实现收、发间的数据同步呢?下面进行简要介绍。

1. 异步传输(Asynchronous Transmission)

异步传输方式是指收、发两端各自有相互独立的位(码元)定时时钟,数据率是收发双方约定的,收端利用数据本身来进行同步的传输方式。这种方式是一种起止式同步法,具体是在每个字符的二进制码(8 bit)的前后分别加上起始位和结束位,以表示一个字符的开始和结束。通常起始位为"0",即一个码元宽度的零电平做起始位;结束位为一个高电平,宽度可以是 1、1.5 或 2 个码元的宽度。图 1-7 绘出了异步传输时的数据格式。在通信中常把 1 个码元宽度的倒数称为波特率。

异步传输的优点是实现简单,不需要收发之间的同步专线;缺点是传输速率不高,而且效

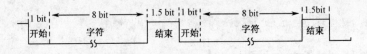

图 1-7　异步传输数据格式

率较低,效率通常为 $\frac{7}{11} \sim \frac{7}{10}$。

2. 同步传输(Synchronous Transmission)

同步传输是相对于异步传输而言的,指收发双方要采用统一的时钟节拍来完成数据的传送。接收端在收到的数据流中正确地区分一个一个的码元,都必须建立在准确的码元同步基础之上。在同步传输中,数据的发送一般以帧(群)为单位,一帧包含有许多个字符,在每帧的开始或结束都必须加上预先规定好的码元序列(特殊码组)作为标记。同步传输的数据格式如图 1-8 所示。

同步传输时,每个字符不需要单独加起始位和终止位,因此效率高,但实现起来比较复杂。

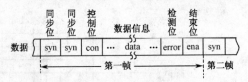

图 1-8　同步传输的数据格式

关于同步的详细内容,将在第 6 章专门讲述。

1.3.3　单工、半双工和全双工传输

在通信中,根据信号传送的方向和时间的不同,通信方式可以分为单工通信(电视、广播形式)、半双工通信(对讲机)、全双工通信(电话)三种方式。实际上,数据通信在传输时亦有这三种形式。

1. 单工传输方式(Simplex Mode)

单工传输是指数据从一个终端只能发出,另一个终端或多个终端只能接收的一种工作方式。例如,计算机到显示器之间,键盘、鼠标到计算机之间都是这种方式。严格地讲,单工传输信道是一个单向信道,不可逆,即从 A 只能传送到 B,而不能从 B 送到 A。但是,在数据通信中,个别情况下,也有逆向传送速率非常低的一些起控制作用的"数据"。这种情况不是下面讲的双工情况,因为其中真正的数据一直都是从 A 到 B 传送的,而从 B 没有向 A 传真正的数据,只是用于检测或控制的信号。

2. 半双工传输方式(Half-Duplex Mode)

半双工传输是指数据既可以从终端 A 发送到终端 B,也可以从终端 B 传向终端 A,但是不能同时进行。也就是说,要么 A 发 B 收,要么 B 发 A 收。非常清楚,半双工传输需要双向信道。例如,传真机利用电话线传送数据,就是半双工传输方式。

3. 全双工传输方式(Full-Duplex Mode)

全双工传输是指终端 A 与终端 B 之间同时可以进行数据的收发,其信道必须是双向信道。全双工传输可以采用四线或两线传输。四线制时收发间提供了两条物理信道,一发一收,

互不影响;二线制可以采用回波抵消技术,使两个方向的数据共享一个信道带宽。

单工、半双工和全双工传输方式分别如图 1-9(a)、(b)、(c)所示。这三种方式各有优缺点,单工方式只需单向信道;半双工虽然传输效率不如全双工方式,但它线路少,系统成本低,比较实用,常用在数据量不是很大的场合。

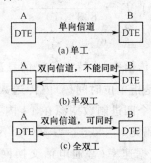

图 1-9　传输方式

1.4　数据通信系统的主要质量指标

在衡量、比较和评价数据通信系统的好坏、优劣时,必然要涉及到系统的技术性能指标问题,否则就无法衡量。技术性能指标通常是从整个系统的角度综合提出的。一般一个数据通信系统有如下技术指标。

(1) 有效性:指系统中传输数据的"速度"问题,也就是快慢问题;

(2) 可靠性:指传输数据的"质量"问题,即好坏问题;

(3) 适应性:指系统使用的环境条件和要求;

(4) 标准性:指系统中各接口、结构和协议等是否符合国际、国内标准;

(5) 维修性:指系统是否维修方便;

(6) 工艺性:指系统对各种工艺的要求;

(7) 经济性:指系统的价格成本。

从数据传输的角度看,有效性和可靠性是数据通信系统最主要的两方面指标。下面介绍数据通信系统的几个主要技术指标。

1.4.1　传输速率

传输速率是系统有效性指标,表征了单位时间内传送的数据信息的多少,速率越高,说明系统有效性越好。传输速率通常有以下三种具体形式。

1. 码元传输速率(R_B)

码元传输速率通常也叫码元速率、数码率、传码率、码率、波形速率或调制速率,一般用 R_B 表示。码元速率是指单位时间(s)内传送码元的数目,单位为波特(Baud,常用大写符号 B 来表示)。例如,某系统在 2 s 内共传送 4 800 个码元,则系统的码元速率为 2 400 B。

码元速率与数据信号的进制数没有关系,只与码元的宽度 T_b 有关,R_B 与 T_b 互为倒数关系,即

$$R_B = 1/T_b \tag{1-9}$$

当 T_b 的单位为秒（s）时，R_B 的单位为波特（B）。例如，一个数码序列的码元宽度 T_b 为 833×10^{-6} s，则码元速率为

$$R_B = 1/T_b = \frac{1}{833 \times 10^{-6} \, \text{s}} \approx 1\,200\,\text{B}$$

2. 数据信息速率（R_b）

数据信息速率也叫信息速率、传信率、比特率等。信息速率用符号 R_b 表示，单位为比特/秒（bit/s、b/s 或 bps）。信息速率是指单位时间（s）内传送数据的信息量。信息速率与当前传送数据的进制数有关系。例如，一个四进制数据源在 1 s 内共送出 600 个统计独立的码元，则该数据源的信息速率为 $R_b = 600$ 码元/s $\times \log_2 4 = 1\,200$ bit/s。

CCITT 建议的国际标准化数据速率（普通电话交换网中，同步方式发信）为 600，1 200，2 400，4 800 和 9 600 bit/s。

3. 数据传输速率

数据量除用比特、码元表示外，还可以用字符、码组、帧等表示，时间单位也可以是分（min）、小时（h）等，这样数据传输速率（单位时间内的数据量）可有多种形式和单位，如字符/min、码组/min 等。

4. 码率 R_B 与比特率 R_b 之间的关系

在二进制数字信号中，码元速率 R_B 与信息速率 R_b 在数值上是相等的，但单位不同。

在一般情况下，R_b 与 R_B 是不同的，信息速率总是大于或等于码元速率，它们的关系是：

$$\text{信息速率} = \text{码元速率} \times \text{码元携带的信息量}$$

对多进制（M 进制）数字信号，R_b 与 R_B 关系如下：

$$R_b = R_B \cdot \log_2 M \tag{1-10}$$

1.4.2 差错率

差错率是衡量数据通信系统可靠性的指标，表示在时间单位内系统传送数据时出现错误的概率。通常有以下几种表示差错率的方法。

（1）误码率（码元差错率）：

$$P_e = \frac{\text{传输中出错的码元总数}}{\text{传输码元的总数（正确 + 错误）}} \tag{1-11}$$

（2）误信率（误比特率）：

$$P_b = \frac{\text{出现错误的信息量（比特数）}}{\text{系统传输的总信息量（比特数）}} \tag{1-12}$$

（3）误组率：

$$P_g = \frac{\text{出错的码组数}}{\text{系统传输的总码组数}} \tag{1-13}$$

当采用专用电话线传输数据时，CCITT 对系统极限误码率的建议值是 5×10^{-5}（当信息速率为 1 200 bit/s、600 bit/s 和 200 bit/s 时）。

例 1-2 某数据系统码元传输速率为 1 200 波特，在半小时内共收到 54 bit 错误信息，则系统误信率为：

$$P_b = \frac{54}{1\,200 \times 30 \times 60} = 2.5 \times 10^{-5}$$

1.4.3 频带利用率

频带利用率是衡量数据通信系统有效性的一个指标,用来描述数据传输速率与系统传输带宽之间的关系。频带利用率表示单位频带内所能传输的信息速率(比特数),其表示式为

$$\eta_B = \frac{\text{系统传输速率}}{\text{系统频带宽度}} = \frac{R_B(R_b)}{B} \times 100\% \tag{1-14}$$

频带利用率的单位是波特/赫(B/Hz)或比特·秒$^{-1}$/赫(bit·s^{-1}/Hz)。

在二进制基带传输系统中,最高频带利用率为 $\eta_B = 2\,B/Hz$,这是一种理想情况。

在某些场合,也用功率利用率来反映系统性能。功率利用率是在额定的误码率条件限定下,系统所要求的最低归一化信噪比,即每比特的信号能量与噪声的单边功率谱密度之比。

1.4.4 可靠度

可靠度是衡量系统正常工作能力的一个指标。其定义式为

$$\text{可靠度} = \frac{\text{系统正常工作时间}}{\text{系统工作总时间}} \times 100\% \tag{1-15}$$

可靠度是一个比较综合的可靠性指标,它反映了系统的整体性能。影响可靠度的因素很多,如系统及各功能单元的可靠性(无故障工作时间)、信道的质量、维护水平、操作水平等,这些都与可靠度有直接关系。

1.5 数据通信的发展

1.5.1 通信的简单回顾

广义地讲,自从有了人类,也就有了通信。通信一直伴随着人类社会的生存和发展。在生活和劳动过程中,人与人之间始终进行着消息的相互传递,只不过是通信的距离近在咫尺而已。

在 2 500 年前的中国古代,诸侯列国之间战事频繁。人们通过峰火台来传递军情,当峰火台烟火升起时("1"信号),表示敌人入侵的消息;无烟时("0"信号),表示无敌情。这可能算是最早的数据通信形式。

真正的通信应从人们利用"电信号"传递信息时算起。电信始于 19 世纪 30 年代,以 1838 年 Samuel F. B. Morse(莫尔斯)试验成功有线电报为标志。在此以前,人们开始研究磁、电现象,这一阶段(几百年)为通信理论基础准备阶段。在 19 世纪 30 年代以后的一个世纪内,高斯与韦伯、库克与惠斯登、莫尔斯等先后制造出不同的电报机,麦克斯韦发表电磁场理论,赫兹进行的电磁辐射实验,洛奇表演无线通信,贝尔发明电话机,马可尼实现横贯大西洋间的无线通信,美国、英国首先开始进行无线电广播和播送电视节目,等等。这一阶段构成了通信初级实用阶段。1948 年香农提出了信息论,成为近代通信阶段的标志。其间电子计算机、人造卫星、通信网的形成与发展,构成了通信技术快速发展,通信种类繁多,形式多样的电信时代。从 20 世纪 80 年代以后,以光纤通信的广泛应用和综合业务数字网(ISDN)、Internet 的迅猛崛起为标志,人类进入了现代通信时代。

数据通信的发展大致也经历了 20 世纪 50 年代的萌芽时期,到现在的高速发展和广泛应用时期。实际上,"数据通信"一词是计算机出现后,在远程联机系统形成的时候才开始使用的。很自然,数据通信与计算机网络是密不可分的。

1.5.2 数据通信的发展趋势

数据通信的发展趋势主要有以下几个方面。

(1) 向高速化、宽带化方向发展。早期以太网(Ethernet)的数据传输速率只有10 Mbit/s,目前速度已达数百 Mbit/s 以至数千 Mbit/s;电话专线进行的数据传输,速率由初期几百 bit/s 到现在的几万 bit/s;公用分组交换网数据速率由 64 kbit/s,发展到帧中继的 2 Mbit/s,直到现在的 2.5 Gbit/s。可以看出,数据通信的传输速率越来越高,系统使用的频带也越来越宽。

(2) 向多媒体方向发展。过去的数据通信主要是以计算机输出的数据信号为传输对象的,随着信息处理的发展,越来越多的图形、图像、声音、影像等多媒体信息的传输已经成为传输的对象。这对数据通信提出了更高的要求,同时也为之提供了广阔的应用前景。

(3) 数据通信技术与移动通信技术、智能网技术的结合,有利于通信业务(智能业务)的拓展。数据通信扮演着越来越重要的角色。

(4) 数据通信技术在网络的硬件和软件之间要能够提供(实现)"无缝"连接。

(5) 数据通信应能为各种网络提供信号通道,实现多网合一、资源共享,使其成为真正的"信息高速公路"。

1.6　数据通信研究的主要内容

我们知道,数据通信是通信技术与计算机技术密切结合的产物,因此涉及到许多内容,简要归纳如下。

1. 数据传输

数据传输主要解决如何为数据提供一个可靠而有效的传输通路。数据传输有基带传输和频带传输之分。这些内容在第 3 章讲述。

2. 数据交换

在网络通信中,数据交换是完成数据传输的关键。交换描述了网络中各节点之间的信息交互方式。数据交换可分为电路交换、报文交换、分组交换等。这方面内容在第 4 章介绍。

3. 通信协议

通信协议是通信网络的"大脑",它与网络操作系统、网络管理软件共同控制和管理着数据网络的运行。此内容在第 5 章介绍。

4. 通信处理

通信处理涉及到数据的差错控制、码型转换、数据复接、流量控制等内容。这方面内容在第 2 章介绍。

5. 同步

同步问题是数据通信的一个重要方面,如何强调也不过分。数据通信的同步主要有码元同步、帧同步和网同步。第 6 章介绍同步的基本概念和基本原理。

在数据通信中,除上述内容外,还涉及网络的管理、网络安全等技术。

本章小结

数据通信是通信技术和计算机技术结合的产物。本章介绍了消息、信息、数据、信号以及模拟通信、数字通信、数据通信的基本概念。在此基础上,讨论了数据通信系统的组成以及数据通信网、计算机网的概念和组成。介绍了数据通信的传输速率、频带利用率、差错率、可靠度等主要技术指标,以及并行传输、串行传输、异步传输、同步传输、单工/半双工/全双工传输等传输方式。这些概念是研究数据通信的基础。

思考与练习

1-1 什么是数据通信？什么是数字通信？如何区分它们？

1-2 数据通信系统由哪几部分组成？画出其模型图。

1-3 举例说明数据的并行/串行传输、异步/同步传输、单工/半双工/全双工传输。

1-4 数据通信的有效性指标和可靠性指标,具体可以用什么来衡量？

1-5 某消息由 S_1, S_2, S_3, S_4, S_5, S_6, S_7 和 S_8 等 8 个符号组成,它们的出现相互独立,对应的概率分别是 1/128,1/128,1/64,1/32,1/16,1/8,1/4 和 1/2。

(1) 求每个单一符号的信息量；

(2) 求消息的平均信息量。

1-6 在 1200 bit/s 的电话线路上,经测试,在 2 h 内共有 54 bit 误码信息,问系统误码率是多少？

1-7 在串行传输中,数据波形的时间长度 $T = 833 \times 10^{-6}$ s。试求当采用二进制和十六进制时,数据信号的速率(码元速率)和信息速率各为多少？

1-8 什么是数据电路？什么是数据链路？

1-9 计算机网是如何定义的？

1-10 数据通信网的拓扑结构形式有哪几种？

第 2 章　数据通信技术基础

在数据通信中,要实现可靠而有效的数据传输,将涉及到许多内容和具体技术,如在数据终端设备中,如何对数据进行编码、压缩、差错控制,如何完成多路信号的复用与复接等。另外,数据传输的信道也是一个基本方面。下面分别进行介绍。

2.1　传输信道概述

信道(Channel)是组成通信系统的三大部分之一,它是通信中一个非常重要的概念,信道的特性直接影响着通信的质量。

通俗地讲,信道是指以传输介质为基础的信号通路。信道是由有线或无线电线路提供的信号通路,也可以是指定的一段频带,它让信号通过,同时又对信号加以限制和损害。信道的作用是传输信号。

为了更好地理解信道的概念,下面对信道进行分类和定义。

2.1.1　信道的类型

信道可以按照多种不同方式进行分类,因此,同一信道可能就会有多种不同的叫法。

1. 按范围分类

根据信道的范围大小不同,信道可以分为狭义信道和广义信道。狭义信道通常是指传输信号的具体媒介,如各种明线、电缆、光缆等。通常我们说的各种具体传输介质都属于狭义信道范畴。广义信道是指不仅包含具体的物理介质,而且还包含了终端(收、发两端)的部分设备(转换器)在内的那段信号通路。例如,调制信道、编码信道、数据链路、数据电路等,都属于广义信道。

2. 按传输的信号类型分类

通信中传输的信号形式通常有两大类,模拟信号和数字信号,因此信道被分成模拟信道(Analog Channel)和数字信道(Digital Channel)。

模拟信道传输的是在幅度和时间上都连续变化的模拟信号,如利用电话线通过调制解调器实现与 Internet 相连时,电话线就是一个模拟信道;普通广播(采用振幅调制/调频方式)的中波、短波信道也是模拟信道。

数字信道是指在信道上只能传输数字信号的信道。例如,数字电话信道、由计算机组成的局域网络、机—机之间的信道通常被认为是数字信道。

大部分的传输信道属模拟信道,利用模拟信道也可以构成数字信道,以实现数据信号传输,但通常需要采用调制和解调技术。

3. 按信道的使用方式分类

按照信道的使用方式可以分为专用信道与公用信道。专用信道指两点或多点之间的线路(信号通路)是固定不变的,通常是用户自己架设或专门租用的专用线路或固定路由的专用通路,如民航系统、电力系统自己组网,用于企业内部通信目的的信道。公用信道是指通过公用交换网络,为广大用户(任何用户)提供服务的信道,如公用电话网、数字数据网等。

4. 按传输媒质分类

根据具体传输媒质(介质)的不同,可以分为有线信道和无线信道。

有线信道是指能够看得见、摸得着的信号线路;无线信道是指以自由空间为传输媒介的信道,也就是看不见、摸不着的那类信道。

有线信道和无线信道常见的介质形式如下:

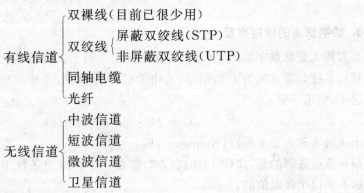

有线信道
- 双裸线(目前已很少用)
- 双绞线
  - 屏蔽双绞线(STP)
  - 非屏蔽双绞线(UTP)
- 同轴电缆
- 光纤

无线信道
- 中波信道
- 短波信道
- 微波信道
- 卫星信道

5. 根据传输序列出错的关系分类

在数字通信中,码元发生错误与前后码元有时是有关联的。根据这一关系,可以把数字信道分为记忆信道和无记忆信道。前者指每个码元发生错误是与其前后码元之间有一定的关系;而后者指当前码元的差错与其他码元无关系。

另外,有时候人们也把信道分为单工信道、半双工信道和全双工信道,这是按通信工作方式来分类的;也有人将信道分为硬信道(有线信道)和软信道(无线信道),以及固定信道和移动信道,变参信道和恒参信道等。这些通过名词都可以理解其定义。

需要说明的是,上面所列各种信道,其范围各不相同,也可相互包含。

2.1.2 信道容量

信道容量(Channel Capacity)是指通信系统的最大传输速率,也就是指信道极限传输能力。

1. 模拟信道的信道容量

模拟信道的信道容量可以通过香农(Shannon)定理来获得。香农定理指出:在加性高斯白噪声信道中,传输功率受限的信号,信道的极限传输速率(信道容量)C 为

$$C = B\log_2(1 + S/N) \quad \text{(bit/s)} \tag{2-1}$$

式中,B 为信道频带宽度,基本单位为 Hz;S/N 是平均信号噪声功率比(信噪比)。式(2-1)通常称为香农公式。

香农公式告诉我们,在给定 C、S/N 的条件下,高斯白噪声信道的极大传输能力为 C,而且此时能够做到无差错传输。反过来讲,如果信道的实际传输速率 $R>C$,则不可能实现无差错传输。

另外,香农公式也告诉我们,维持同样大小的信道容量 C,可以通过调整信道的 B 与 S/N 来达到,即信道容量可以通过系统带宽与信噪比的互换而保持不变。例如,如果 $S/N=7$,$B=$

$4\,kHz$，则$C=12\,kbit/s$；如果$S/N=15$，$B=3\,kHz$，同样可得$12\,kbit/s$。这就提示我们，为了达到某个实际的传输速率，在设计时可以利用香农公式的互换原理，来确定合适的系统带宽和信噪比。

需要指出的是，在一定S（信号功率）和确定的噪声功率谱密度n_0条件下，无限增大B，并不能使C值趋于无限大。这是因为噪声的功率$N=n_0B$，在C趋于无穷大时，N也趋于无穷大的缘故。因此，信道容量

$$\lim_{B\to\infty}C=\frac{S}{n_0}\log_2 e\approx 1.44\,S/n_0 \tag{2-2}$$

2. 数字信道的信道容量

在对称无记忆数字信道中（这里对称是指任一码元正确传输和错误传输的概率同其他码元一样），系统频带宽度为B的信道，采用L进制传输时，无噪声数字信道（理想信道）的最高传输速率（信道容量）为

$$C=2B\cdot\log_2 L \quad (bit/s) \tag{2-3}$$

上式通常称为奈奎斯特（Nyquist）准则。

最后值得强调的是，式(2-1)和式(2-3)都是一个在理想条件下的理论最大值。实际的系统是达不到这个极限值的。

2.1.3　有线传输介质

传输介质（或称媒质）是数据信号在异地之间传输的真实媒介，它是构成信道的主要部分。通常的狭义信道就是指传输介质。传输介质的特性直接影响通信的质量指标，如系统信道容量、数据传输速率、系统误码率、系统频带宽度等都与传输介质有密切关系。

传输介质的特性主要包括以下几点。

（1）物理特性：指介质的物理结构、形态尺寸、机械性能、物理性质等；

（2）传输特性：包括介质的衰减特性、频率特性、信号带宽、传输损耗等；

（3）干扰性：指介质在传输信号时，对外界干扰的抵抗能力以及介质内信号对外界的影响。

下面简要介绍几种在数据传输中常用的有线传输介质。

1. 双绞线（Twisted Pair）

双绞线是由两根外包绝缘层的铜线，以一定的绞距均匀对称地扭绞在一起而形成的。两根线相互绞绕在一起，可以减少相邻导线的电磁干扰。通常将一对或多对双绞线用较坚韧的外皮捆绑到一起就制成电缆。双绞线的外形构成如图2-1(a)所示。双绞线单根线的线号一般为22～26号。

双绞线用途非常广泛，既可用来传输模拟信号，也可传输数字信号，是最常见和最经济的一种传输介质。双绞线可用在电话网络中，也可用在各种局域网中，它是目前建筑物内通信线路布线的首选介质，完成交换机到计算机之间的传输任务。

双绞线可以分为两类：屏蔽双绞线（STP，Shielded Twisted Pair）和非屏蔽双绞线（UTP，Unshielded Twisted Pair）。屏蔽双绞线是指将一对或多对双绞线，首先用金属丝网环绕，随后在网层外面再覆盖一层绝缘保护材料。STP可以降低信号的相互干扰，消除外界干扰的能力强，同时也不容易干扰其他信号。双绞线产品型号按其具体技术特性有5个类别，即1类、2

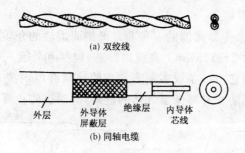

(a) 双绞线

外层　外导体屏蔽层　绝缘层　内导体芯线

(b) 同轴电缆

图 2-1　双绞线和同轴电缆构成

类、3 类、4 类及 5 类双绞线。从阻抗特性看,双绞线有 100 Ω、120 Ω 及 150 Ω 几种。

双绞线的技术指标主要包括衰减、串扰、阻抗特性等。双绞线的衰减随着使用频率的增高而增大。目前双绞线内导线越粗,其通信距离就越远,但成本也越高。双绞线的数据传输速率从几 kbit/s 到几百 Mbit/s。

表 2-1 列出了一些双绞线的特性标准和应用场合。

表 2-1　双绞线的标准和应用

类　别	名称代号	技术特性标准	典 型 应 用
1 类 UTP	UTP-1	EIA/TIA 类 1	数字电话线/模拟电话线
2 类 UTP	UTP-2	EIA/TIA 类 2	数字电话线/ISDN 和 T1 线路
3 类 UTP	100 Ω UTP-3	EIA/TIA 类 3 NEMA100-24-LL UL Level3	4 Mbit/s 环网 10 Mbit/s 以太网 ISDN 话音线路
4 类 UTP	100 Ω UTP-4	EIA/TIA 类 4 UL Level4 NEMA100-24-LL	16 Mbit/s 环网 10 Mbit/s 以太网
5 类 UTP	100 Ω UTP-5	EIA/TIA 类 5 UL Level5 NEMA100-24-XL	16 Mbit/s 以上为环网 10～100 Mbit/s 以太网
STP	150 Ω STP	EIA/TIA150 ΩSTP NEMA100-22-LL	16 Mbit/s 以上的环网 100 Mbit/s 以上的以太网 600 MHz 以上的全息图像

2. 同轴电缆(Coaxial Cable)

同轴电缆由内导体(铜质芯线)、绝缘层、外导体屏蔽层及塑料保护外套构成,如图 2-1(b)所示。同轴电缆的特有结构,使其具有较高的抗干扰能力和比较宽的传输频带。同轴电缆传输速率高,但价格较双绞线贵。

同轴电缆按其阻抗特性可以分为 50 Ω、75 Ω、93 Ω 等;按其直径可以分为粗同轴电缆和细同轴电缆。通常 50 Ω 电缆用于数字信号,应用于各种计算机网络。75 Ω 常用于传输电视等模拟信号。50 Ω 电缆也称基带同轴电缆,它能以 10 Mbit/s 速率把数字信号传送到几千米之外。75 Ω 电缆也称宽带同轴电缆,在传输 CATV 信号时,距离可达上百千米。

同轴电缆既可传输模拟信号,又可传输数字信号。同轴电缆目前普遍用在较长距离的电话传输、电报、有线电视系统中。

3. 光纤(Optical Fibre)

光纤(光导纤维)是用来传导光波的一种非常纤细而柔软的介质。光纤通常由透明的石英玻璃拉成细丝,其直径均为 $2\sim125\,\mu m$。光缆由纤芯、包层和外套三部分组成,如图 2-2 所示。纤芯是光纤最中心的部分,它由一条或多条非常细的玻璃纤维组成;纤芯外面是包层;最外层是外护套,外护套的作用是防止外部潮湿气体的进入,同时也防止纤芯受到挤压和磨损。

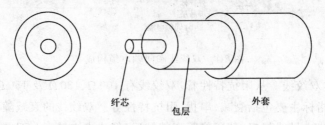

纤芯　　　　包层　　　　外套

图 2-2　光纤的构成

光纤主要具有以下优点:

(1) 传输频带宽、容量大。光波频率在 $10^{14}\sim10^{15}$ 之间,在几十千米距离内数据率可达 2 Gbit/s;而同轴电缆在 1 km 距离内,实际的数据率最大值为几百 Mbit/s,双绞线为几 Mbit/s。通常一个话路约占 4 kHz 频带,一个彩色电视节目占 6 MHz 频带;而在一根光缆上传输几十万路电话或几十路电视节目,已不是很困难的事了。

(2) 损耗低、中继距离长。光纤衰减比同轴电缆和双绞线衰减低很多。由于光纤损耗低,因此能实现很长的中继传输距离,减少再生中继器的数目,既提高了可靠性,又降低了成本。

(3) 抗电磁干扰能力强。光纤是绝缘材料,不受输电线、电气化铁路馈电线和高压设备等电器干扰源的影响,它还可以避免因雷电等自然因素产生的损害和危险。另外,光纤难以泄漏和搭窃监听,因此保密性极强。

(4) 尺寸小、重量轻。一根 18 芯的光缆横截面积为 $12\,mm^2$,1m 长光缆仅重 90 g;而 18 芯的标准同轴电缆横截面积为 $65\,mm^2$,1m 长电缆重达 11 kg。由于光纤质量轻、尺寸小,因此便于敷设和运输。

(5) 光纤抗腐蚀性好。

光纤如此多的优点,使得它在短短 30 年内,从无到有,发展到目前各种网络都在使用光纤。光纤到楼、光纤到户已成为现实。

在光纤内传输光信号的原理如图 2-3 所示。当光以某一角度入射到纤维端面(折射率为 n_1)时,光的传播情形取决于入射角 θ 的大小。θ 是指入射光线与纤维轴线之间的夹角。光线进入芯线后又射到包层与芯线的界面上,而入射光线与包层(折射率为 n_2)法线也形成一个夹角 φ(叫包层界面入射角)。由于 $n_2<n_1$,当 φ 大于临界角 φ_a 时,光线在纤芯与包层界面上发生全反射。与此 φ_a 对应的端面临界入射角为 θ_a,当 $\theta>\theta_a$(即 $\varphi<\varphi_a$)时,不会发生全反射,这时光线将射入包层跑到光纤外面去,如图 2-3 中的射线①所示。如果 $\theta<\theta_a$,满足全反射条件,那么入射到芯线的光线将在包层界面上不断地发生全反射,从而向前传播,如图 2-3 中射线②、③所示。

光纤有单模和多模两种基本传输模式,图 2-4 给出了多模光纤、单模光纤及多模变率方式(多模的一种)的光波传输路径图。

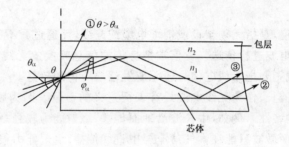

图 2-3 光传输原理

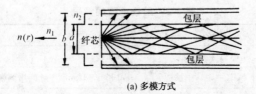

(a) 多模方式

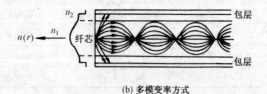

(b) 多模变率方式

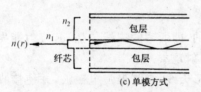

(c) 单模方式

图 2-4 光纤传输模式

（1）多模方式。多模方式指的是多条满足全反射角度的光线在光纤里传播，如图 2-4(a)所示。由于存在多条传播路径，每一条路径长度不等，因而传过光纤的时间不同，易造成信号码元间的串扰。为防止信号码元串扰，应降低传输的数据率。因此，多模光纤的传输带宽较窄。

（2）单模方式。当光纤纤芯减小时，必须减小入射角，光才能入射而向前传播。当纤芯半径减小到波长数量级时，可以在光纤里只传播一个角度的光波，这就是单模方式，如图 2-4(c)所示。单模方式的光纤具有极宽的频带和优良的传输特性，适用于长距离、大容量的基础干线光缆传输系统。随着光纤通信的发展和光纤技术的应用，单模光纤的应用会得到进一步的发展。

另外，在多模方式中有一种变率方式，其纤芯的折射率不均匀，在纤芯轴线处折射率最大，这样进入的光线传播路径像抛物线，随半径增加折射率减小，在纤芯和包层交界面处二者折射率相同，如图 2-4(b)所示。与多模方式比较，它具有更有效的射线聚焦效果，因而性能有较大的改善。这种形式的多模光纤应用较多，性能介于单模与多模方式之间，而传播系统的费用较单模便宜得多，主要用于中速率、中距离光纤数字系统。

2.1.4 无线传输信道

上面介绍的双绞线、同轴电缆和光纤三种传输介质，它们都是有线传输信道。下面介绍几种无线信道。

所谓无线传输信道,是指无须架设或铺埋电缆或光缆,而通过看不见、摸不着的自由空间,将电信号转换成无线电波进行传送。发信端把待传的信息转换成无线电信号,依靠无线电波在空间传播,而收信端则要把无线电信号还原成发信端所传的信息。

通常,用频率(或波长)作为无线电波最有表征意义的参量。因为频率(波长)相差较大的电波,往往具有不同的特性。例如,中长波沿地面传播,绕射能力较强;短波以电离层反射方式传播,传输距离很远;而微波只能在大气对流层中直线传播,绕射能力很弱。因此,通常把无线电波按其频率(或波长)来划分频段,如表 2-2 所示。

表 2-2　无线电波的频段

频　段	名　称	波长范围	主要应用
30～300kHz	LF(低频),长波	1～10km	导航
300kHz～3MHz	MF(中频),中波	100m～1km	商用调幅无线电
3～30MHz	HF(高频),短波	10～100m	短波无线电
30～300MHz	VHF(甚高频),超短波	1～10m	甚高频电视,调频无线电
300MHz～30GHz	UHF(超高频),微波	100mm～1m	超高频电视,地面微波
3～30GHz	SHF(特高频)	10～100mm	地面微波,卫星微波
30～300GHz	EHF(极高频)	1～10mm	实验用点对点通信

1. 地面微波中继信道

在空间里微波是沿直线传播的,即所谓的视线传播,其绕射能力很弱。在传播过程中,遇到不均匀介质时,将产生折射和反射现象。

地面微波通信的天线常用碟形天线,它将聚焦电磁波,并使接收天线对准发送方,从而形成视线传输。这些天线常位于地面的高处,以延长天线间的作用距离,且能越过中间障碍传输。如果没有障碍,两天线间的最大距离为

$$d = 7.14\sqrt{kh} \qquad (2-4)$$

式中,d 表示天线间距离(km);h 表示天线高度(m);k 是调整因子,经验值为 4/3。

在进行微波中继通信时,中继站与中继站间的距离可通过式(2-4)计算,一般为 50 km 左右。

微波中继通信的示意图如图 2-5 所示。终端站一般由收信机、发信机、天线、多路复用设备等组成。中继站一般也有对应的收信机、发信机和天馈系统。中继站分为无人值守站和有人值守站,其信号转接有三种方式:射频转接、中频转接和基带转接。两个终端站之间的通信,通过中继站以接力方式完成数据传输。

微波中继通信时,会出现多径传播,导致信号衰落。

2. 卫星中继信道

卫星通信就是地球上的无线电通信站之间利用人造卫星做中继站而进行的通信。由于作为中继站的卫星处于外层空间,因而卫星通信是以宇宙运动体作为对象的无线电通信,简称宇宙通信。宇宙通信一般有三种形式:地球站与空间站之间的通信,空间站之间的通信,通过空间站转发或反射来进行的地球站间的通信。我们把最后一种形式称为卫星中继通信。空间站是指设在地球大气层以外的宇宙运动体(如人造通信卫星)或其他天体(如月球)上的通信站。

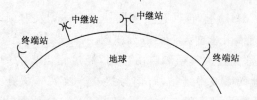

图 2-5　微波中继通信示意图

地球站是指设在地球表面,用以进行空间通信的设施。

卫星中继构成的信道可视为地面微波中继信道的一种特殊形式,它是以距地面约36 000 km的同步卫星为中继站,实现地球上 18 100 km 范围内的信息传输。

同步卫星和地球始终保持着相对静止的运动状态。图 2-6 示出了同步卫星进行全球通信时的配置关系。用三颗同步卫星基本能覆盖地球的全表面。

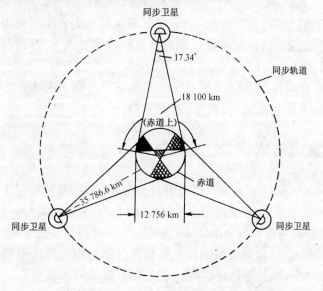

图 2-6　同步卫星示意图

卫星通信链路如图 2-7 所示,其中图(a)是实现点对点数据传输的链路,图(b)是广播式卫星链路。

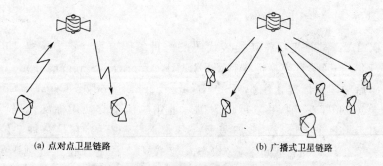

(a) 点对点卫星链路　　　　　　　　　　(b) 广播式卫星链路

图 2-7　卫星通信方式

卫星中继信道是由通信卫星、地面站、上行线路和下行线路组成。卫星中继工作过程如下:

地面站的各种信号,如电报、话音、数据或电视信号,经过终端设备复合成一个基带信号,该信号先调制到中频(70 MHz)上,再通过变频器使频率达到发射频率(6 GHz),最后经过功率放大器,使信号有足够的能量,通过双工器由天线向卫星发射出去。

发射出去的射频信号,穿过大气层和自由空间,经过相当长的传输路径到达卫星转发器。卫星转发器的功能如同地面微波中继站,对信号接收—放大—发射。增强了能量的信号同样经过了一段传输后到达另一个地面站。这样就完成了从一个地面站向另一个地面站的信息传输。

卫星通信具有覆盖面广、通信距离远、多址连接、通信机动灵活、通信容量大、质量好等优点,因此用途非常广泛,不仅用于国际通信,也用于区域通信。

3. 短波信道

把无线电频率在 3～30 MHz,波长在 10～100 m 范围内的电波称为短波。短波主要靠电离层的反射来传播。因此,短波信道是一个变参信道,即信道的参数随时间而发生变化。在短波信道中,信号的衰减随时间发生变化,信号的迟延也随时间发生变化,具有多径传播现象。通常,短波信道传输数据时的速率不高。但是短波通信电台成本相对较低,且通信距离也较远,非常适合于点对点通信。

以上介绍的传输介质或信道,在数据通信中都常用到。在选择传输介质时,要综合考虑介质的费用、传输速率、误码率要求等。

2.2 数据编码技术

编码(Encode 或 Coding)在通信与信息处理学科中,意思是把有限个状态(数值)转换成数字代码(二进制)的过程。在数据通信的终端设备中,始终会遇到如何把原始的消息(如字符、文字、话音等)转换成用代码表示的数据的问题,这个转换过程通常称为数据编码,也称为信源编码(Source Coding)。与信源编码相对应的另一类编码是信道编码(Channel Coding),它是为提高数据信号的可靠传输而采取的差错控制技术,这在后面讨论。本节讨论把字符、文字及话音如何变换成数据代码。下面首先介绍几个基本概念。

代码:通常指用二进制数组合形成的码字集合;

码字:用代码表示的基本数据单元。

2.2.1 国际 5 号码(IA5 码)

国际 5 号码(IA5 码)是把字符转换成代码的一种编码方案。该方案是 1963 年美国标准化协会提出的,称为美国信息交换标准代码(ASCII, American Standard Code for Information Interchange),随后被国际标准化组织(ISO, International Standard Organization)和国际电报电话咨询委员会(CCITT)采纳,并发展成为国际通用的信息交换用标准代码。IA5 码是用 7 位二进制代码表示出每个字母、数字、符号及一些常见控制符的,它是一种 7 位代码。7 位二进制代码可以表示 $2^7 = 128$ 个不同字符(状态)。7 位 IA5 码与 1 位二进制码配合,可以进行字符校验。IA5 码表如表 2-3 所示。表中每个字符由 7 位二进制数 $b_6 b_5 b_4 b_3 b_2 b_1 b_0$ 组成,高 3 位 $b_6 b_5 b_4$ 指明字符所处的列;低 4 位 $b_3 b_2 b_1 b_0$ 指明字符所处的行。表示方法是列前行后。例如,大写字母"B"的 IA5 码为 1000010;"T"的 IA5 码为 1010100。

表 2-3　IA5 码表

b4	b3	b2	b1	列\行	0	1	2	3	4	5	6	7
				b_7	0	0	0	0	1	1	1	1
				b_6	0	0	1	1	0	0	1	1
				b_5	0	1	0	1	0	1	0	1
0	0	0	0	0	NUL	TC_7(DLE)	SP	0	@	P	`	p
0	0	0	1	1	TC_1(SOH)	DC_1	!	1	A	Q	a	q
0	0	1	0	2	TC_2(STX)	DC_2	"	2	B	R	b	r
0	0	1	1	3	TC_3(ETX)	DC_3	♯	3	C	S	c	s
0	1	0	0	4	TC_4(EOT)	DC_1	¤	4	D	T	d	t
0	1	0	1	5	DC_5(ENQ)	TC_8(NAK)	%	5	E	U	e	u
0	1	1	0	6	TC_6(ACK)	TC_9(SYN)	&	6	F	V	f	v
0	1	1	1	7	BEL	TC_{10}(ETB)	'	7	G	W	g	w
1	0	0	0	8	FE_0(BS)	CAN	(	8	H	X	h	x
1	0	0	1	9	FE_1(HT)	EM	)	9	I	Y	i	y
1	0	1	0	10	FE_2(LF)	SUB	*	:	J	Z	j	z
1	0	1	1	11	FE_3(VT)	ESC	+	;	K	[	k	{
1	1	0	0	12	FE_4(FF)	IS_1(FS)	,	<	L	\	l	|
1	1	0	1	13	FE_5(CR)	IS_3(GS)	—	=	M	]	m	}
1	1	1	0	14	SO	IS_2(RS)	.	>	N	·	n	‾
1	1	1	1	15	SI	IS_1(US)	/	?	O	—	o	DEL

对表 2-3 中第 0、1 列的控制字符,含义解释如下:

通令控制字符

SOH(Start of Heading)　　　　标题开始

STX(Start of Text)　　　　正文开始

ETX(End of Text)　　　　正文结束

EOT(End of Transmission)　　　　传输结束

ENQ(Enquiry)　　　　询问

ACK(Acknowledge)　　　　确认

DLE(Data Link Escape)　　　　数据链转义

NAK(Negative Acknowledge)　　　　否认

SYN(Synchronous)　　　　同步

ETB(End of Transmission Block)　　　　块传输结束

格式控制符

BS(Backspace)	退格
HT(Horizontal Tab)	横向制表
LF(Line Feed)	换行
VT(Vertical Tab)	纵向制表
FF(Form Feed)	换页
CR(Carriage Return)	回车

设备控制符

DC1(Device Control 1)	设备控制 1
DC2(Device Control 2)	设备控制 2
DC3(Device Control 3)	设备控制 3
DC4(Device Control 4)	设备控制 4

信息控制符

US(Unit Separator)	单元分隔
RS(Record Separator)	记录分隔
GS(Group Separator)	块分隔
FS(File Separator)	文件分隔

其他控制符

NUL(Null)	空白
BEL(Bell)	警告
SO(Shift-out)	移出
SI(Shift-in)	移入
CAN(Cancel)	作废
EM(End of Medium)	媒体结束
SUB(Substitution)	代替
ESC(Escape)	转义
DEL(Delete)	删除
SP(Space)	间隔

需要说明的是,ASCII 码与 IA5 码唯一的区别是在第 2 列与第 4 行交叉点上,ASCII 表是符号"＄",IA5 表中是"¤"。我国在 1980 年颁布的国家标准(GB1988—80)《信息处理交换用八位编码字符集》与 IA5 码的唯一区别也在第 2 列第 4 行,用"￥"取代"¤"。

2.2.2　EBCDIC 码

把字符变换成代码的第二种编码方案是扩展二—十进制交换码(EBCDIC,Extended Binary Coded Decimal Interchange Code)。它是一种 8 位代码。8 位二进制码有 $2^8 = 256$ 种组合,可以表示 256 个字符和控制符。EBCDIC 码目前只定义了 143 种,剩余了 113 个,这对需要自定义字符的应用非常有利。

由于 EBCDIC 是 8 位码(1 字节),已无法提供奇偶核验位,因此不宜长距离传输。但 EBCDIC 的码长与计算机字节长度一致,故可作为计算机的内部传输代码。

EBCDIC 编码表见表 2-4。

表 2-4　EBCDIC 编码表

b3	b2	b1	b0	行\列	0	1	2	3	4	5	6	7	8	9	10	11	12	13	14	15
				b_7	0	0	0	0	0	0	0	0	1	1	1	1	1	1	1	1
				b_6	0	0	0	0	1	1	1	1	0	0	0	0	1	1	1	1
				b_5	0	0	0	1	0	0	1	1	0	0	1	1	0	0	1	1
				b_4	0	1	0	1	0	1	0	1	0	1	0	1	0	1	0	1
0	0	0	0	0	NUL	DLE	DS		SP	&	—						{	}	\	0
0	0	0	1	1	SOH	DC₁	SOS			/			a	j	~		A	J		1
0	0	1	0	2	STX	DC₂	FS	SYN					b	k	s		B	K	S	2
0	0	1	1	3	ETX	DC₃							c	l	t		C	L	T	3
0	1	0	0	4	PF	RES	BYP	PN					d	m	u		D	M	U	4
0	1	0	1	5	HT	NL	LF	RS					e	n	v		E	N	V	5
0	1	1	0	6	LC	BS	EOB/ETB	UC					f	o	w		F	O	W	6
0	1	1	1	7	DEL	IL	ESC/PRB	EOT					g	p	x		G	P	X	7
1	0	0	0	8		CAN							h	q	y		H	Q	Y	8
1	0	0	1	9	RLF	EM							i	r	z		I	R	Z	9
1	0	1	0	10	SMM	CC	SM		≮	!	|	:								
1	0	1	1	11	VT				·	$	,	♯								
1	1	0	0	12	FF	IFS		DC₄	<	★	%	@								
1	1	0	1	13	CR	IGS	ENR	NAK	(	)	—	'								
1	1	1	0	14	SO	IRS	ACK		+	;	〉	=								
1	1	1	1	15	SI	IUS	BEL	SUB	|	⌐	?	"								

2.2.3　国际 2 号码(IA2 码)

IA2 码是一种 5 位代码,又称波多(Baudot)码。波多码广泛用于电报通信中,是起止式电传电报中的标准用码,在低速数据传输系统中仍使用这种码。5 位码只能表示出 $2^5 = 32$ 个符号。但通过转移控制码"数字/字母"可改变代码意义,因此可有 64 种表示,实际中应用了其中 58 个,IA2 码表见表 2-5。

2.2.4　信息交换用汉字编码

国际 5 号码、国际 2 号码和 EBCDIC 都是将字符转换成代码的编码方案,这些不能解决传输汉字消息的问题。我国在明码电报通信中,用 4 位十进制数组成的代码表示一个汉字,然后用 ASCII 码或波多码再表示出十进制数字,最后变换成电信号形式传输。例如,汉字"我"转换成 4 位十进制数为 2053，对应的 ASCII 码为 10110010 00110000 00110101 00110011。这里已经考虑了 7 位 ASCII 码的校验位（最高位，偶校验）。

表 2-5 IA2 码表

序号	IA2 代码 b5	b4	b3	b2	b1	意义 文字挡	数字挡	序号	IA2 代码 b5	b4	b3	b2	b1	意义 文字挡	数字挡
1	0	0	0	1	1	A	—	17	1	0	1	1	1	Q	1
2	1	1	0	0	1	B	?	18	0	1	0	1	0	R	4
3	0	1	1	1	0	C	:	19	0	0	1	0	1	S	!
4	0	1	0	0	1	D		20	1	0	0	0	0	T	5
5	0	0	0	0	1	E	3	21	0	0	1	1	1	U	7
6	0	1	1	0	1	F		22	1	1	1	1	0	V	=
7	1	1	0	1	0	G		23	1	1	0	1	1	W	2
8	1	0	1	0	0	H		24	1	0	0	1	1	X	/
9	0	0	1	1	0	I	8	25	1	0	1	0	1	Y	6
10	0	1	0	1	1	J		26	1	0	0	0	1	Z	+
11	0	1	1	1	1	K	(	27	0	1	0	0	0	< 回车	
12	1	0	0	1	0	L	)	28	0	0	0	1	0	换行	
13	1	1	1	0	0	M	—	29	1	1	1	1	1	↓文字换挡	
14	0	1	1	0	0	N	,	30	1	1	0	1	1	↑数字换挡	
15	1	1	0	0	0	O	9	31	0	0	1	0	0	间隔	
16	1	0	1	1	0	P	0	32	0	0	0	0	0	空格	

为了使汉字能够在计算机中存储和处理，国家标准局 1979 年开始制订"信息交换用汉字编码"标准工作，于 1981 年 5 月正式使用"国家标准信息交换用汉字编码字符基本集"。现在广泛用于计算机表示汉字信息的"区位码"就是这种代码之一。

汉字变成代码的过程是分两步实现的，即采用由"外码"和"内码"组成的两级编码方法。汉字的外码是指计算机与人之间进行交换的一种代码，它与汉字的录入方式有直接关系。同一汉字，采用不的录入方式，则汉字的外码就不同。例如，汉字"啊"的外码，在区位码录入方式下是"1601"（16 区 0 行 1 列），在拼音录入方式下是"a"，在五笔字型方式下是"kbsk"。

汉字的内码则是指最终进入系统内部，用来存储和处理的机器代码。目前在微机上一般采用一个汉字用两个字节表示的形式，每个字节的高位置成"1"，作为汉字标记，用来区分与 ASCII 码的不同。

在计算机上，汉字录入的过程是外码转换成内码的过程，即将汉字和一些符号的外码键入计算机后，计算机通过查表的方法把外码转换成内码。

2.2.5 语音的数据编码

语音作为数据通信的信源，已是非常普遍了。那么，如何将语音信号变成数据信号呢？实际上，这部分内容是数字通信必须涉及的内容。

语音通常在经过电话机(或话筒)后,变成了一个电压或电流随时间连续变化的模拟电信号。电信号通常要经过采样、保持、量化和编码几个步骤后,方能变换成数字信号,在数据信道上传输。

采样把一个幅度和时间都连续变化的模拟信号变成了一个幅度上连续、时间上离散的离散信号。语音信号的采样速率 f_s 通常按采样定理来计算,即

$$f_s \geqslant 2f_m \tag{2-5}$$

式中,f_m 为语音信号的最高频率。语音信号的最高频率 f_m 一般取为 4 kHz,所以采样速率通常为 8 kHz。

量化是为了把无限多个幅度值(幅度连续)变成有限个幅度值,即用一个标准的值替代出现在这个标准值误差范围内的所有可能值。量化的方法有均匀量化和非均匀量化。

编码是按照一定的规则,把量化后的幅度值用二进制数表示出来的过程。

把模拟电信号通过采样、量化、编码变成数字信号的过程标为脉冲编码调制(PCM,Pulse Code Modulation)。采用 A 律特性(13 折线)的 PCM 后,编码器输出的单路数字话音速率是 $8 \times 8 = 64$ (kbit/s)。在这里,每个量化值的大小用 8 bit 二进制数表示。

2.3 数据压缩技术

信息时代带来了信息爆炸,数字化的信息产生了巨大的数据量。例如,单路 PCM 数字电话的数码率为 64 kbit/s,高保真双声道立体声数据率为 705.6 kbit/s,彩色数字电视的数码率为 106.32 Mbit/s,高清晰度数字电视的数码率达 1 327.104 Mbit/s,等等。这些数据如果不压缩,直接传输必然造成巨大的数据量,使传输系统效率低下。因此,数据的压缩是十分必要的。实际上,各种信息都具有很大的压缩潜力。

数据压缩(Data Compression)就是通过消除数据中的冗余,达到减少数据量,缩短数据块或记录长度的过程。当然,压缩是在保持数据原意的前提下进行的。数据压缩已广泛应用于数据通信的各种终端设备中。

数据压缩的方法和技术比较多。通常把数据压缩技术分成两大类:一类是冗余度压缩,也称为无损压缩、无失真压缩、可逆压缩等;另一类是熵压缩,也称有损压缩、不可逆压缩等。

冗余度压缩就是去掉或减少数据中的冗余,当然,这些冗余是可以重新插入到数据中去的。冗余压缩是随着香农的信息论而出现的,信息论中认为数据是信息和冗余度的组合。典型的冗余度压缩方法有:Huffman 编码、Fano-Shannon 编码、算术编码、游程长度(Run-length)编码和 Lempel-Ziv 编码等。

熵压缩是在允许一定程度失真的情况下的压缩,这种压缩可能会有较大的压缩比,但损失的信息是不能再重新恢复的。熵压缩的具体方法有预测编码、变换编码、分析-综合编码等。

具体对音频(语音)信号和图像信号的压缩方法及技术归纳如下:

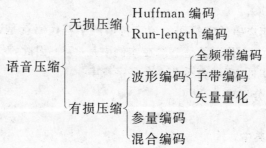

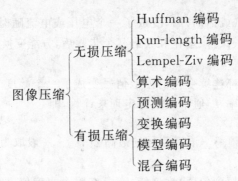

下面简单介绍几种数据压缩技术。

2.3.1 Lempel-Ziv 编码

Lempel-Ziv 编码(LZ 算法)是目前各种 Modem 和计算机数据压缩软件 ZIP 常采用的算法,应用非常广泛。

LZ 算法使用定长代码表示变长的输入,而且 LZ 代码具有适应性,它可根据输入信息属性的变化对代码进行分配、调整。LZ 算法对于用 Modem 传输文本的信息特别合适。

LZ 算法被用来对字符串进行编码,为此,在传输及接收方都要对有同样代码串的字典进行维护。当有字典中的串被输入传输方时,就以相应的代码代替该串;接收方接收到该代码后,就以字典中对应的串来代替该代码。在进行传输时,新串总被加入到传输方和接收方的字典中,而旧的串就被删除掉了。

为了描述方便,先根据标准注释定义几个参量。

- C1:下一个可得的未用代码字;
- C2:代码字的大小,默认值为 9 bit;
- N2:字典大小的最大值=代码字数=2^{C_2};
- N3:字符大小,默认值为 8 bit;
- N5:用于表示多于一个字符的串的第一个代码字;
- N7:可被编码的最大串长度。

在这个字典中总是包含着所有单字符的串及一些多字符的串。由于有这种总是将新串加入字典的机制,所以对于字典中的任一多字符的串,它们开始部分的子串也在字典中。例如,若串 MZOW 在字典中,它有一个单代码字,则串 MZO 及 MZ 也都在这个字典中,它们都有相应的代码字,在逻辑上可将这个字典表示为一个树的集合,其中每个树根都与字母表中的一个字符相应。所以在默认条件下(N3=8 bit),集合中就有 256 棵树,该例示于图 2-8 中,每一棵树都表示字典中以某一字符开始的串的集合,每一节点都表示一个串,它所包含的字符可由从根开始的路径定义出。图 2-8 中的树表示以下的串在字典中:A,B,BA,BAG,BAR,BAT,BI,BIN,C,D,DE,DO 及 DOG。

所插入的数字又为相应串的字符码。单字符串的字符代码就是该字符的 ASCII 码。对于多字符串,其可得的第一个代码就是 N5,在本例中是 256。因此,对于一个 9 bit 的代码,除了可表示 256 个单字符串外,还可表示 256 个多字符串。

LZ 算法主要由三部分组成:

- 串匹配及编码;
- 将新串加入到字典中;

- 从字典中删除旧串。

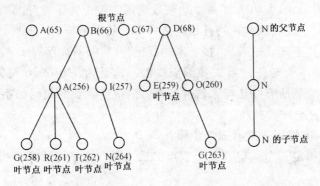

图 2-8   LZ 字典基于树的表示图

LZ 算法总是将字典中最长的匹配字符串与输入进行匹配。传输方将输入划分为字典中的串，并将划分好的串转换为相应的代码字。由于所有的单字符串总在字典中，所以所有的输入都可划分为字典中的串，当接收方接收到这一代码字流后，将每个代码字都转换为对应的字符串。该算法总是在搜索，将搜索到的新串加入到字典中，将以后可能不再出现的旧串从字典中删除掉。

那么能否将一个新串加入到字典，关键要看字典是否是满的。通常传输方都要保留一个变量 C1，作为下一个可得的代码字。当系统进行初始化时，C1＝N5，它是全部单字符串被赋予的第一个值，通常情况下，C1 以值 256 开始，只要字典为空，当一个新串被赋予代码值 C1 后，C1 自动加 1。

如果字典已满，就要采用循环检测的过程，选出可能不再出现的旧串并删除。

2.3.2   Huffman 编码

Huffman（哈夫曼）编码是根据字符出现的频率来决定其对应的比特数的，因此这种编码也称为频率相关码。通常，它给频繁出现的字符（如元音字符及 L，R，S，T 等字符）分配的代码较短。所以在传送它们时，就可以减少比特数，达到压缩的目的。

下面举例说明 Huffman 编码的思想。设一个数据文件字符、对应频率及 Huffman 编码如下：

$$
\begin{pmatrix}
A & B & C & D & E \\
25\% & 15\% & 10\% & 20\% & 30\% \\
01 & 110 & 111 & 10 & 00
\end{pmatrix}
$$

假定 0111000 1110 110 110 111 为 Huffman 码，我们知道，使用固定长度的编码有一个好处，即在一次传输中，总是可以知道一个字符到哪里结束，下一个字符在哪里开始。比如说，在传输 ASCII 代码时，每 8 个数据比特定义一个新的字符，哈夫曼编码则不然。那怎样解释哈夫曼编码的比特流呢？怎么知道一个字符结束和下一个字符开始的确切位置呢？

为解决上述问题，哈夫曼编码具有无前缀属性（No-Prefix Property）的特性。也就是说，任何字符的代码都不会与另一个代码的前缀一致。比如，A 的哈夫曼编码是 01，那么绝不会有别的代码以 01 开始。

站点是这样恢复 Huffman 码的。当一个站点接收到比特时，它把前后比特连接起来构成一个子字符串。当子字符串对应某个编码字符时,它就停下来。在上面字符串的例子中,站点在形成子字符串 01 时停止,表明 A 是第一个被发送的字符。为了找到第 2 个字符,它放弃当前的子字符串,从下一个接收到的比特开始构造一个新的子字符串。同样,它还是在子字符串对应某个编码字符时停下来。这一次,接下来的 3 比特(110)对应字符 B。注意在 3 个比特都被收到之前,子字符串不会与任何哈夫曼编码匹配。这是由 Huffman 码无前缀属性所决定的。站点持续该动作直到所有的比特都已被接收。则站点收到的代码的字符串是 ABECAD-BC。

创建一个 Huffman 编码一般有三个步骤:

(1)为每个字符指定一个只包含 1 个节点的二叉树。把字符的频率指派给对应的树,称之为树的权。

(2)寻找权最小的两棵树。如果多于两棵,就随机选择。然后把这两棵树合并成一棵带有新的根节点的树,其左右子树分别是所选择的那两棵树。

(3)重复前面的步骤直到只剩下最后一棵树。

结束时,原先的每个节点都成为最后的二叉树的一个叶节点。和所有的二叉树一样,从根到每个叶节点只有一条唯一的路径。对于每个叶节点来说,这条路径定义了它所对应的哈夫曼编码。规则是,对每个左子节点指针指派一个 0,而对每个右子节点指针指派一个 1。

仍以上面的例子说明如何建 Huffman 码树。

图 2-9 是一个创建 Huffman 编码的过程图。其中图 2-9(a)是初始树。字母 B、C 对应的树权最小,因此把它们两个合并起来,得图 2-9(b)。第二次合并有两种可能:或者把新生成的树和 D 合并起来,或者把 A 和 D 合并起来。可随意地选择第一种,图 2-9(c)显示了结果。持续该过程最终将产生图 2-9(e)中的树。从中可以看到,每个左子节点指针分配一个 0,每个右子节点指针分配一个 1。沿着这些指针到达某个叶节点,就能得到它所对字符的哈夫曼编码。

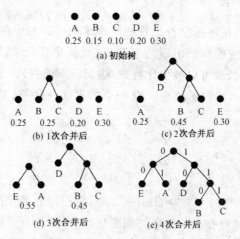

图 2-9　合并 Huffman 树

由图 2-9(e)可以得出每个字母对应的编码:A,01;E,00;D,10;B,110;C,111。这与本节开始举例时假定的编码一致。

2.3.3 相关编码

上面介绍的两种压缩技术都有它们各自的应用，但针对某些情况，它们的用处不大。一个常见的例子是视频传输，相对于一次传真的黑白传输或者一个文本文件，视频传输的图像可能非常复杂。也许除了电视台正式开播前的测试模式以外，一个视频图像是极少重复的。前面的两种方法用来压缩图像信号希望不大。

尽管单一的视频图像重复很少，但几幅图像间会有大量的重复。所以，尝试不把每个帧当做一个独立的实体进行压缩，而是考虑一个帧与前一帧相异之处。当差别很小时，对该差别信息进行编码并发送，具有潜在价值。这种方法称为相关编码（Relative Encoding）或差分编码（Differential Encoding）。

其原理相当简单明了。第一个帧被发送出去，并存储在接收方的缓冲区中。接着发送方将第二个帧与第一个帧比较，对差别进行编码，并以帧格式发送出去。接收方收到这个帧后，把差别应用到它原有的那个帧上，从而产生发送方的第二个帧，然后把第二个帧存储在缓冲区，继续该过程不断产生新的帧。

相关编码在对视频图像数据压缩时，特别是在会议实况转播时，非常有效。因为常常会议的背景都一样，仅是演讲者个别还在变化，所以采用相关编码，能使数据量得到非常大的压缩。

2.3.4 游程编码

游程编码（Run-length Encoding）主要适用于各种连续重复字符多的场合。例如，对于由1和0组成的二进制数字串，其压缩率可能较高。压缩率是未被压缩的数据量（长度）与已被压缩的数据量（长度）之比。

游程编码的基本原理是用一个特殊字符组来代替序列中每个长的游程。这个特殊字符组一般由三部分组合而成。

第一部分：标号——压缩标志，表示其后面使用压缩；

第二部分：字符——表示要压缩的对象（字符）；

第三部分：数字——表示压缩字符的长度。

例 2-1 对于 aaaaaaabbbcdef fffff 序列，进行游程编码后为 $S_c a7S_c b3cdeS_c f5$，压缩比为 3：2。

例 2-2 对 111111111100000000101000011111 序列，采用游程编码后为 $S_c19S_c08101S_c04S_c16$，数据压缩比为 2：1。

在上面举例中特殊标号用 S_c 表示，认为第三部分数字是 1 位十进制数，如果要压缩的数目超过 9，则可采用分段压缩的方法。例如

$$\underbrace{111\cdots\cdots1}_{29个}\underbrace{000\cdots0}_{17个}$$

采用游程压缩，依据上面的假定，可压缩为：$S_c19\ S_c19\ S_c1911\ S_c09\ S_c08$。

当然，实际中第一部分和第三部如何选定，要根据具体压缩的数据源的游程统计特性，以及实际需要来确定。这里仅是示意而已。

衡量一个数据压缩方法的优劣，主要要看该压缩方法的压缩效率如何。压缩率也叫压缩比，即

$$数据压缩比 = 压缩前长度（数据量）：压缩后长度（数据量） \tag{2-6}$$

另外，压缩技术的硬件实现难易程度，软件实现压缩时耗费的时间等，也是评价的方面。

2.4 差错控制技术

在数据通信中，总是要求数据在传输时具有高的可靠性（即低误码率）。然而在实际中，由于信道的非理想性和噪声的影响，总会造成误码。差错控制技术就是为了降低系统误码率而采取的一种编码措施。本节简要介绍之。

2.4.1 基本概念

差错控制就是指对数据传输系统中由于各种因素引起的数据差错（错误）进行控制。差错控制也称差错控制编码、抗干扰编码、纠错编码、信道编码等。差错控制的基本做法是，在发送端对要传输的数据信号按照一定规则，附加一些码元，这些码元与原信息码元之间是以某种确定的规则约束在一起。在收端通过检查这些附加码元与原信息码元之间的关系，就可发现错误和纠正错误。例如，对二进制数字信号"1"和"0"，分别采用"111"和"000"代替，事实上是在原信息码后边分别加上了 11 和 00 码。这样，111 和 000 在系统中传输时，即使有 1 位发生错误变成 110,101,011 和 001,100,010，收端根据其规则，也能容易地发现，并纠正之。

差错控制的本质是牺牲系统的有效性而换取系统的可靠性，在通信中有效性与可靠性始终都是一对矛盾。

差错控制编码是信息论中研究的重要内容之一。其实现的方法和种类也非常多，主要有以下几种分类方法：

（1）根据信息码元与监督码元（附加的码元）之间的关系，可以分成线性码（信息码元与监督码元之间满足线性关系）和非线性码（不满足线性关系）；

（2）根据收端是能够检查出错误还是能够纠正错误，可以分为检错码和纠错码；

（3）根据信息码元与监督码元的关系是否局限在一个码字内，可以分为分组码和卷积码；

（4）根据码字中的信息位是否与原始数字信息一致，可以分为系统码和非系统码。

为了方便地叙述差错控制技术，下面专门对几个基本名词集中作一解释。

- 信息码元：指原始的数字码元（1 和 0 组成的数字序列，如字母 A 的 ASCII 码为 1000001）。

- 监督码元：指为了纠检错而在信息码元后增加的"多余"码元。

- 码字：由信息码元与监督码元组成的定长数字序列。

- 码重：码字中"1"的数目，常用 W 表示，如 101011 的码重 $W=4$。

- 码距：两个等长码字之间，对应位上不同取值的个数，如 1010011 和 1101001 的码距为 4。码距用符号 d 表示。码距也叫汉明（Hamming）距离。

- 码集：码字的集合体。在许多资料中，码集有时也叫码组。码组这个词要注意，一些资料中把码字也称为码组，不要混淆。

- 最小码距：在一个码集中，全部码距的最小者，用 $d_{\min}$ 表示。

- 编码效率：指一个码字中信息位所占的比重，用 R 表示，即

$$R = \frac{k}{n} \tag{2-7}$$

式中，k 为一个码字中信息码元的数目（长度），n 为码字的长度（位数）。R 是衡量纠错编码性

能的一个重要参数。

2.4.2 差错控制的基本方式

不论哪种具体的差错控制,总体考虑其基本的实现方式,不外乎检错重发(ARQ)、前向纠错(FEC)和混合纠错(HEC)三种模式,如图 2-10 所示。

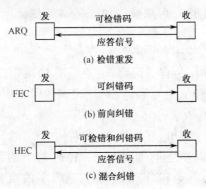

图 2-10 差错控制的基本方式

1. 检错重发(ARQ)方式

检错重发又称自动请求重发(ARQ,Automatic Repeat ReQuest)。在这种方式中,发送端发送的是具有一定检错能力的检错码,接收端在接收的码字中一旦检测出错误,就通过反馈信道通知发送端重发该码字,直到正确接收为止,ARQ 在实际中通常有 3 种形式:停发等候重发,选择重发和返回重发。

检错重发需要反馈信道,但译码设备简单,对突出错误和信道干扰严重时很有效,在数据通信中应用较多。

2. 前向纠错(FEC)方式

前向纠错(FEC,Forward Error Correction)又称自动纠错。在这种方式中,发送端发送的是具有一定纠错能力的纠错码,接收端对接收码字中不超过纠错能力范围的差错自动进行纠正。其优点是不需要反馈信道,但如果要纠正大量错误,必然要求编码时插入较多的监督码元,因此编码效率低,译码电路复杂。

3. 混合纠错(HEC)方式

混合纠错(HEC,Hybrid Error Correction)是检错重发与前向纠错方式的结合。在这种方式中,发送端发送的是具有一定纠错能力并具有更强检错能力的码,如果接收端接收到的码字错误较少且在码的纠错能力范围内,则译码器自动将错误纠正;如果错误较多,超过了码的纠错能力,但又没有超出码的检错能力范围,则译码器通过反馈信道通知发送端重发该码字,达到正确传输的目的。这种方式兼有前向纠错与检错重发的特点,显然既需要反馈信道,又需要复杂的译码设备,但它能更好地发挥差错控制编码的检错和纠错性能,即使在较复杂的信道中仍然可以获得较低的误码率。

2.4.3 最小码距与检错和纠错能力的关系

长度为 n 的码字可以用 $a_1a_2\cdots a_n$ 表示。在一个码集中如果有 m 个许用码字(码组),那么

可以用一个行列形式的组合表示出用任一码字的码元 C_{ij} 组成的码集,即

$$A = \begin{bmatrix} A_1 \\ A_2 \\ \vdots \\ A_m \end{bmatrix} = \begin{bmatrix} a_{11}\,a_{12}\,a_{13}\cdots a_{1n} \\ a_{21}\,a_{22}\,a_{23}\cdots a_{2n} \\ \vdots\quad\vdots\quad\vdots\quad\vdots \\ a_{m1}\,a_{m2}\,a_{m3}\cdots a_{mn} \end{bmatrix} \tag{2-8}$$

则任意两个码字 A_i 与 A_j 的码距 d_{ij} 可用模 2 加法($\oplus$)来表示:

$$d_{ij} = \sum_{p=1}^{n} a_{ip} \oplus a_{jp} \qquad i,j \in [1,2,\cdots,m] \tag{2-9}$$

式中,码距 d_{ij} 的意义:当 $i=j$ 时,为自身码距,$d_{ii}=0$;d_{ij} 的值始终与 d_{ji} 的值相同,自然是第 i 个与第 j 个码字之间的码距与第 j 个与第 i 个码字之间的码距相同,是一回事。

最小码距可表示为

$$d_{\min} = \min\{d_{ij}\} \tag{2-10}$$

码字之间的距离反映了码字之间的差别,一种码集中的最小码距越大,说明其任意两个码字之间的差别越大,由一个码字错成另一个码字的可能性就越小,那么其检测错误或纠正错误的能力就越强。因此可以说,最小码距是衡量一种差错控制编码检错、纠错能力大小的标志。

为了叙述简便,以 3 位二进制码组为例来说明这种关系。3 位二进制码元共有 8 种可能的组合{000,001,010,011,100,101,110,111}。如果这 8 种组合都用做许用码字来传递信息,则可表示 8 种不同的信息,此时该码集的最小码距为 1。若在传输过程中只要有 1 个码元出错,则该码字就会错误地变成另一个码字,由于错误后的码字也是许用码字,接收端无法发现错误,更谈不上纠正错误。但若只选{000,011,101,110}这 4 种组合作为许用码字来传递 4 种不同的信息,其他 4 种不用的码字称为禁用码字,此时该码集的最小码距为 2。若在传输过程中发生误码,则很可能由许用码字错误地变成禁用码字,接收端一旦发现了这些禁用码字,就表明传输过程中发生了误码。用这种简单的校验关系可以发现 1 位或 3 位误码,但不能纠正错误。例如,当接收到的码字为 001 时,由于它是禁用码字,我们可以断定发生了误码,但 000、011、101 发生 1 位误码或 110 发生 3 位误码都可能造成这一错误结果,所以无法判断到底发送的是哪一个码字,即无法纠正错误。如果进一步将许用码字限制为两种{000,111},则该码集只能表示两种不同的信息,其最小码距为 3。如果接收到的码字为 001,则可以断定它是 000 发生 1 位误码或 111 发生 2 位误码造成的,即用这种码集可以发现所有两位以下的错误,但不能检测出 3 位误码。由于一个码字中同时发生 2 位误码的可能性比发生 1 位误码的可能性小得多,所以一般来说可以认为是发送码字发生 1 位误码造成的,因此可以判定原来发送的正确码字是 000,即这种码集可以纠正 1 位错误。

在一般情况下,差错控制编码的最小码距 $d_{\min}$ 与检错能力和纠错能力有以下关系。

(1) 在一个码集中只要检测 e 个错误,要求最小码距满足

$$d_{\min} \geqslant e + 1 \tag{2-11}$$

这是因为,当码字之间的最小距离 $d_{\min}$ 比错误码元个数 e 至少还要大 1 时,只要码集中任一许用码字出现错误码元的个数不超过 e,则都不可能变成另外任何一个许用码字,因此接收端能发现这样的错误。

(2) 在一个码集中,要纠正 t 个错误,则要求的最小码距应满足

$$d_{\min} \geqslant 2t + 1 \tag{2-12}$$

这可解释为,码集中某一许用码字发生 t 个错误后形成的错误码字,只要与另外任一许用码字错 t 个错误形成错误码字的距离至少为1,那么这两个错误码字就不会混淆,从而就可判断错误前到底是发送的哪一个码字,并进行纠正。

（3）在一种码集中纠正 t 个错误同时检测 $e(e \geqslant t)$ 个错误,要求最小码距满足

$$d_{\min} \geqslant t + e + 1 \tag{2-13}$$

这里所说的"纠正 t 个错误同时检测 e 个错误"是指,若接收码字与某一许用码字之间的距离在纠错能力范围内,则对其进行纠错;若接收码字与任何许用码字的距离都超过 t,则无法判断原来发送的正确码字到底是哪一个,故而只能进行检错,且检错能力为 e 个错误。那么很显然,某一许用码字出现 e 个错误后的错误码字与另外任一许用码字的距离至少应为 $t+1$,否则就会进入另一许用码字的纠错能力 t 范围内而被错纠成另一许用码字。

2.4.4　几种常用的检错码

下面介绍几种在数据通信中常用的检错码。这些编码实现简单,有一定的检错能力,个别还具有纠错能力。

1. 奇偶监督码

奇偶监督码又称奇偶校验码,是一种最简单的检错码,在计算机的数据传输中得到广泛应用。例如,英文字母 A 的 ASCII 编码表示为1000001,在传输过程中为了能检测错误,常在这7位码元前加1位校验位,形成一个带1位监督码元的8位码字。如果加上这1位校验位后使得整个码字的8位码元中"1"的个数为偶数,则称为偶校验码,否则称为奇校验码。显然,字母 A 的偶校验码为01000001,奇校验码为11000001。如果传输过程中码字的8位码元中任一位发生错误,势必破坏这种奇偶监督关系,从而可以发现错误。

一般情况下,对任意长的信息码字,奇偶监督码的编码规则是:将各位二元信息码及附加的监督位进行模2加,如果是偶校验,则保证模2加结果为0;如果是奇校验,则保证模2加结果为1。设信息码字长为 k,码字为 $(a_{k-1}a_{k-2}\cdots a_1a_0)$,在信息位后加上一位监督位 v 后形成的码字为 $(a_{k-1}a_{k-2}\cdots a_1a_0v)$。

偶校验时应满足

$$a_{k-1} \oplus a_{k-2} \oplus \cdots \oplus a_1 \oplus a_0 \oplus v = 0 \tag{2-14}$$

式中监督码元可用下式求出：

$$v = a_{k-1} \oplus a_{k-2} \oplus \cdots \oplus a_1 \oplus a_0 \tag{2-15}$$

类似地,奇校验时有以下两个公式：

$$a_{k-1} \oplus a_{k-2} \oplus \cdots \oplus a_1 \oplus a_0 \oplus v = 1 \tag{2-16}$$

$$v = a_{k-1} \oplus a_{k-2} \oplus \cdots \oplus a_1 \oplus a_0 \oplus 1 \tag{2-17}$$

非常清楚,奇偶校验码只能检查出单个或者奇数个错误,但不能检测出偶数个错误,也不能纠正错误。

2. 行列奇偶监督码

行列奇偶监督码亦称水平垂直奇偶监督码,它是将若干个信息码字按每个码字一行排列成矩阵形式,然后在每一行和每一列的码元后面附加1位奇（偶）监督码元。例如,由5个7位信息码字构成的行列偶监督码如下：

$$
\begin{array}{cccccccc|c}
信 & 1 & 0 & 1 & 1 & 0 & 0 & 0 & 1 & 1 \\
息 & 1 & 1 & 0 & 1 & 0 & 0 & 1 & 0 & 0 \\
码 & 0 & 0 & 1 & 0 & 0 & 1 & 1 & 1 & 1 \\
元 & 0 & 1 & 1 & 0 & 1 & 1 & 0 & 0 & 0 \\
  & 1 & 0 & 0 & 1 & 1 & 0 & 0 & 1 & \\
\end{array}
$$

监督码元　　1　0　1　1　0　0　0　1

发送时可逐行传输也可以逐列传输。如采用逐列传输,则发送的码序列为:

110011 010100 101101 110011 000110 001100 011000 101011

接收端将接收到的码元仍然排成发送时的矩阵形式,然后根据行列的奇偶监督关系来检测是否有错。与简单的奇偶监督码相比,行列奇偶监督码不但能检测出某一行或某一列的所有奇数个错误,有时还能检测出某些偶数个错误。如某行的码字中出现了两个错误,虽然本行的监督码不能检测出来,但错码所在的两列的监督码有可能把它们检测出来。

行列奇偶监督码不能检查出以矩形形式出现的偶数错误。另外,行列奇偶监督码还可以纠正一些错误,通过行与列就可以确定出错码元的位置。

3. 恒比码

所谓恒比码,是指码集中所有码字“1”的数目保持不变,即码重一样,也就是码字中“1”的数目与“0”的数目之比恒定不变。我国的中文电报编码首先将每一个单字编码为 4 位十进制数字,再将每一位十进制数字用二进制的五单位数字保护码表示。电传机通信中广泛采用的这种五单位数字保护码,码字长度为 5,码字中始终含有 3 个“1”和 2 个“0”。用这些码字作为许用码字来表示 10 个阿拉伯数字 1,2,…,9,0,如表 2-6 所示。这种码亦称“5 中取 3 码”。在国际电报通信中广泛采用的是“7 中取 3 码”,其中许用码字共有 35 个,可分别表示 26 个字母和其他一些符号。恒比码的检错能力较强,除 1 错成 0 和 0 错成 1 同时成对出现外,能检查出所有其他错误。

表 2-6　5 中取 3 恒比码

数字	恒 比 码	数字	恒 比 码
0	0 1 1 0 1	5	0 0 1 1 1
1	0 1 0 1 1	6	1 0 1 0 1
2	1 1 0 0 1	7	1 1 1 0 0
3	1 0 1 1 0	8	0 1 1 1 0
4	1 1 0 1 0	9	1 0 0 1 1

4. 群计数码

群计数码的构成规则是,先计算信息码元的“1”的个数(值),然后将这个值转换成二进制数,并用来作为监督码元附加在信息码元之后。例如,一个信息码元为 1100101,有 4 个“1”,用二进制表示为 100,则该码字为 <u>1100101 100</u> 。同样,可以形成几个码字 <u>1011011 101</u>、<u>1111110 110</u> 和 <u>1000000 001</u>。

2.4.5　线性分组码

线性分组码是指信息码元和监督码元之间的关系是线性的。分组码按其组成结构又可分成系统码和非系统码。如果在一个 n 位码字中，k 位信息码元在前，r 位监督码元在后，$n=k+r$，则称这种码为系统码；否则，称为非系统码。可以看出，前面介绍的奇偶监督码就是线性分组码的一种，不过它只有 1 位监督码元，因此只能表示有错与无错。由此可以想到，如果增加监督码元的位数 r，一定可以提高检测错误或纠正错误的能力，这时信息码和监督码的关系可用线性方程组或矩阵的形式来描述。通常，k 位信息码元和 r 位监督码元的线性分组码记为 (n,k)。

1. 监督矩阵 H 与生成矩阵 G

线性分组码 (n,k) 的码字形式如下：

$$A = (a_{n-1}a_{n-2}\cdots a_{n-k}a_{r-1}a_{r-2}\cdots a_1 a_0) \tag{2-18}$$

式中，$a_{n-1}a_{n-2}\cdots a_{n-k}$ 为信息码元，$a_{r-1}a_{r-2}\cdots a_1 a_0$ 为监督码元，a_i 不是"0"就是"1"。如果知道监督码元与信息码元之间的关系，就可以借助相关数字知识来进行运算和描述。

如果知道监督码元与信息码元的关系可表示为以下方程组（称为监督方程组）：

$$\begin{cases} a_{r-1} = H_{11}a_{n-1} \oplus H_{12}a_{n-2} \oplus \cdots \oplus H_{1k}a_{n-k} \\ a_{r-2} = H_{21}a_{n-1} \oplus H_{22}a_{n-2} \oplus \cdots \oplus H_{2k}a_{n-k} \\ \quad\vdots \\ a_0 = H_{r1}a_{n-1} \oplus H_{r2}a_{n-2} \oplus \cdots \oplus H_{rk}a_{n-k} \end{cases} \tag{2-19}$$

式中各系数 $H_{ij}(i=1,2,\cdots,r;j=1,2,\cdots,k)$ 的取值也是"1"或"0"。把系数 H_{ij} 组成的矩阵用 Q 表示，即

$$Q = \begin{bmatrix} H_{11} & H_{12} & \cdots & H_{1k} \\ H_{21} & H_{22} & \cdots & H_{2k} \\ \vdots & \vdots & & \vdots \\ H_{r1} & H_{r2} & \cdots & H_{rk} \end{bmatrix} \tag{2-20}$$

式 (2-19) 的监督方程组可以改写成如下形式：

$$\begin{cases} H_{11}a_{n-1} \oplus H_{12}a_{n-2} \oplus \cdots \oplus H_{1k}a_{n-k} \oplus a_{r-1} = 0 \\ H_{21}a_{n-1} \oplus H_{22}a_{n-2} \oplus \cdots \oplus H_{2k}a_{n-k} \oplus a_{r-2} = 0 \\ \quad\vdots \\ H_{r1}a_{n-1} \oplus H_{r2}a_{n-2} \oplus \cdots \oplus H_{rk}a_{n-k} \oplus a_0 = 0 \end{cases} \tag{2-21}$$

再将左边系数矩阵形成一个新矩阵 H，有

$$H = \begin{bmatrix} H_{11} & H_{12} & \cdots & H_{1k} & 1 & 0 & \cdots & 0 \\ H_{21} & H_{22} & \cdots & H_{2k} & 0 & 1 & \cdots & 0 \\ & & \cdots & & & & & \\ H_{r1} & H_{r2} & \cdots & H_{rk} & 0 & 0 & \cdots & 1 \end{bmatrix} = [Q I_r] \tag{2-22}$$

通常称矩阵 H 为监督矩阵，它完全描述了信息码元与监督码元之间的监督关系；I_r 表示 $r \times r$ 阶单位矩阵。由代数理论可知，矩阵 H 的各行必须是线性无关的，否则就得不到 r 个线性无关的监督关系，从而也就得不到 r 个独立的监督码元。因此，式 (2-21) 可以写成矩阵方程

$$HA^{\mathrm{T}} = 0 \tag{2-23}$$

式 (2-19) 可以改写成下面的矩阵形式：

$$\begin{pmatrix} a_{r-1} \\ a_{r-2} \\ \vdots \\ a_0 \end{pmatrix} = \begin{pmatrix} H_{11} H_{12} \cdots H_{1k} \\ H_{21} H_{22} \cdots H_{2k} \\ \cdots \\ H_{r1} H_{r2} \cdots H_{rk} \end{pmatrix} \begin{pmatrix} a_{n-1} \\ a_{n-2} \\ \vdots \\ a_{n-k} \end{pmatrix} \qquad (2\text{-}24)$$

或者

$$(a_{r-1} a_{r-2} \cdots a_0) = (a_{n-1} a_{n-2} \cdots a_{n-k}) \begin{pmatrix} H_{11} H_{21} \cdots H_{r1} \\ H_{12} H_{22} \cdots H_{r2} \\ \cdots \\ H_{1k} H_{2k} \cdots H_{rk} \end{pmatrix}$$

$$= (a_{n-1} a_{n-2} \cdots a_{n-k}) \boldsymbol{Q}^{\mathrm{T}} \qquad (2\text{-}25)$$

$$= (a_{n-1} a_{n-2} \cdots a_{n-k}) \boldsymbol{P} \qquad (2\text{-}26)$$

显然,矩阵 $\boldsymbol{P}$ 与矩阵 $\boldsymbol{Q}$ 的关系是互为转置,即

$$\boldsymbol{P} = \boldsymbol{Q}^{\mathrm{T}} \qquad (2\text{-}27)$$

如果在矩阵 $\boldsymbol{P}$ 的左边再加上一个单位阵 $\boldsymbol{I}_k$,就可形成一个新的矩阵 $\boldsymbol{G}$:

$$\boldsymbol{G} = (\boldsymbol{I}_k \boldsymbol{P}) = \begin{pmatrix} 1\ 0\ 0\ \cdots\ 0 & H_{11}\ H_{12}\ \cdots\ H_{r1} \\ 0\ 1\ 0\ \cdots\ 0 & H_{12}\ H_{22}\ \cdots\ H_{r2} \\ \cdots \\ 0\ 0\ 0\ \cdots\ 1 & H_{1k}\ H_{2k}\ \cdots\ H_{rk} \end{pmatrix} \qquad (2\text{-}28)$$

矩阵 $\boldsymbol{G}$ 通常称为生成矩阵,因为由 $\boldsymbol{G}$ 可以唯一地生成与信息码字对应的线性分组码的码字 $\boldsymbol{A}$,即

$$\boldsymbol{A} = \boldsymbol{MG} \qquad (2\text{-}29)$$

式中,$\boldsymbol{M} = (a_{n-1} a_{n-2} \cdots a_{n-k})$ 为信息码元。

2. 错误图样和校正子

如果发送码字 $\boldsymbol{A}$ 在传送过程中,由于噪声和信道的非理想性,收端收到的码字 $\boldsymbol{B} = (b_{n-1} b_{n-2} \cdots b_0)$,则收、发码字之差 $\boldsymbol{E}$ 为

$$\boldsymbol{E} = \boldsymbol{B} - \boldsymbol{A} \text{(模 2 运算)}$$

$$= \boldsymbol{B} \oplus \boldsymbol{A} \qquad (2\text{-}30)$$

$$= (e_{n-1} e_{n-2} \cdots e_0) \qquad (2\text{-}31)$$

式中,

$$e_i = \begin{cases} 0, & b_i = a_i \text{(表示无错)} \\ 1, & b_i \neq a_i \text{(表示有错)} \end{cases} \qquad (2\text{-}32)$$

通常把 $\boldsymbol{E}$ 称为错误图样。在接收端通过计算校正子 $\boldsymbol{S}$,就可以确定错误图样 $\boldsymbol{E}$。$\boldsymbol{S}$ 的计算式为

$$\boldsymbol{S} = \boldsymbol{BH}^{\mathrm{T}} \qquad (2\text{-}33)$$

由于 $\boldsymbol{AH}^{\mathrm{T}} = \boldsymbol{0}$,所以

$$\boldsymbol{S} = (\boldsymbol{E} + \boldsymbol{A}) \boldsymbol{H}^{\mathrm{T}} = \boldsymbol{EH}^{\mathrm{T}} + \boldsymbol{AH}^{\mathrm{T}} = \boldsymbol{EH}^{\mathrm{T}} \qquad (2\text{-}34)$$

这表明 $\boldsymbol{S}$ 与 $\boldsymbol{E}$ 之间有确定的关系。因此,在接收端只要把接收到的码字与监督阵的转置矩阵相乘,就可以获得错误图样。通过错误图样,自然就可以达到纠正错误码元之目的。

3. 汉明(Hamming)码

汉明码是指能纠正 1 位错误的线性分组码,它具有以下特点:

(1) 码字长 $n=2^r-1$；

(2) 信息位 $k=2^n-r-1$；

(3) 最小码距 $d_{\min}=3$；

(4) 纠错能力 $t=1$。

可以看出，给定 $r(r\geqslant 2)$，就可以构造出具体的汉明码 (n,k)。

例如，已知汉明码 $(7,4)$ 的监督码元与信息码元关系式如下：

$$\begin{cases} a_2 = a_6 \oplus a_4 \oplus a_3 \\ a_1 = a_6 \oplus a_5 \oplus a_3 \\ a_0 = a_5 \oplus a_4 \oplus a_3 \end{cases}$$

则很容易得到监督矩阵 H 为

$$H = \begin{bmatrix} 1 & 0 & 1 & 1 & 1 & 0 & 0 \\ 1 & 1 & 0 & 1 & 0 & 1 & 0 \\ 0 & 1 & 1 & 1 & 0 & 0 & 1 \end{bmatrix} = (QI_r)$$

则生成矩阵 G 为

$$G = [I_k P] = [I_k Q^T] = \begin{bmatrix} 1 & 0 & 0 & 0 & 1 & 1 & 0 \\ 0 & 1 & 0 & 0 & 0 & 1 & 1 \\ 0 & 0 & 1 & 0 & 1 & 0 & 1 \\ 0 & 0 & 0 & 1 & 1 & 1 & 1 \end{bmatrix}$$

收到码字 $B=(1000101)$ 时，校正子为

$$S = BH^T = (1000101) \begin{bmatrix} 1 & 1 & 0 \\ 0 & 1 & 1 \\ 1 & 0 & 1 \\ 1 & 1 & 1 \\ 1 & 0 & 0 \\ 0 & 1 & 0 \\ 0 & 0 & 1 \end{bmatrix} = (0 \quad 1 \quad 1)$$

2.4.6 循环码

循环码是线性分组码的一个重要部分，它建立在现代代数理论的基础上。循环码的编译码方法实现起来不困难，且纠错能力较强。

1. 循环特性

循环码除具有封闭性（指线性码集中的任意两个码字之和仍为这个码集中的一个码字）和码集的最小码距等于最小码重（非零码除外）等特性之外，还具有循环特性，即循环码中任一许用码字经过循环移位后，得到的新码字仍为它的一个许用码字。表 2-7 给出了 $(7,3)$ 循环码的全部码字。可以看出，循环圈有两个，一个是编号 0 自成循环圈，另一个是 $1\rightarrow 2\rightarrow 5\rightarrow 3\rightarrow 7\rightarrow 6\rightarrow 4\rightarrow 1$。

2. 码多项式

在研究分析循环码时，通常把长度为 n 的码字用 $n-1$ 次多项式表示，称为码多项式。例如，编号为 3 的码多项式为

$$A_3(x) = x^5 + x^4 + x^3 + 1$$

表 2-7 (7,3)循环码

编号	循 环 码	编号	循 环 码
0	0 0 0 0 0 0 0	4	1 0 0 1 0 1 1
1	0 0 1 0 1 1 1	5	1 0 1 1 1 0 0
2	0 1 0 1 1 1 0	6	1 1 0 0 1 0 1
3	0 1 1 1 0 0 1	7	1 1 1 0 0 1 0

如果把码字用码多项式表示,则码的循环移位以及其他一些特性和运算,就可以转换为多项式的数学运算。

3. 生成多项式 $g(x)$ 和生成矩阵 G

如果一种码的所有码多项式(0 码除外)都是多项式 $g(x)$ 的倍式,则称 $g(x)$ 为该码集的生成多项式。在 (n,k) 循环码中,可以证明 $g(x)$ 是常数项为 1 的 $r=n-k$ 次多项式,而且 $g(x)$ 必是 x^n+1 的一个因式。例如,$(7,3)$ 循环码的生成多项式 $g(x)=A_1(x)=x^4+x^2+x+1$。

循环码的生成矩阵,可用多项式的形式表示为

$$G(x) = \begin{bmatrix} x^{k-1}g(x) \\ \vdots \\ xg(x) \\ g(x) \end{bmatrix} \tag{2-35}$$

具体对 $(7,3)$ 循环码,有

$$G(x) = \begin{bmatrix} x^6 + x^4 + x^3 + x^2 \\ x^5 + x^3 + x^2 + x \\ x^4 + x^2 + x + 1 \end{bmatrix} \tag{2-36}$$

即

$$G = \begin{bmatrix} 1 & 0 & 1 & 1 & 1 & 0 & 0 \\ 0 & 1 & 0 & 1 & 1 & 1 & 0 \\ 0 & 0 & 1 & 0 & 1 & 1 & 1 \end{bmatrix} \tag{2-37}$$

4. 监督多项式和监督矩阵 H

因为循环码是线性分组码,因此可以按照一般线性码的方法求得 H。思路是由 $G=[I_k Q^T]$ 矩阵求出矩阵 Q(做法是把 G 化成 $I_k Q^T$ 形式),再由 $H=[QI_r]$ 写出矩阵 H。另外,求监督矩阵 H 的一种方法是通过求出监督多项式 $h(x)$,再写出监督矩阵 $H(x)$。

$$h(x) = \frac{x^n + 1}{g(x)} = x^k + h_{k-1}x^{k-1} + \cdots + h_1 x + 1 \tag{2-38}$$

$$H(x) = \begin{bmatrix} x^{r-1}h^*(x) \\ \vdots \\ xh^*(x) \\ h^*(x) \end{bmatrix} \tag{2-39}$$

式中，

$$h^*(x) = x^k + h_1 x^{k-1} + h_2 x^{k-2} + \cdots + h_{k-1}x + 1 \qquad (2\text{-}40)$$

为 $h(x)$ 的逆多项式。

仍然以 $(7,3)$ 循环码为例，$g(x) = x^4 + x^2 + x + 1$，则

$$h(x) = \frac{x^n + 1}{g(x)} = \frac{x^7 + 1}{x^4 + x^2 + x + 1} = x^3 + x + 1$$

$$h^*(x) = x^3 + x^2 + 1$$

由式(2-39)得：

$$\boldsymbol{H}(x) = \begin{bmatrix} x^6 + x^5 + x^3 \\ x^5 + x^4 + x^2 \\ x^4 + x^3 + x \\ x^3 + x^2 + 1 \end{bmatrix}$$

即

$$\boldsymbol{H} = \begin{bmatrix} 1 & 1 & 0 & 1 & 0 & 0 & 0 \\ 0 & 1 & 1 & 0 & 1 & 0 & 0 \\ 0 & 0 & 1 & 1 & 0 & 1 & 0 \\ 0 & 0 & 0 & 1 & 1 & 0 & 1 \end{bmatrix}$$

2.4.7 卷积码

卷积码又叫连环码，是 1955 年由 P. Elias 首先提出来的，它是非线性的分组码。通过前面线性分组码的学习可知，一个 (n,k) 分组码的规律性只局限在一个码字之内，每个码字的 r 位监督码元完全由本码字的 k 位信息码元确定。而卷积码的每个码字的 n 位码元不仅与本码字的 k 位信息有关，而且与前面 $m-1$ 组的信息有关，即编码过程中相互关联的码元为 $l = mn$ 个，通常称 l 为一个约束长度。显然约束长度越长，前后码元的相关性就越强，因而检错纠错能力也就越强，差错率就越低。卷积码与分组码的另一个不同点在于，分组码有严格的代数结构，而卷积码至今尚未找到如此严密的数学手段对其进行精确描述，因而很难把纠错能力和码的结构十分有规律地联系起来。也正因为如此，才使得卷积码的编、译码设备复杂，编程手段困难。

卷积码常用符号 (n,k,m) 表示，意义是码长为 n，其中信息位为 k 位，n 个码元与前面 $m-1$ 个码字的信息码元有关。

卷积码的编码过程可以看成是由输入的信息序列、移位寄存器与模 2 加法器组合而成的一个序列码。卷积码不能像线性分组码那样描述，通常用图解法和解析法表示。图解法中使用树状图、网格图、状态图的形式来描述较直观。

卷积码的译码方式有以下 3 种：

(1) 维特比译码；

(2) 序列译码；

(3) 门限译码。

门限译码又称大数逻辑译码，它把卷积码看成是在译码约束长度下的分组码，仍然利用信息码元和监督码元的约束关系来进行译码和纠错。门限译码设备简单，译码速度快，但是译码性能较差。维特比译码和序列译码都是以最大似然译码原理为基础而发展起来的，虽然它们的编译码设备较之门限译码复杂得多，但因译码能力强，近年来其应用发展很快，已成为主要

的前向纠错技术。

卷积码由于其优异的性能,应用越来越广泛。例如,在高斯型白噪声信道,特别在卫星通信和空间通信中,几乎都采用卷积码进行纠错。由于篇幅所限,这里不再叙述。

2.5 多路复用技术

利用一条信道实现多路信号同时传输的技术叫多路复用技术。多路复用技术与前面介绍的数据压缩技术都是为了提高传输效率,提高有效性。多路复用的理论基础是信号分割原理。信号分割的依据在于信号之间的差别,这些差别可以是频率、时间、空间、码型等参量。本节介绍时分多路复用、频分多路复用、统计时分多路复用、码分多路复用以及波分复用的基本概念。

2.5.1 时分多路复用(TDM)

时分复用(TDM,Time Division Multiplexing)以时间作为信号分割参量,故必须使各路信号在时间轴上互不重叠。抽样定理为 TDM 提供了理论依据。在不同时刻对不同路的信号抽样,每一路信号的抽样率 $f_{b,i}$ 满足

$$f_{b,i} \geqslant 2f_{m,i}, \quad i = 1,2,\cdots,n \tag{2-41}$$

只要总的抽样速率大于或等于各路抽样速率之和,就能实现多路信号在一个信道内传输。图 2-11 示出了 n 路信号 TDM 传输系统示意图。可以看出,TDM 系统必须保证收、发端的严格同步,否则无法正确传输。

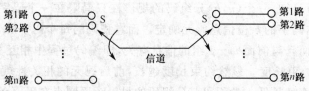

图 2-11 TDM 传输系统示意图

一般 TDM 采用固定的时隙分配方式,即将一帧中各时间片以固定的方式分配给各路信号,通常采用 TDM 复用器来实现。实现复用后的信号通常还要经过调制,再送入信道传输。图 2-12 画出了一个按字符交错时的 TDM 传输图。

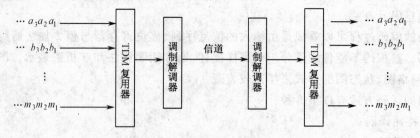

图 2-12 字符交错时的 TDM 传输图

在图 2-12 中,字符 a_i、b_i、m_i 是不同路的字符序列,如果认为它们是比特流,则复用器复用时就要采用比特交错法;如果认为是码组,则要采用码组交错法。不论采用什么交错方法,其核心是复用器复用的帧结构形式。TDM 一般用在数字通信中。

2.5.2　频分多路复用（FDM）

频分复用（FDM，Frequency Division Multiplexing）的分割参量是频率，只要各路信号在频率上互相重叠，就可实现频分复用。

频分复用是一种按频率来划分信道的复用方式，它把整个物理媒介的传输频带按一定的频率间隔划分为若干较窄的频带，每个窄频带构成一个子通道。只要该子通道的容量适合进行单路数据传输，就可以作为一个独立的传输信道使用。典型的频分复用系统是多路载波系统，这种系统是用来进行多路话音信号的长距离传输的，它把带宽为 $3.1\,\mathrm{kHz}(0.3\sim3.4\,\mathrm{kHz})$ 的话音信号，利用频率搬移的方法搬移到信道的不同频率范围内，按一定的规则进行排列，形成一个多路复用信号。

图 2-13 是一个 FDM 的信道频谱分布图，图中各路话音信号之间一般要有一定的保护带。在大部分情况下，信号频带宽度（$3.1\,\mathrm{kHz}$）加上保护带，常取 $4\,\mathrm{kHz}$。图 2-13 中画出了 32 路话音信号搬移到 $600\,\mathrm{kHz}$ 的 FDM 频谱。

图 2-13　FDM 信道频谱分布

系统信道的总频带宽度 B_Σ 为

$$\begin{aligned}
B_\Sigma &= nB_i + (n-1)B_P \\
&\approx n(B_i + B_P) \\
&= 128\,\mathrm{kHz}
\end{aligned}\tag{2-42}$$

式中，B_i 为一路信号的带宽，B_P 为各路保护带宽，n 为路数。

频分复用系统在复用和传输过程中，调制、多次频率搬移和分路、解调等操作会不同程度地引入非线性失真，传输和音频转接也会引入噪声。这些因素都会使数据信号的传输质量下降，增大误码率。FDM 一般用在模拟通信系统中。

2.5.3　统计时分多路复用（STDM）

统计时分复用（STDM，Statistical Time Division Multiplexing）克服了 TDM 固定时隙的方式，动态地按需分配时隙，从而提高了系统利用率，因此 STDM 又叫异步 TDM 或智能 TDM。

STDM 的基本工作原理是多路复用器（MUX）不断扫描缓冲区，并根据缓冲区存储的数据量产生一个大小可变的帧，如图 2-14 所示。图中各个数据源都是活跃的，但活跃的时段各不相同。符号 ϕ 表示某个源没有信息到达。最初，比特流 A_1 和 C_1 被缓存起来，但其他的缓冲区是空的，因为它们所对应的输入源是静止的。所以，多路复用器把 A_1 和 C_1 放到一个帧里发送出去。在此期间 A_2、C_2 和 B_1 一起到达了。多路复用器把它们放进另一个更大的帧里并加以发送。这时，源 C 停了下来，而源 D 变成活跃状态。现在 A_3、B_2 和 D_1 到达了，和刚才一样，多路复用器把它们放到一个帧里并加以发送。只要有一个输入是活跃的，该过程就会一直持续下去。

STDM 的困难之处在于帧的长度是变化的。在这种情况下帧的格式更加复杂，而且得加

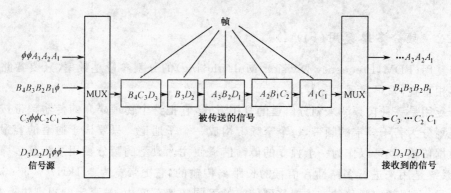

图 2-14　STDM 原理

上目标地址等额外信息。接收端的多路复用器也必须增加额外的逻辑机制,以找出帧的目标地址,从而把信息发送到正确的方向上去。

2.5.4　码分多址复用(CDMA)

码分多址复用(CDMA,Code Division Multiple Access)常用在移动通信中,是一种相对较新的技术。在 CDMA 系统中,发送端用互不相干、相互正交(准正交)的地址去调制所要发送的信号,接收端则利用码型的正交性,通过地址从混合的信号中选出相应信号。

CDMA 的显著特点是,系统中所有用户传输信号时使用同一频率,占用相同的带宽。每个用户可以同时也可以不同时发送和接收信号,各个用户的信号不是靠频率和时间不同来区分的,而是用不同的编码序列来区分。

CDMA 要解决的几个关键技术如下。

(1) 地址码产生技术:要产生的地址码要足够多,且自相关性要好;

(2) 接收端要产生与收到的地址码完全同步的地址码,即地址码同步技术;

(3) 扩频技术:用于抑制各用户之间的相互干扰。

2.5.5　波分复用(WDM)

波分复用(WDM,Wave Division Multiplexing)是光纤通信中特有的一种复用方式。从本质上讲,WDM 与 FDM 是一致的,因为 FDM 是把各路信号调制到不同载频上,而 WDM 也是把各路信号调制到载频上,使各路信号有不同的波长(波长＝光速/频率≈$3×10^8$(m/s)/f)。

2.6　数字复接技术

在 PCM 通信系统中,为了使多路信号能复用到同一信道上传输,采用 PCM 复用(基带复用),即通过对每路信号采样时刻的不同来达到复用。当话路增多时,分配给每路的时隙也越来越小,因而技术实现比较困难。另一种方法是把几个复用后的合路信号再次复用,合并成更高速率的信号流,这种方式称为数字复接。

通常把两路或两路以上的低速数字信号合并成一路高速信号的过程叫数字复接。CCITT 推荐了两种数字复接等级和数字速率系列。以 2 048 kbit/s 速率为基础形成的数字系列是我国、欧洲和独联体采用的系列。

2.6.1 数字复接系统

数字复接系统的任务是完成数字的复接,它由数字复接器(Digital Multiplexer)和分接器组成,如图 2-15 所示。数字复接器把 2 个或 2 个以上的支路信号按时分复用方式合并成一个单一的高次群数字信号,它是由定时、码速调整和复接等单元组成的。数字分接器(Digital Demultiplexer)把一个已合路的高次群数字信号分解成原来的低次群数字信号,它由同步、定时、分接和码速恢复等单元组成。

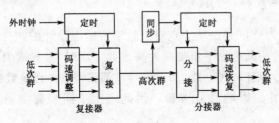

图 2-15　数字复接系统组成

2.6.2 数字复接的方法

按各支路信号的交织长度划分,数字复接的方法主要有按位复接、按字复接和按帧复接三种。按位复接又叫比特复接,即复接时每次每支路依次复接一个比特。按位复接方法简单易行,设备也简单,所需存储器容量小;缺点是对信号交换不利。按字复接是将每个码字的 8 位码先存储起来,复接时每次每支路依次复接一个码字。这种方法有利于数字电话交换,但要求有较大的存储容量。按帧复接是每次复接一个支路的一个帧,这种方法的优点是复接时不破坏原来的帧结构,但要求更大的存储容量。

如果按各支路信号时钟间的关系划分,数字复接的方法有同步复接、异步复接和准同步复接三种。

2.6.3 准同步数字复接系列(PDH)

准同步数字复接系列(PDH,Pseudosynchronous Digital Hierarchy)的标准见表 2-8。

表 2-8　准同步数字复接系列(PDH)

速率系列 群路等级	PCM30/32		PCM24	
	数码率/(Mbit/s)	话路数	数码率/(Mbit/s)	话路数
基群	2.048	30	1.544	24
一次群	8.448	30×4＝120	6.312	24×4＝96
二次群	34.368	120×4＝480	32.064	96×5＝480
四次群	139.264	480×4＝1 920	97.728	480×3＝1 440

几个低次群数字信号复接成一个高次群数字信号时,如果各个低次群的时钟是各自产生的,则被复接的各低次群码速可能不一定完全相等。CCITT 规定,实际系统的时钟频率的误差允许控制在±100 Hz 以内,所以 PCM30/32 系统的基群数码率在 2.048 Mbit/s±100 bit/s 的范围内都是正常的。如果将几个码速不一定完全相等的低次群直接复接,数码就会产生重

叠和错位,从而在接收端无法将这样复接合成的数字信号流分接恢复成原来的低次群信号。数码率不同的低次群不能直接复接,要在复接前对各低次群进行码速调整。

码速调整技术一般有正码速调整、负码速调整和零负码速调整3种,其中正码速调整应用最为普遍。

码速调整装置的主体是缓冲存储器,还有一些必要的控制电路。输入时钟频率即为输入支路的码率 f_i,输出时钟(即同步复接支路时钟)的频率为 f_o。在正码速调整技术中,$f_o > f_i$。

2.6.4 同步数字系列(SDH)

由于准同步数字系列(SDH)是基于点对点数字传输而设计的,它的各个链路的工作频率容许稍有差别,将准同步的低速数字流复接为高速数字流时,首先需要进行码速调整,使各支路信号具有相同的码速,并且每次下载、加载信号时都要将整个传输数字码流拆开、重组,这显然会造成传输效率低,特别影响高速传输。因此产生了同步数字系列(SDH,Synchronous Digital Hierarchy)。

SDH 的特点如下:

(1) 具有统一的网络节点接口(NNI);

(2) 具有一套标准化的信息结构等级,称为同步传输模块 STM-1,STM-4,STM-16 等,其块状帧结构中具有丰富的用于维护管理的比特,便于网络操作、维护和管理;

(3) 所有网络单元都有标准光接口;

(4) 具有灵活的复用结构和指针调整技术;

(5) 可采用软件进行网络配置和控制。

SDH 最基本的同步传输模块是 STM-1,其传输速率为 155.520 Mb/s(简称 155 Mb/s)。更高等级的 STM-N 是将 STM-1 同步复接而成,其码速是 STM-1 的整数倍。4 个 STM-1 构成一个 STM-4,速率为 622.080 Mb/s。16 个 STM-1 构成一个 STM-16,速率为 2 488.320 Mb/s。

STM 设备除了可作为复用器和线路终端设备外,还可组成分插复用(ADM)设备和数字交叉连接(DXC)设备,以它们为基础可构成 SDH 传输网。

2.6.5 PDH 与 SDH 的比较

(1) SDH 简化了信号互通和信号传输、复用、交叉连接的过程。图 2-16 示出了 PDH 和 SDH 分插信号的流程图。在传统的 PDH 系统中,为了从一个四次群分接出一个基群信号,需要经过 139.264/34.368、34.368/8.448 和 8.448/2.048 三次分接过程;反之,为了将多个基群复用成一个四次群,也需要经过 2.048/8.448、8.448/34.368 和 34.368/139.264 三次复接过程。而采用 SDH 分插复用器(ADM)后,由于采用同步复用和指针映射结构,帧结构中具有丰富的用于网络操作、维护、管理的比特,可以利用软件一次分插 2.048 Mb/s 支路信号,上、下业务十分简便。

(2) SDH 网管能力强。

(3) SDH 具有统一的比特率和接口标准。

(4) SDH 可组成自愈保护环,确保通信安全、可靠。

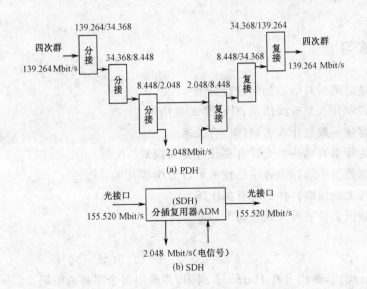

图 2-16　SDH 和 PDH 分插信号流程比较

本章小结

本章介绍了传输信道、数据编码技术、数据压缩技术、差错控制技术、多路复用技术以及数字复接技术。

信道是指以传输媒介为基础的信号通路。信道的分类如下：

$$
信道\begin{cases}
广义信道/狭义信道\\
模拟信道/数字信道\\
公用信道/专用信道\\
有线信道/无线信道
\end{cases}
$$

信道容量(C)是系统的极限传输速率。对于模拟信道，$C=B\log_2(1+S/N)$；对于数字信道，$C=2B\log_2 L$。

传输介质通常有双绞线、同轴电缆、光纤及无线信道（卫星、微波、短波信道）。

国际上常用的传输代码有国际 5 号码（IA5）（它类似于 ASCII 码）、EBCDIC 码和国际 2 号码（IA2）。国内汉字编码采用由外码和内码组成的两级编码方法。

数据压缩的方法有 LZ 算法、Huffman 编码、相关编码和游程编码等。

差错控制的基本原理是牺牲有效性（增加多余码元），提高可靠性。差错控制的基本方式有 ARQ、FEC 和 HEC 三种。检纠能力与最小码距有关。奇偶监督码、行列奇偶监督码、恒比码、线性分组码的汉明码、循环码以及卷积码都是数据通信中常用的信道编码方法。

多路复用技术解决了多路信号在同一信道上传输的问题，提高了有效性。具体复用方式有 FDM，TDM，STDM，CDMA，WDM 等。

数字复接实现了把几个基群合成更高速率的方法。准同步数字复接系列（PDH）和同步数字系列（SDH）是目前常用的标准。

思考与练习

2-1 什么是信道？对信道如何进行分类？

2-2 举例说明什么是有线信道，什么是无线信道。

2-3 信道容量一般与什么参数（量）有关系？

2-4 光纤的特点有哪些？光纤有哪几种传输模式？

2-5 什么叫数据压缩？语音压缩技术可以分为哪几类？

2-6 什么叫无损压缩？什么叫有损压缩？

2-7 已知数据文件字符及频率如下：

$$S_0 \quad S_1 \quad S_2 \quad S_3 \quad S_4 \quad S_5 \quad S_6$$
$$5\% \quad 15\% \quad 5\% \quad 20\% \quad 15\% \quad 10\% \quad 30\%$$

试采用 Huffman 编码，画出合并 Huffman 树图，并确定每个字符的编码。

2-8 试简单说明游程编码的基本原理。

2-9 差错控制的基本方式有哪几种？简要说明其工作过程。

2-10 某码集由 11111111，11110000，00001111 和 00000000 组成，求：

(1) 码集的最小码距 d_{min}；

(2) 若只用于检错，能发现几位错误；

(3) 若只用于纠错，能纠正几位错误；

(4) 若同时用于纠检错，纠检错能力如何。

2-11 恒比码的特点是什么？国际电报中采用的恒比码是什么形式的码？

2-12 码长为 15 的 Hamming 码，监督位 r 应为多少？计算编码效率 $R=?$

2-13 已知(7,4)线性分组码的生成矩阵为

$$\boldsymbol{G} = \begin{pmatrix} 1000111 \\ 0100101 \\ 0010011 \\ 0001110 \end{pmatrix}$$

(1) 求(7,4)分组码的监督矩阵 $\boldsymbol{H}$；

(2) 求出其全部码字。

2-14 (7,4)循环码的生成多项式 $g(x) = x^3 + x + 1$，

(1) 求生成矩阵；

(2) 求监督矩阵；

(3) 写出码集的全部码字。

2-15 已知(7,3)循环码的码集如下：

序号	码 字	序号	码 字
1	0000000	5	1001110
2	0011101	6	1010011
3	0100111	7	1101001
4	0111010	8	1110100

（1）画出该码集的循环圈；

（2）写出生成多项式；

（3）求生成矩阵 G；

（4）求出监督多项式 $h(x)$ 和监督矩阵 H。

2-16　TDM 与 FDM 的特点是什么？

2-17　STDM 的基本原理是什么？

2-18　数字复接的方法有哪些？

2-19　我国采用的准同步数字复接系列（PDH）各次群的数码率分别是多少？话路数各是多少？

2-20　同步数字系列（SDH）的主要特点有哪些？

第 3 章　数据信号的传输

从数据终端设备（如计算机）输出的数据基带信号，其传输的方法有两种：基带传输和频带传输。本章前半部分讨论数据信号基带传输原理与技术，后半部分讨论频带传输原理与技术。在具体讨论之前，首先介绍数据基带信号及其传输的一些基本概念。

3.1　概述

通常把来自计算机、电传机、传真机等数据终端设备的信号称为基带数据信号。基带数据信号的主要特征是：信号的主要能量都集中在从零频（直流）或非常低的频率开始，至某频率的频带范围内。这种数据信号所占的频段不是低通型频带就是带通型频带。如果是带通型，则其下限频率也是在距零频不远处。

数据传输就是指将数据信号按一定形式，从一端（称之为信源）传输到另一端（信宿）。数据传输的距离有长有短，可以是数据设备内的信号传送（1 m 或几米），也可以是通过通信网或计算机网完成的远程（远至 4 km）传送。通常近距离（几米）数据传输时采用并行传输方式，远距离数据传输时采用串行传输方式。

3.1.1　常见基带数据信号波形

在通信中，从计算机发出的数据信息，虽然是由符号 1 和 0 组成的，但其电信号形式（波形）可能会有多种形式。通常把基带数据信号波形也叫码型，常见的基带数据信号波形有：单极性不归零码、单极性归零码、双极性不归零码、双极性归零码、差分码、传号交替反转码、三阶高密度双极性码、曼彻斯特码等。

1. 单极性不归零（NRZ）码

单极性不归零码的波形如图 3-1(a)所示。这种码用高电平表示数据信息"1"，用低电平表示数据信息"0"，在整个码元期间电平保持不变，故称不归零码。单极性不归零码具有如下特点：

（1）简单，容易实现；

（2）有直流分量；

（3）判决门限介于高、低电平之间，抗噪声性能差；

（4）接收端不能直接提取码元同步信息；

（5）信号消耗的能量大于归零码。

由于单极性不归零码的诸多不足，它只用于极短距离的数据传输。

2. 单极性归零（RZ）码

单极性归零码如图 3-1(b)所示。在传送"1"码时发送 1 个宽度小于码元持续时间的归零脉冲；在传送"0"码时不发送脉冲。其特征是所用脉冲宽度比码元宽度窄，即还没有到一个码元终止时刻就回到零值，因此称其为单极性归零码。脉冲宽度 τ 与码元宽度 T_b 之比 τ/T_b 叫

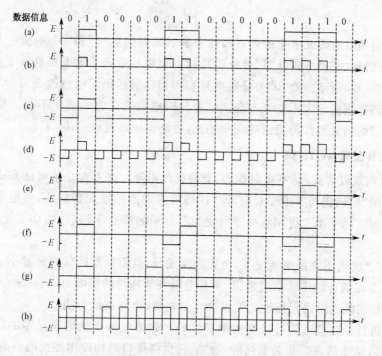

(a)单极性不归零码;(b)单极性归零码;(c)双极性不归零码;

(d)双极性归零码;(e)差分码;(f)传号交替反转码;

(g)三阶高密度双极性码;(h)曼彻斯特码

图 3-1　基带信号码型

占空比。单极性 RZ 码与单极性 NRZ 码相比,除了仍具有单极性码的一般缺点外,其主要优点是可以直接提取同步信号,节省发射能量。

3. 双极性不归零(NRZ)码

双极性不归零码如图 3-1(c)所示,其信息的"1"和"0"分别对应正、负电平,它具有不归零码的缺点,但是具有双极性码的优点:

(1) 当"1"和"0"等概时,无直流成分;

(2) 判决电平为 0,电平易设置且稳定,因此抗干扰能力强。

由于此码的特点,过去有时也把它作为线路码来用。近年来,随着高速网络技术的发展,双极性 NRZ 码的优点(特别是信号传输带宽窄)受到人们的关注,并成为主流编码技术。但在使用时,为解决提取同步信息和含有直流分量的问题,先要对双极性 NRZ 进行一次预编码,再实现物理传输。

4. 双极性归零(RZ)码

双极性归零码构成原理与单极性归零码相同,如图 3-1(d)所示。"1"和"0"在传输线路上分别用正和负脉冲表示,且相邻脉冲间必有零电平区域存在。因此,在接收端根据接收波形归于零电平便知道 1 比特信息已接收完毕,以便准备下一比特信息的接收。所以,在发送端不必按一定的周期发送信息。可以认为正负脉冲前沿起了启动信号的作用,后沿起了终止信号的作用。因此,可以经常保持正确的比特同步,即收发之间不需要特别定时,且各符号独立地构成起止方式,此方式也叫自同步方式。此外,双极性归零码也具有双极性不归零码的抗干扰能力强、码中不含直流成分及节省发射能力的优点。双极性归零码得到了比较广泛的应用。

5. 差分码

差分码是利用前后码元电平的相对极性来表示数据信息"1"和"0"的,是一种相对码。差分码有"1"差分码和"0"差分码。"1"差分码是利用相邻前后码元电平极性改变表示"1",不变表示"0",如图 3-1(e)所示。而"0"差分码则是利用相邻前后码元极性改变表示"0",不变表示"1"。"1"差分码规则简记为 1 变 0 不变;"0"差分码规则简记为 0 变 1 不变。差分码特点是,即使接收端收到的码元极性与发送端完全相反,也能正确地进行判决。

6. 传号交替反转(AMI)码

AMI 码也叫双极方式码、平衡对称码、交替极性码等。此方式是单极性方式的变形,即把单极性方式中的"0"码仍与零电平对应,而"1"码对应发送极性交替的正、负电平,如图 3-1(f)所示。这种码型实际上把二进制脉冲序列变为三电平的符号序列(故叫伪三元序列),其优点如下:

(1) 在"1"、"0"码不等概率情况下,也无直流成分,且零频附近低频分量小。因此,对具有变压器或其他交流耦合的传输信道来说,不易受隔直流特性的影响。

(2) 若接收端收到的码元极性与发送端完全相反,也能正确判决。

(3) 只要进行全波整流就可以变为单极性码。如果交替极性码是归零的,变为单极性归零码后就可提取同步信息。北美系列的一、二、三次群接口码均使用经扰码后的 AMI 码。

7. 三阶高密度双极性码(HDB₃)

虽然 AMI 码有不少优点,但信息流中出现长连"0"时,在收端提取定时信号就很困难,这是因为在长连"0"时,AMI 码输出为零电平,即无信号。为了克服这一不足,一种有效且广泛被人们接受的方法是采用系列高密度双极性码(HDB$_n$)。HDB₃ 码就是 HDB$_n$ 系列中最有用的一种。

HDB₃ 码的编码步骤如下:

(1) 按 AMI 码编码。

(2) 用 000V 替代长连零小段 0000,V 的极性同前一个非零码的极性。

(3) 检查 V 码是否极性交替。如果不交替,把当前的 000V 用 B00V 代替,B 的极性与前一个非零符号相反;加 B 后,则后边所有非零符号反号。

检查 HDB₃ 码编的正确与否,一是看"1"和 B 码合起来是否交替,二是看 V 码是否交替。二者都交替则编码正确。例如:

信息流　01000011000001110

第一步　0+10000−1+100000−1+1−10

第二步　0+1000+V−1+1000+V0−1+1−10

第三步　0+1000+V−1+1−B00−V0+1−1+10

HDB₃ 码如图 3-1(g)所示。在实际波形中,B 和 V 都是用高电平(同"1"码)表示的。

在接收端译码时,由两个相邻同极性码找到 V 码,即同极性码中后面那个码就是 V 码。由 V 码向前的第三个码如果不是"0"码,表明它是 B 码。把 V 码和 B 码去掉后留下的全是信码。把它全波整流后得到的是单极性码。

HDB₃ 的优点是无直流成分,低频成分少,即使有长连"0"码时也能提取位同步信号;缺点是编译码电路比较复杂。HDB₃ 是 CCITT 建设欧洲系列一、二、三次群的接口码型。

8. 曼彻斯特(Manchester)码

曼彻斯特码又称分相码、数字双相码。其编码规则是每个码元用连续两个极性相反的脉冲表示。具体是："1"码用正、负脉冲表示，"0"码用负、正脉冲表示，如图 3-1(h)所示。该码的优点是无直流分量，最长连"0"、连"1"数为 2，定时信息丰富，编译码电路简单。但其码元速率比输入的信号速率提高了 1 倍。

分相码适用于数据终端设备的中速、短距离传输。例如，以太网采用分相码作为线路传输码。

当极性反转时分相码会引起译码错误，为解决此问题，可以采用差分码的概念，将数字分相码中用绝对电平表示的波形改为用电平相对变化来表示。这种码型称为条件分相码或差分曼彻斯特码。数据通信的令牌网即采用这种码型。

3.1.2 对数据基带信号的要求

在设计和选择码型时，通常要考虑如下几点：
(1) 码型中应不含直流分量，而且高频分量尽量少；
(2) 码型中应含有定时信息，以便于位定时的提取；
(3) 码型应具有一定的检错能力和抗噪声能力；
(4) 码型在编码时对消息类型不应有任何限制；
(5) 码型的产生和接收应该相对简单；
(6) 具有较小的或没有误码扩散，即码型不应出现或少出现由于单个误码而引起一段译码发生错误。

3.1.3 基带信号的谱特性

准确地说，数据基带信号是一个随机脉冲序列。因此，研究和分析数据基带信号要用随机过程的方法来处理。

数据基带信号的时域表达式可写成

$$d(t) = \sum_{n=-\infty}^{\infty} a_n x_n(t) \tag{3-1}$$

其中

$$x_n(t) = \begin{cases} g_0(t-nT_b), & \text{以概率 } p \text{ 出现的"0"信号时} \\ g_1(t-nT_b), & \text{以概率 } 1-p \text{ 出现的"1"信号时} \end{cases}$$

式中，$g_0(t)$ 和 $g_1(t)$ 分别是二进制代码"0"和"1"的波形；T_b 为码元宽度；a_n 为第 n 个信息符号所对应的电平值。对于单极性信号，$a_n=0$ 或 1；对于双极性信号，$a_n=-1$ 或 1。

利用随机理论，可以推导出随机脉冲序列的双边功率谱密度 $P(f)$ 为

$$P(f) = \sum_{m=-\infty}^{\infty} \mid f_b [p G_0(mf_b) + (1-p) G_1(mf_b)] \mid^2 \delta(f - mf_b)$$
$$+ f_b p(1-p) \mid G_0(f) - G_1(f) \mid^2 \tag{3-2}$$

式中，$G_0(f)$、$G_1(f)$ 分别为 $g_0(t)$、$g_1(t)$ 的傅里叶变换，$f_b=1/T_b$。

例 3-1 求双极性不归零码的功率谱。

可以认为，双极性幅度取值为 $+E$ 和 $-E$，且"0"出现的概率 $p=1/2$，则

$$g_0(t) = -g_1(t)$$

所以

$$G_0(f) = ET_b\sin(\pi fT_b)/(\pi fT_b)$$
$$= ET_b\mathrm{Sa}(\pi fT_b) \tag{3-3}$$
$$G_1(f) = -G_0(f) \tag{3-3'}$$

把上两式代入式(3-2),可得功率谱密度为

$$P(f) = f_b \cdot \frac{1}{2} \cdot \frac{1}{2} \mid 2 \cdot G_0(f) \mid^2$$
$$= f_b G_0^2(f)$$
$$= E^2 T_b \mathrm{Sa}^2(\pi fT_b) \tag{3-4}$$

3.1.4 数据信号的传输

在第 1 章中,我们介绍了数据通信的传输方式。数据信号可以并行传输,也可以串行传输;可以同步传输,也可以异步传输;等等。从数据传输系统的实现方法上看,数据传输有基带传输和频带传输之分。

基带传输是指从计算机等数据终端(信源)出来的数据基带信号,不经过调制(频谱搬移)而直接送到信道上传输的一种传输方式。例如,在计算机与打印机之间的近距离数据传输,在局域网和一些域域网中计算机间的数据传输等都是基带传输。基带传输实现简单,但传输距离受限。

频带传输是指数据信号在送入信道前,要对其进行调制,实现频率搬移,随后通过功率放大等环节后再送入信道传输的一种传输方式。例如,目前普通家庭用户,通过调制解调器与电话线连接上网就是频带传输方式。

3.2 数据信号的基带传输

3.2.1 基带数据传输系统的组成

基带数据传输系统的模型如图 3-2 所示,它是由发送滤波器、信道、接收滤波器、抽样判决器及两端的 DTE 组成的。

图 3-2 基带数据传输系统的模型

图 3-2 中,发送滤波器的作用是把来自 DTE 的数据脉冲序列变换成适应于信道传输的基带信号,同时对信号的频带加以限制。发送滤波器有时也称为信道信号形成器。信道是信号的通路,具体可以是双绞线、光纤及其他广义信道。接收滤波器用来接收通过信道传来的信号,同时限制带外噪声进入接收端。抽样判决器的作用是把带有噪声的数据波形恢复成标准的数据基带信号。

3.2.2 码间串扰的概念

为了能充分描述码间串扰,下面对数据基带系统先进行一些数字分析,然后给出结论。

根据线性系统分析方法,可以把图 3-2 的基带传输系统画成图 3-3 所示的简化形式。系统中有 2 个信号源(数据信号和噪声)和 1 个输出。由叠加性原理可知,系统的输出可以看成是两个信源单独作用时的输出之和。

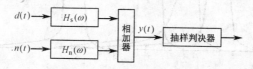

图 3-3 简化的基带传输系统

数据信号经过的系统,总传递函数为

$$H_s(\omega) = G_T(\omega)C(\omega)G_R(\omega) \tag{3-5}$$

噪声经过的系统总传递函数为

$$H_n(\omega) = C(\omega)G_R(\omega) \tag{3-6}$$

式(3-5)和式(3-6)中,$G_T(\omega)$、$G_R(\omega)$、$C(\omega)$ 分别是基带系统中发送滤波器、接收滤波器及信道的传递函数。

为了方便分析,假定数据基带信号为单位冲激序列 $\delta_T(t)$,可以表示成

$$d(t) = \delta_T(t) = \sum_{k=-\infty}^{\infty} a_k\delta(t - kT_b) \tag{3-7}$$

由图 3-3 可以得到数据信号通过 $H_s(\omega)$ 的输出为

$$y_s(t) = d(t) \otimes h_s(t) \tag{3-8}$$

$$= \sum_{k=-\infty}^{\infty} a_k h_s(t - kT_b) \tag{3-9}$$

式中,$h_s(t)$ 与 $H_s(\omega)$ 互为傅里叶变换对,符号 $\otimes$ 表示卷积运算。

噪声在基带系统中的响应为

$$y_n(t) = n(t) \otimes h_n(t) \tag{3-10}$$

则进入抽样判决器的 $y(t)$ 应为 $y_s(t)$ 与 $y_n(t)$ 之和,即

$$y(t) = \sum_{k=-\infty}^{\infty} a_k h_s(t - kT_b) + y_n(t) \tag{3-11}$$

抽样判决器对 $y(t)$ 进行抽样判决,以确定所传输的数字信息序列 $\{a_k\}$。为了判定其中第 j 个码元 a_j 的值,应在 $t = jT_b + t_0$ 瞬间对 $y(t)$ 抽样,这里 t_0 是传输时延,通常取决于系统的传输函数 $H(\omega)$。显然,此抽样值为

$$y(jT_b + t_0) = \sum_{k=-\infty}^{\infty} a_k h_s[(jT_b + t_0) - kT_b] + y_n(jT_b + t_0)$$

$$= \sum_{k=-\infty}^{\infty} a_k h_s[(j - k)T_b + t_0] + y_n(jT_b + t_0)$$

$$= a_j h_s(t_0) + \sum_{j\neq k} a_k h_s[(j - k)T_b + t_0] + y_n(jT_b + t_0) \tag{3-12}$$

式中,第一项 $a_j h_s(t_0)$ 是输出基带信号的第 j 个码元在抽样瞬间 $t = jT_b + t_0$ 所取得的值,它是

恢复 x_j 的依据;第二项 $\sum\limits_{j\neq k}a_k h_s[(j-k)T_b+t_0]$ 是除第 j 个码元外的其他所有码元脉冲在 $t=jT_b+t_0$ 瞬间所取值的总和,它对当前码元 a_j 的判决起着干扰的作用,所以称为码间串扰。码间串扰是在当前抽样时刻上,由于系统的非理想性,前后码元对当前码元样值的影响。图 3-4 给出了码间串扰的示意图。由于 a_k 是随机的,因此码间串扰值自然也是一个随机变量。

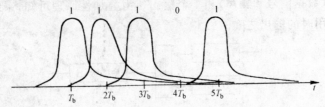

图 3-4　码间串扰示意图

式(3-12)的第三项 $y_n(jT_b+t_0)$ 是输出噪声在抽样瞬间的值,也是一个随机变量,它对当前码元的抽样值也构成影响。

由于信道噪声和码间串扰的存在,抽样判决电路在判决时,就有可能出现错判而形成误码。

3.2.3　码间串扰的消除

要消除码间串扰,必须使式(3-12)中第二项为零,即

$$\sum_{k\neq j}a_k h_s[(j-k)T_b+t_0)]=0 \tag{3-13}$$

由于信号的 a_k 是随机变化的,要想通过各项互相抵消使码间串扰为 0 是不行的。从码间串扰各项的影响来看,当然前一码元的影响最大,因此,最好让前一个码元的波形在到达后一个码元抽样判决时刻已衰减到 0,如图 3-5(a)所示。但这样的波形不易实现。比较合理的是采用如图 3-5(b)所示的波形,虽然到达 t_0+T_b 以前并没有衰减到 0,但可以让它在 t_0+T_b、t_0+2T_b 等码元抽样时刻正好为 0,其他时刻不为 0 也无所谓,这样就不会影响判决。这就是消除码间串扰的物理意义。

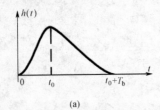
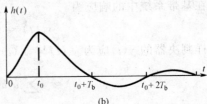

图 3-5　消除码间串扰的波形

考虑到实际应用时,定时判决时刻不一定非常准确,如果像图 3-5(b)这样的 $h(t)$ 尾巴拖得太长,当定时不准时,任一个码元都要对后面好几个码元产生串扰,或者说后面任一个码元都要受到前面几个码元的串扰。因此,除了要求 $h[(j-k)T_b+t_0]=0$ 以外,还要求 $h(t)$ 适当衰减快一些,即尾巴不要拖得太长。

3.2.4　无码间串扰的基带传输系统

通过上面对消除码间串扰的讨论,可以看出,只要传输系统的冲激响应 $h(t)$ 在当前抽样

时刻取最大值 1,在其他抽样时刻为 0,就可消除码间串扰,数字表达式可写成

$$h(kT_b + t_0) = \begin{cases} 1, & k = 0 \\ 0, & k \neq 0 \end{cases} \tag{3-14}$$

其实,满足此条件的波形,最容易想到的就是抽样函数 $\mathrm{Sa}(x)$。$\mathrm{Sa}(x)$ 对应的频域特性正好是一个理想低通,因此,具有理想低通特性的系统是可以消除码间串扰的。

1. 理想基带传输系统

理想基带传输系统的传输特性具有理想低通特性,其传输函数为

$$H(\omega) = \begin{cases} 1\ \text{或常数}, & |\omega| \leqslant \dfrac{\omega_b}{2} \\ 0, & |\omega| > \dfrac{\omega_b}{2} \end{cases} \tag{3-15}$$

$H(\omega)$ 的图形如图 3-6(a)所示,其带宽 $B = (\omega_b/2)/(2\pi) = f_b/2 (\mathrm{Hz})$,对其进行傅里叶反变换得

$$\begin{aligned} h(t) &= \frac{1}{2\pi}\int_{-\infty}^{\infty} H(\omega)\mathrm{e}^{\mathrm{j}\omega t}\,\mathrm{d}\omega \\ &= \int_{-2\pi B}^{2\pi B} \frac{1}{2\pi}\mathrm{e}^{\mathrm{j}\omega t}\,\mathrm{d}\omega \\ &= 2B\mathrm{Sa}(2\pi Bt) \end{aligned} \tag{3-16}$$

$h(t)$ 的图形如图 3-16(b)所示。从图中可以清楚地看出,$h(t)$ 在 $t=0$ 时有最大值 $2B$,而在 $t = \dfrac{k}{2B}(k = \pm 1, \pm 2, \pm 3 \cdots)$ 时瞬时值均为零。因此,只要令 $T_b = \dfrac{1}{2B} = \dfrac{1}{f_b}$,也就是码元宽度选定为 $\dfrac{1}{2B}$ 时,可以消除码间串扰。

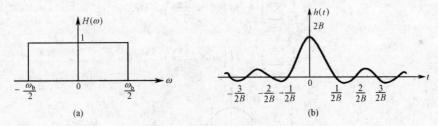

图 3-6 理想基带传输系统的频域、时域图形

可见,如果数据信号经传输后虽然整个波形可能变化,但只要它在抽样点的抽样值保持不变,通过抽样判决电路仍能准确地恢复出原来的数据。这就是奈奎斯特(Nyquist)第一准则的本质。在理想基带传输系统中,各码元之间的间隔 $T_b = \dfrac{1}{2B}$ 称为 Nyquist 间隔;码元传输速率 $R_B = \dfrac{1}{T_b} = 2B$ 称为 Nyquist 速率;频带宽度 B 称为 Nyquist 带宽。

在衡量通信系统性能时,常用的一个指标是系统的频带利用率,其定义式为:

$$\text{频带利用率}\ \eta = \frac{\text{系统的传输速率}\ R_B(\text{或}\ R_b)}{\text{系统频带宽度}\ B} \tag{3-17}$$

频带利用率就是单位频带所能传输的码元(信息)速率,单位为波特/赫(B/Hz)或比特·秒$^{-1}$/赫(bit·s^{-1}/Hz)。显然,理想基带传输系统的频带利用率为 2 B/Hz。这是一个最大的频带利用率,实际系统是无法达到这一目标的。

如果系统以高于 $1/T_b$ 的码元速率传送数据信号,则必然会存在码间串扰。如果以低于 $1/T_b$ 的速率传送,即增加码元宽度 T_b,当保持 T_b 为 $1/(2B)$ 的 $2,3,4\cdots$ 倍(即大于 1 的整数倍)时,由图 3-6(b)可见,在抽样点上也不会出现码间串扰。但是,这意味着频带利用率要降低到理想值的 $1/2,1/3,1/4,\cdots$。

虽然具有理想低通特性的基带传输系统的频带利用率最高,但这种理想传输系统难以实现,在实际中无法应用。这是因为:

(1) 理想低通特性在物理上难以实现;

(2) 抽样函数 $\text{Sa}(x)$ 的尾巴(衰减型振荡起伏)很大,如果抽样点稍有偏差,或外界条件对传输特性稍加影响,都会形成明显的码间串扰。

下面介绍的几个传输系统既可以消除码间串扰,又可以有尽量大的传输速率。

2. 等效理想低通特性的传输系统

为了便于推导,把式(3-14)写成(令 $t_0=0$):

$$h(kT_b) = \begin{cases} 1, & k = 0 \\ 0, & k \neq 0 \end{cases} \tag{3-18}$$

根据傅里叶变换关系,$h(kT_b)$ 又可用系统传输函数 $H(\omega)$ 表示:

$$h(kT_b) = \frac{1}{2\pi}\int_{-\infty}^{\infty} H(\omega) e^{j\omega kT_b}\,d\omega \tag{3-19}$$

把式(3-19)的积分区间用 $2\pi/T_b$ 分割,如图 3-7 所示,则可得

$$h(kT_b) = \frac{1}{2\pi}\sum_i \int_{\frac{(2i-1)}{T_b}\pi}^{\frac{(2i+1)}{T_b}\pi} H(\omega) e^{j\omega kT_b}\,d\omega \tag{3-20}$$

作变量代换:令 $\omega'=\omega-2\pi i/T_b$,则有 $d\omega'=d\omega$ 及 $\omega=\omega'+2\pi i/T_b$。于是

$$h(kT_b) = \frac{1}{2\pi}\sum_i \int_{-\frac{\pi}{T_b}}^{\frac{\pi}{T_b}} H\left(\omega'+\frac{2\pi i}{T_b}\right) e^{j\omega' kT_b} e^{j2\pi ik}\,d\omega'$$

$$= \frac{1}{2\pi}\sum_i \int_{-\frac{\pi}{T_b}}^{\frac{\pi}{T_b}} H\left(\omega'+\frac{2\pi i}{T_b}\right) e^{j\omega' kT_b}\,d\omega' \tag{3-21}$$

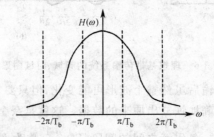

图 3-7　$H(\omega)$ 的分割

改变求和与求积分的顺序,并重新把变量 ω' 变成 ω,则

$$h(kT_b) = \frac{1}{2\pi}\int_{-\frac{\pi}{T_b}}^{\frac{\pi}{T_b}} \sum_i H\left(\omega+\frac{2i\pi}{T_b}\right) e^{j\omega kT_b}\,d\omega \tag{3-22}$$

在式(3-22)中,$\sum_i H(\omega+2i\pi/T_b)$ 实际上是把 $H(\omega)$ 按照 $2\pi/T_b$ 分割的各级平移到 $-\pi/T_b \sim \pi/T_b$ 的区间,再进行叠加求和,因此它仅存在于 $|\omega|\leqslant\pi/T_b$ 内。由于式(3-15)是理想低通特性的条件,能消除码间串扰,则令

$$H_{eq}(\omega) = \sum_i H\left(\omega + \frac{2i\pi}{T_b}\right) = \begin{cases} T_b, & |\omega| \leqslant \pi/T_b \\ 0, & |\omega| > \pi/T_b \end{cases} \tag{3-23}$$

就一定会满足式(3-15)。$H_{eq}(\omega)$ 称为无码间串扰的等效特性。

由于上面的推导对 $H(\omega)$ 未作特殊要求,故具有一般性。只要 $H(\omega)$ 按 $2\pi/T_b$ 宽度分段,通过平移,在 $(-\pi/T_b, \pi/T_b)$ 区间内叠加后成为一个矩形,则该系统以 $1/T_b$ 速率传输数据信号,就能够消除码间串扰。$H(\omega)$ 的形式可能多种多样,但以 $1/(nT_b)(n=1,2,3\cdots)$ 速率传输时,也不会有码间串扰,当然频带利用率变低了。

另外,式(3-22)中变量 $i=0,\pm 1,\pm 2,\cdots$。理想低通特性的 $H(\omega)$,可以看成是 $H_{eq}(\omega)$ 的一个特例,即只分一个段($i=0$ 段)的情况。

3. 升余弦滚降特性的基带传输系统

按照等效规则,升余弦滚降特性的 $H(\omega)$ 自然能等效成一个理想低通特性,因此它能消除码间串扰。

升余弦滚降特性 $H(\omega)$ 可以表示成

$$H(\omega) = \begin{cases} T_b, & |\omega| \leqslant (1-\alpha)f_b\pi \\ \dfrac{T_b}{2}\left[1 + \sin\dfrac{T_b}{2\alpha}\left(\dfrac{\pi}{T_b} - \omega\right)\right], & (1-\alpha)f_b\pi < \omega < (1+\alpha)f_b\pi \\ 0, & |\omega| \geqslant (1+\alpha)f_b\pi \end{cases} \tag{3-24}$$

式中,$f_b = 1/T_b$;α 为滚降系数,$0 \leqslant \alpha \leqslant 1$;$T_b$ 为码元宽度。$H(\omega)$ 对应的冲激响应函数 $h(t)$ 为

$$h(t) = \frac{\sin(f_b\pi t)}{f_b\pi t} \cdot \frac{\cos(\alpha f_b\pi t)}{1-(2f_b\pi\alpha t)^2} \tag{3-25}$$

图 3-8 绘出了升余弦滚降特性传输系统的传递函数 $H(\omega)$ 与冲激响应 $h(t)$ 的波形。图中,当 $\alpha=0$ 时,$H(\omega)$ 为理想低通传输特性,$h(t)$ 的拖尾按 $1/t$ 的规律衰减;$0<\alpha\leqslant 1$ 时,$h(t)$ 的拖尾近似按 $1/t^3$ 规律衰减,很明显衰减速度加快了。

升余弦滚降特性传输系统的带宽和频带利用率分别为

$$B = (1+\alpha)f_b/2 \tag{3-26}$$

$$\eta = \frac{2}{1+\alpha} \tag{3-27}$$

可以看出,α 越大,系统频带宽度越大,$h(t)$ 拖尾衰减越快,但频带利用率越差。当 $\alpha=1$ 时,升余弦滚降特性传输系统的频率利用率为 $1\,\text{B/Hz}$。

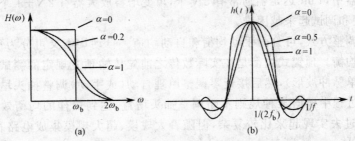

图 3-8　升余弦滚降特性的 $H(\omega)$ 和 $h(t)$

升余弦滚降特性比理想低通特性容易实现。

3.3 基带数据传输系统的主要技术

3.3.1 均衡技术

在实际的基带传输系统中,由于系统不可能完全满足理想低通或等效理想低通特性,因此码间串扰是不可能完全消除的。通过校正 $H(\omega)$ 来达到降低(减少)码间串扰的技术称为均衡技术。

均衡分为时域均衡和频域均衡。频域均衡是从频率响应考虑,使包括均衡器在内的整个系统的总传输函数满足无失真传输条件。时域均衡则是直接从时间响应考虑,使包括均衡器在内的整个系统的冲激响应满足无码间串扰条件。时域均衡的基本思想是利用波形补偿的方法将失真的波形直接加以校正,如图 3-9 所示。其中图(a)为接收到的一个脉冲波形(校正前波形),拖尾较大,容易在抽样点上对其他信号形成串扰。如果设法加上一条补偿波形,使之与拖尾波形大小相等,极性相反,就可抵消掉"尾巴"。均衡后的脉冲波形如图 3-9(b)所示。

时域均衡技术在实现上可以用横向滤波器来完成。横向滤波器由 1 bit 迟延器、可变增益放大器和相加器组成,如图 3-10 所示。

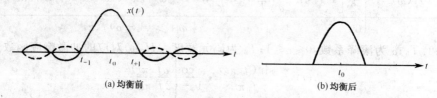

(a) 均衡前　　　　　　　　　　　　　(b) 均衡后

图 3-9　时域均衡的波形

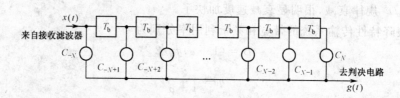

图 3-10　横向滤波器

在横向滤波器中,1 bit 迟延器通常有 $2N$ 个,可变增益放大器有 $2N+1$ 个。N 越大,均衡效果越好,但实现和调试起来越困难。

时域均衡按调整方式,可分为手动均衡和自动均衡。自动均衡又可分为预置式自动均衡和自适应式自动均衡。预置式均衡是在实际数传之前先传输预先规定的测试脉冲(如重复频率很低的周期性单脉冲波形),然后接近零调整原理自动(或手动)调整抽头增益;自适应式均衡是在数据传输过程中根据某种规则不断调整抽头增益,达到最佳的均衡效果,因此很受重视。这种均衡器过去实现起来比较复杂,但随着大规模、超大规模集成电路和微处理器的应用,其发展十分迅速。

均衡器接在抽样判决器之前,接收滤波器之后。

3.3.2 部分响应技术

我们知道,只要基带传输特性 $H(\omega)$ 是理想低通,则当以系统频带宽度 B 的两倍大小的速率传输数据信号时,不仅能消除码间串扰,还能实现极限频带利用率。但理想低通传输特性实际上是无法实现的,即使能实现,它的冲击响应"尾巴"振荡幅度大,收敛慢,从而对抽样判决定时要求十分严格,稍有偏差就会造成码间串扰。于是又提出升余弦特性,这种特性的冲激响应虽然"尾巴"振荡幅度减小,对定时也可放松要求,但是所需的频带利用率下降了。

那么能否找到一个频带利用率高且 $h(t)$ 的尾巴衰减大、收敛快的波形呢?回答是肯定的,这种波形叫部分响应波形。形成部分响应波形的技术叫部分响应技术,它是人为地在 1 个以上的码元区间引入一定数量的码间串扰,或者说,在 1 个以上码元区间引入一定相关性(因这种串扰是人为的、有规律的),这样做能够改变数字脉冲序列的频谱分布,从而达到压缩传输频带、提高频带利用率的目的。近年来,在高速、大容量传输系统中,部分响应基带传输系统得到推广和应用。

利用部分响应波形进行传送数据信号的系统称为部分响应系统。其编码原理方框图如图 3-11 所示,该图是第一类部分响应波形编码的原理方框图。图中 a_k 为输入信码的抽样值,b_k 为预编码后的样值,c_k 为相关编码的样值。其原理简述如下。

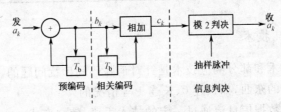

图 3-11 部分响应编码原理方框图

先对信号进行预编码,目的是为了消除差错传播。差错传播是当一个码元发生错误时,则后边的码元都会发生错误的现象。预编码是把绝对码转换成相对码,其规则为:

$$a_k = b_k \oplus b_{k-1} \tag{3-28}$$

或

$$b_k = a_k \oplus b_{k-1} \tag{3-29}$$

把 $\{b_k\}$ 送给发送滤波器,形成部分响应波形 $g(t)$。其编码规则是:

$$c_k = b_k + b_{k-1} \tag{3-30}$$

然后对 c_k 进行模 2 处理,便可直接得到 a_k,即

$$[c_k]_{\text{mod2}} = [b_k + b_{k-1}]_{\text{mod2}} = b_k \oplus b_{k-1} = a_k \tag{3-31}$$

上述整个过程不需要预先知道 a_{k-1},故不存在差错传播现象。通常,把 a_k 变成 b_k 的过程叫做预编码,而把 $c_k = b_k \oplus b_{k-1}$(或 $c_k = a_k \oplus a_{k-1}$)关系称为相关编码。

部分响应波形 $g(t)$ 的形成,可由下式说明:

$$
\begin{aligned}
g(t) &= \text{Sa}(2\pi Bt) + \text{Sa}[2\pi B(t - T_b)] \\
&= \frac{\sin(2\pi Bt)}{2\pi Bt} + \frac{\sin[2\pi B(t - T_b)]}{2\pi B(t - T_b)}
\end{aligned}
\tag{3-32}
$$

式中,$B = 1/(2T_b)$ 是 Nyquist 带宽。$g(t)$ 的波形如图 3-12 所示。由图 3-12 可以看出,$g(t)$ 的尾巴幅度明显减小,因为它是按 $1/t^2$ 衰减的。如果用 $g(t)$ 做传送波形,码元速率为 $1/T_b$,表面上看在抽样时刻发生了严重的码间串扰。其实,只是前后两个码元在当前时刻产生叠加,与其他码元基本无关,这种规律性的干扰(串扰),通过简单数学处理就可消除。

部分响应波形的一般形式是:

$$g(t) = R_1\text{Sa}(2\pi Bt) + R_2\text{Sa}[2\pi B(t - T_b)] + \cdots + R_N\text{Sa}[2\pi B(t - NT_b + T_b)] \tag{3-33}$$

式中 $R_1, R_2, \cdots, R_N$ 为 $\mathrm{Sa}(x)$ 的加权值,表 3-1 列出了五类部分响应波形的加权值。

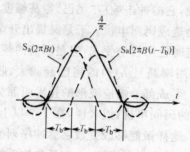

图 3-12　部分响应波形

表 3-1　各种部分响应的加权值

类　别	0	Ⅰ	Ⅱ	Ⅲ	Ⅳ	Ⅴ
加权值 $R_1, R_2, \cdots, R_N$	1	1,1	1,2,1	2,1,-1	1,0,-1	-1,0,2,0,-1

3.3.3　数据扰乱技术

上面介绍的均衡技术和部分响应技术是针对消除码间串扰问题的。而扰乱技术是针对数据信息内的一些确定性的东西,如长连 0、长连 1 等情况的。

扰乱就是把输入的数据信息流通过一定的技术手段,使之变成一个伪随机序列,不再带有一些确定性的东西。扰乱在数据传输中的主要作用有:

(1) 扰乱了数据中长连 0 情况,非常有利于收端的位定时信息的提取,有利于帧同步;

(2) 扰乱有利于消除交调及串扰;

(3) 扰乱有利于自适应均衡器加权系数的调整;

(4) 扰乱使在信道中传输的信号更具透明性,不怕敌方的接收,完成了数据加密的功能;

(5) 扰乱可以使数据信号的频谱弥散而保持稳恒。

在基带传输系统中,扰乱的实现是比较容易的。图 3-13 是扰乱系统的原理方框图。图中 S 是数据信息流,在发端它与 m 序列发生器输出的伪随机序列 m 进行模 2 相加,就完成了扰乱,随后进入发送滤波器再送入信道。接收端同样采用模 2 加运算完成解扰。其原理用数学表达式可表示如下。

数据扰乱:

$$S \oplus m = G \tag{3-34}$$

数据解扰:

$$G \oplus m = S \oplus m \oplus m = S \tag{3-35}$$

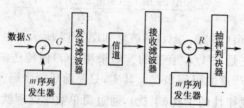

图 3-13　数据的扰乱与解扰

m 序列通常由带线性反馈的移位寄存器来产生，一个 n 级移位寄存器所产生的 m 序列的周期长为 2^n-1，如四级移存器产生的 m 序列周期为 15。图 3-14 画出了线性反馈逻辑为 $a_4 = a_2 \oplus a_0$ 的四级移位寄存器组成的 m 序列发生器。

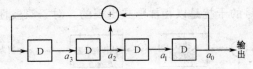

图 3-14　四级 m 序列发生器

3.4　基带传输系统的性能

对数据基带传输系统，其可靠性可用误码率来衡量。误码率不仅与码间串扰、信道噪声有关，也与系统的特性有关。下面分析推导基带传输系统的误码率。假定的条件是：

（1）无码间串扰；

（2）认为系统特性是理想的；

（3）信道噪声是平稳高斯白噪声，均值为 0，方差为 σ_n^2。

3.4.1　误码率的一般公式

在数据通信系统中，两终端之间进行数据传输时，出现的错误不外乎两种情况：发 1 收到 0 和发 0 收到 1，如图 3-15 所示。图中共有四个概率：发 1 收到 1 的正确概率 $P(1/1)$、发 0 收到 0 的正确概率 $P(0/0)$、发 1 收到 0 的错误概率 $P(0/1)$ 和发 0 收到 1 的错误概率 $P(1/0)$。$P(1/0)$ 和 $P(0/1)$ 是两个条件概率。这样，数据基带传输系统总误码率可写成：

$$P_e = P(1)P(0/1) + P(0)P(1/0) = P_{e1} + P_{e0} \tag{3-36}$$

式中，$P(1)$ 和 $P(0)$ 分别是发 1 和发 0 的先验概率；$P_{e1} = P(1)P(0/1)$ 叫漏报概率；$P_{e0} = P(0) \cdot P(1/0)$ 叫虚报概率。

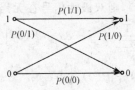

图 3-15　传输系统的概率

实质上，导致误码的原因是到达抽样判决器前的信号与噪声合成电压幅值 V。抽样判决器始终是按 $V \geqslant V_b$（判决门限）判为 1，$V < V_b$ 判为 0 的规则判决的。当发 1 时，由于噪声影响，使 $V < V_b$ 就发生把 1 误判为 0 的情况；反之，如果发 0 而由于噪声影响使 $V \geqslant V_b$，就出现把 0 误判为 1 的情况。因此，系统总误码率进一步可写成

$$P_e = P(1)P(V < V_b) + P(0)P(V \geqslant V_b)$$

$$= P(1)\int_{-\infty}^{V_b} p_1(x)\mathrm{d}x + P(0)\int_{V_b}^{\infty} p_0(x)\mathrm{d}x \tag{3-37}$$

式中，$p_1(x)$ 和 $p_0(x)$ 分别是发 1 时和发 0 时合成电压（信号＋噪声）的概率密度函数；V_b 是判决门限电平，它通常与信号幅度、$P(1)$、$P(0)$ 等有关。

3.4.2 双极性信号的误码率

图 3-16 是一个分析基带系统误码率的模型。图中信号与噪声相加是信道的模型,认为信道是加性的,即噪声对信号的干扰是以相加形式出现的。对于双极性信号,到达抽样判决器输

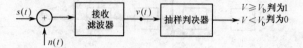

图 3-16 基带传输系统误码率分析模型

入端的合成波形 $v(t)$ 可写成:

$$v(t) = s(t) + n(t) = \begin{cases} a + n(t), & \text{发 1 时} \\ -a + n(t), & \text{发 0 时} \end{cases} \tag{3-38}$$

式中,a 为到达抽样判决器前信号的幅度;$n(t)$ 为高斯白噪声。

可以知道,$v(t)$ 是一个随机过程,抽样判决器对其首先进行抽样,变成随机变量 V:

$$V = \begin{cases} a + n, & \text{发 1 时} \\ -a + n, & \text{发 0 时} \end{cases} \tag{3-39}$$

由于 n 是服从高斯分布的白噪声,其概率密度函数 $p_n(x)$ 为

$$p_n(x) = \frac{1}{\sqrt{2\pi}\sigma_n} e^{-\frac{x^2}{2\sigma_n^2}} \tag{3-40}$$

由式(3-39)可看出,V 也是服从高斯分布,只不过是均值不同而已。发 1 和发 0 时 V 的概率密度函数分别为:

$$p_1(x) = \frac{1}{\sqrt{2\pi}\sigma_n} e^{-\frac{(x-a)^2}{2\sigma_n^2}} \tag{3-41}$$

$$p_0(x) = \frac{1}{\sqrt{2\pi}\sigma_n} e^{-\frac{(x+a)^2}{2\sigma_n^2}} \tag{3-42}$$

将式(3-41)和式(3-42)代入式(3-37),则双极性信号在无码间串扰时的误码率为:

$$\begin{aligned} P_e &= P(1)\int_{-\infty}^{V_b} \frac{1}{\sqrt{2\pi}\sigma_n} e^{-\frac{(x-a)^2}{2\sigma_n^2}} dx + P(0)\int_{V_b}^{\infty} \frac{1}{\sqrt{2\pi}\sigma_n} e^{-\frac{(x+a)^2}{2\sigma_n^2}} dx \\ &= \frac{1}{\sqrt{2\pi}\sigma_n}[P(1) + P(0)]\int_{-\infty}^{V_b} e^{-\frac{(x-a)^2}{2\sigma_n^2}} dx \\ &= \frac{1}{\sqrt{2\pi}\sigma_n}\int_{-\infty}^{V_b} e^{-\frac{(x-a)^2}{2\sigma_n^2}} dx \end{aligned} \tag{3-43}$$

对于双极性信号,判决电平 $V_b = 0$。关于 V_b 的最佳值可以通过对式(3-37)求导,再令其为 0 而获得。把 $V_b = 0$ 代入式(3-43),有

$$P_e = \frac{1}{\sqrt{2\pi}\sigma_n}\int_{-\infty}^{0} e^{-\frac{(x-a)^2}{2\sigma_n^2}} dx = \frac{1}{2}\text{erfc}\left(\frac{a}{\sqrt{2}\,\sigma_n}\right) \tag{3-44}$$

式中,$\text{erfc}(x)$ 为互补误差函数,其定义为

$$\text{erfc}(x) = \frac{2}{\sqrt{\pi}}\int_{x}^{\infty} e^{-y^2} dy \tag{3-45}$$

可以看出,传输系统误码率与信号的抽样值和噪声的均方根值有关,而与信号的形式无关,这与实际情况是相符的。a 越大,P_e 越小。

3.4.3　单极性信号的误码率

单极性信号的误码率分析与双极性分析基本一致,只是把式(3-39)、式(3-41)和式(3-42)分别换为

$$V = \begin{cases} a+n, & \text{发 1 时} \\ n, & \text{发 0 时} \end{cases} \tag{3-46}$$

$$p_1(x) = \frac{1}{\sqrt{2\pi}\sigma_n} e^{-\frac{(x-a)^2}{2\sigma_n^2}} \tag{3-47}$$

$$p_0(x) = \frac{1}{\sqrt{2\pi}\sigma_n} e^{-\frac{x^2}{2\sigma_n^2}} \tag{3-48}$$

将 $p_1(x)$、$p_0(x)$代入式(3-37),计算后可得

$$P_e = \frac{1}{2}\mathrm{erfc}\left(\frac{a}{2\sqrt{2}\,\sigma_n}\right) \tag{3-49}$$

3.4.4　眼图

基带系统的性能除用误码率进行描述外,还可以利用实验手段来直观、方便地进行估计。这种方法的具体步骤是:

(1)用示波器跨接在抽样判决器的输入端;

(2)调整示波器水平扫描周期,使其与接收码元的周期同步;

(3)观察示波器的图形,可看出码间串扰和噪声对信号影响的大小。

在示波器上看到的图形叫眼图。眼图是二进制电信号在示波器上显示的波形,由于它很像人的眼睛,因此叫眼图。

没有码间串扰和噪声时,眼图的线条又细又清晰,"眼睛"张开得也大;当有码间串扰和噪声存在时,线条不清晰,交叉多,"眼睛"张开得就小。因此,通过眼图能大致估计噪声和码间串扰的强弱。

3.5　数据信号的频带传输

数据信号除可以进行基带传输外,还可以进行频带传输。本节和后边几节将讨论数据信号频带传输的原理与技术。

3.5.1　频带传输系统组成

目前大量的信道是以传输语音为主的模拟信道,不能直接传输基带数据信号,必须对信号加以变换(调制)才能传输,即要采用频带传输(收端采用相反的过程)。频带传输系统的组成如图 3-17 所示,它主要由调制器、解调器、信道、滤波器和抽样判决器组成。

图 3-17　频带数据传输系统

基带数据信号在送入信道前,必须先对其进行调制,使它的频率由零频附近搬移到较高处,由低通型信号变成带通型信号,随后再经过放大等功能转换,送入信道传输。在收端,信号通过接收滤波器进入解调器,解调器对信号的变换正好与调制器相反,即把一个高频的已调信号变成低频的基带信号,随后再通过抽样判决器恢复成标准的数据基带信号。

在频带系统中,调制器、解调器是核心,调制解调技术是通信学科中的关键技术和重要内容之一,也是下面讨论的重点。当然,在频带系统中还有功率放大器、混频器、馈线系统、天线等部分,但这些部分从原理角度看对信号不会产生本质变化,故常常不列入频带系统之中。

数据信号的调制是指利用数据信号来控制一定形式高频载波的参数,以实现其频率搬移的过程。高频载波的参数有幅度、频率和相位,因此,就形成了幅移键控(ASK)、频移键控(FSK)和相移键控(PSK)三种基本数字调制方式。下面分别加以介绍。

3.5.2 幅移键控(ASK)

1. 定义

幅移键控(ASK,Amplitude Shift Keying)又称幅度键控,它是利用数字信号来控制一定形式高频载波的幅度参数,以实现其调制的一种方式。如果数字信号是二进制信号,则称为二进制幅移键控(2ASK);如果是多进制(M进制),则称为多进制幅移键控(MASK)。若进制数M趋于非常大非常大(无穷大),则此时 MASK 数字信号就变成了 AM 模拟信号。

2. 实现逻辑

2ASK 信号的实现逻辑如图 3-18 所示。数据信号 $d(t)$ 控制开关的通断。1 信号时开关 S 合上,让载波通过;0 信号时开关 S 断开,载波不能通过。这种通过开关的通断达到载波的有无(实质上是改变载波的幅度)所形成的信号,也叫 OOK(On-off Keying)信号。

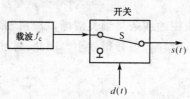

图 3-18　2ASK 信号的实现逻辑

3. 波形

由定义和实现逻辑都可非常容易地画出 2ASK 信号的波形,如图 3-19 所示。

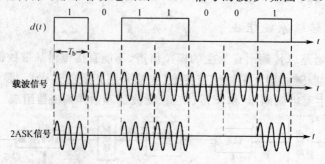

图 3-19　2ASK 波形

4. 谱特性

2ASK 信号时域表达式可以表示成

$$s_{2ASK}(t) = \begin{cases} A\cos\omega_c t, & 1\ 信号 \\ 0, & 0\ 信号 \end{cases} \qquad (3\text{-}50)$$

式中,A 为载波与信号幅度之积,$\cos\omega_c t$ 表示一个高频载波。2ASK 信号也可以用基带数据信号 $d(t) = \sum_n a_n g(t - nT_b)$ 与载波 $\cos\omega_c t$ 相乘的形式表示,即

$$s_{2ASK}(t) = \big[\sum_n a_n g(t - nT_b)\big]\cos\omega_c t \qquad (3\text{-}51)$$

假定 $d(t)$ 的功率谱密度为 $p_d(\omega)$($p_d(\omega)$ 可以按照式(3-2)来求得),则 2ASK 信号的功率谱密度为:

$$P_{2ASK}(\omega) = \frac{1}{4}\big[P_d(\omega + \omega_c) + P_d(\omega - \omega_c)\big] \qquad (3\text{-}52)$$

二进制幅移键控信号功率谱密度如图 3-20 所示。从图中可以求出信号的频带宽度,数字信号的频带宽度通常定义为谱幅度从最大值下降到第一个零点处的宽度。因此 2ASK 的频带宽度为

$$B_{2ASK} = 2f_b \qquad (3\text{-}53)$$

式中,$f_b = 1/T_b$ 是二进制数字信号的码元速率。

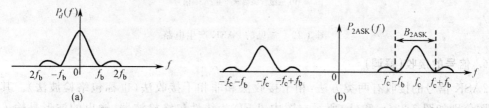

图 3-20 2ASK 信号的功率谱

由于系统的码元速率 $R_B = f_b = 1/T_b$,因此 2ASK 系统的频带利用率为

$$\eta_{2ASK} = \frac{R_B}{B} = \frac{f_b}{2f_b} = \frac{1}{2}\ \text{B/Hz} \qquad (3\text{-}54)$$

可以看出,频带传输系统的频带利用率与基带系统相比是较低的。

5. 信号的产生(调制)

2ASK 信号的产生(调制)有两类方法。一类是把数字信号看成是一种特殊的模拟信号,用模拟的方法实现;另一类用键控的方法实现。这两类方法的原理方框图分别如图 3-21(a)和(b)所示。图中 BPF 是带通滤波器,其作用是让信号顺利通过,同时抑制谐波;方框 f_c 表示频率为 f_c 的载波源。

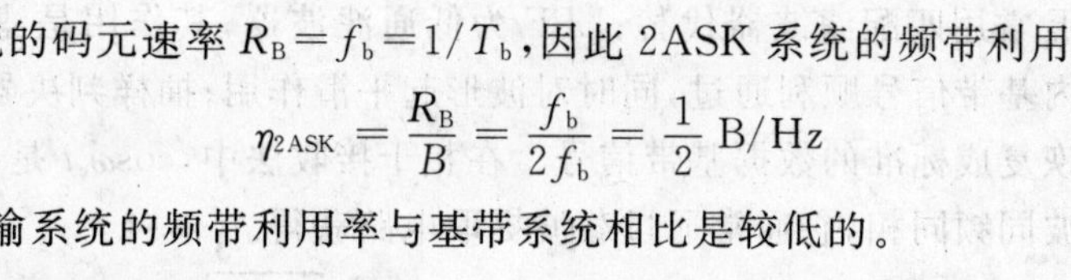

（a）模拟法   （b）键控法

图 3-21 2ASK 信号的产生

图 3-21(a)各点的波形如图 3-19 所示。用模拟法产生 2ASK 信号时,必须注意数据信号

$d(t)$一定要是单极性不归零形式的信号,否则不能产生出 2ASK 信号(读者只要详细画一下波形就能看出)。产生 2ASK 信号的具体电路很多,图 3-22 示出了两种常见的电路。鉴于篇幅所限,这里不再讲述其工作原理,有兴趣的读者可参阅有关通信电子线路的书籍。

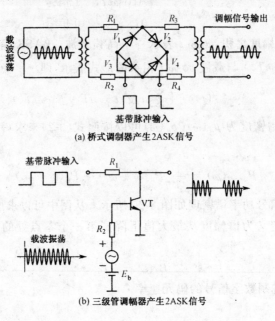

(a) 桥式调制器产生2ASK信号

(b) 三级管调幅器产生2ASK信号

图 3-22　常见的 2ASK 产生电路

6. 信号的接收(解调)

2ASK 信号的接收有两类方法:相干接收法和非相干接收法(也称包络检波法)。其原理方框图分别如图 3-23(a)和(b)所示。图中,LED 为线性包络检波器,输出的波形是输入高频信号的包络;带通滤波器 BPF 的作用是让信号顺利通过,同时抑制带外噪声进入接收机,在高性能接收机中,BPF 常用匹配滤波器代替;LPF 为低通滤波器,其作用是滤除 f_b 以上频率的信号和噪声,让带内基带信号顺利通过,同时对波形起平滑作用;抽样判决器将 LPF 出来的信号通过抽样、判决恢复成标准的数据基带信号。在相干接收法中,$\cos\omega_c t$ 是接收机中的本地载波,要与发端的载波同频同相,它通常通过载波提取电路获得。

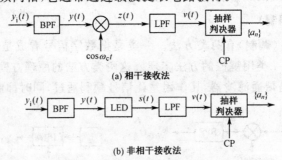

(a) 相干接收法

(b) 非相干接收法

图 3-23　2ASK 信号的接收方框图

相干接收法也叫同步法,其详细工作原理可用图 3-23(a)中各点的数学表达式说明(在不计噪声影响时):

$$y_i(t) = y(t) = \left[\sum_n a_n g(t - nT_b)\right]\cos\omega_c t$$

$$z(t) = y(t)\cos\omega_c t = \left[\sum_n a_n g(t - nT_b)\right]\cos^2\omega_c t$$

$$= \frac{1}{2}\left[1 + \cos2\omega_c t\right] \cdot \sum_n a_n g(t - nT_b)$$

$$= \frac{1}{2}\sum_n a_n g(t - nT_b) + \frac{1}{2}\sum_n a_n g(t - nT_b) \cdot \cos2\omega_c t$$

$$v(t) = \frac{1}{2}\sum_n a_n g(t - nT_b)$$

通过对 $v(t)$ 进行抽样判决,可以恢复出数据序列 $\{a_n\}$。$v(t)$ 的系数 $\frac{1}{2}$ 通常通过放大器即可加以补偿。

非相干接收法的工作原理可以用各点波形加以描述,如图 3-24 所示。非相干法实现容易简单,不需要严格的载波同步。包络检波法和相干解调法是数字调制系统中通用的两类接收方法,因此要掌握好工作原理。

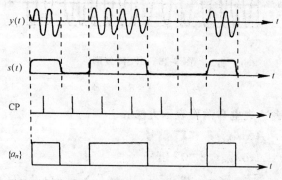

图 3-24   包络检波法各点波形

由于 2ASK 信号是用幅度携带数字信号 1 和 0 的,振幅调制一般不容易抗衰落,传输距离受限制。2ASK 常用于数据传输速率较低的场合。

3.5.3   频移键控(FSK)

1. 定义

频移键控(FSK,Frequency Shift Keying)是利用数字信号控制一定形式高频载波的频率参数以实现调制的一种方法。若调制信号是二进制信号,则称为二进制频移键控(2FSK);若是 M 进制信号,则称为 M 进制频移键控(MFSK)。频移键控与模拟调制的调频(FM)相对应,当 MFSK 的进制数 $M \to \infty$ 时,MFSK$\to$FM。

2. 实现逻辑

2FSK 信号的实现逻辑如图 3-25 所示。原理同 2ASK 信号一样,数据信号控制开关 S。对"1"信号,S 接在载波 f_{c1} 端,让频率为 f_{c1} 的载波通过;对"0"信号,S 接在载波 f_{c0} 上,让其通过。这样,"1"和"0"信号用两个不同频率的载波来表征。

3. 波形

2FSK 信号的波形如图 3-26 所示。图中假定两个载波频率分别是 $f_{c1} = 3f_b$、$f_{c0} = 2f_b$,因

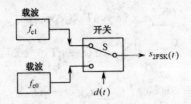

图 3-25 2FSK 信号的实现逻辑

此在一个码元周期中,画载波时分别是 3 周和 2 周。当然在实际系统中,载波频率与数据码元速率的值要差许多倍。FSK 信号波形的特点是幅度恒定不变,在每个码元周期内只有频率的变化。

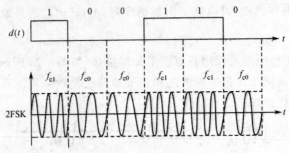

图 3-26   2FSK 波形

4. 谱特性

2FSK 信号的时域表达式也有两种表示方法:

$$s_{2FSK}(t) = \begin{cases} A\cos\omega_{c1}t, & \text{"1"信号} \\ A\cos\omega_{c0}t, & \text{"0"信号} \end{cases} \tag{3-55}$$

$$= [\sum_n a_n g(t-nT_b)]\cos\omega_{c1}t + [\sum_n \bar{a}_n g(t-nT_b)]\cos\omega_{c0}t \tag{3-56}$$

式中,$g(t)$ 为宽度为 T_b 的矩形脉冲,$\bar{a}_n$ 表示 a_n 的非,即 $a_n=1$ 和 0 时,$\bar{a}_n=0$ 和 1。为了方便,表达式中认为高频载波的起始相位为零。

由式(3-56)可以看出,2FSK 信号实际上是由两个 2ASK 信号组合(相加)而成的,而且这两个 2ASK 信号的相位可能不一致,称为离散(不连续)的 2FSK 信号。它的功率谱密度应为两个 2ASK 信号功率谱密度之和,即

$$P_{2FSK}(\omega) = \frac{1}{4}[P_1(\omega+\omega_{c1})+P_1(\omega-\omega_{c1})] + \frac{1}{4}[P_2(\omega+\omega_{c0})+P_2(\omega-\omega_{c0})] \tag{3-57}$$

式中,$P_1(\omega)$ 和 $P_2(\omega)$ 分别是 $\sum_n a_n g(t-nT_b) \cdot \cos\omega_{c1}t$ 与 $\sum_n \bar{a}_n g(t-nT_b) \cdot \cos\omega_{c0}t$ 的功率谱密度。其实 $P_1(\omega)$ 与 $P_2(\omega)$ 有相同的值,因为它们有一致的时域表达式。

$$P_1(\omega) = P_2(\omega) = G(\omega) \tag{3-58}$$

把式(3-58)代入式(3-57),有

$$P_{2FSK}(\omega) = \frac{1}{4}[G(\omega+\omega_{c0})+G(\omega+\omega_{c1})+G(\omega-\omega_{c0})+G(\omega-\omega_{c1})] \tag{3-59}$$

图 3-27 是离散 2FSK 信号的功率谱密度示意图,只画出了正半域部分。从图 3-27 中可以得出 2FSK 信号的频带宽度为

$$B_{2FSK} = |f_{c1} - f_{c0}| + 2f_b \tag{3-60}$$

通常$|f_{c1} - f_{c0}| = (3 \sim 5)f_b$，它是两载波的频差，因此 2FSK 信号的频带宽度为$(5 \sim 7)f_b$。系统的频带利用率为

$$\eta_{2FSK} = \frac{f_b}{(5 \sim 7)f_b} = \frac{1}{5} \sim \frac{1}{7} \tag{3-61}$$

因此 2FSK 信号系统的频带利用率比较低。

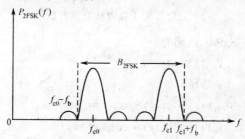

图 3-27 离散 2FSK 信号的功率谱密度

对于相位连续的 2FSK 信号，其功率谱密度计算比较复杂，其频带宽度一般比离散的 2FSK 信号小。

5. 调制

2FSK 信号的产生同 2ASK 信号一样，也有两种方法。一种是用模拟调制的方法，它是直接把数据信号$d(t)$加到调频器上而产生 2FSK 信号。这种方法对$d(t)$的要求是只要不归零，单、双极性信号都可以。用调频器产生的 2FSK 信号通常都是相位连续的信号。另一种方法是键控法(也称为频率选择法)，它是用数据信号来控制两个门电路，这两个门电路始终是一个打开时另一个关闭，都是高电平有效。因此，在"1"信号时载频f_{c1}通过，在"0"信号时载频f_{c0}通过。键控法产生的一般是相位离散的 2FSK 信号。

产生 2FSK 信号的两种方法如图 3-28 所示。

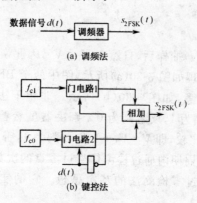

图 3-28 2FSK 信号的产生方法

6. 解调

2FSK 信号的解调方法比较多，有相干接收法、非相干接收法(包络检波法)、过零检测法和差分检波法等。下面简要介绍这些方法。

(1) **相干接收法** 其原理方框图如图 3-29 所示，图中两个 BPF 起分路作用，其中心频率

分别是 f_{c1} 和 f_{c0}，其作用分别是让 $\cos\omega_{c1}t$ 和 $\cos\omega_{c0}t$ 形式的信号通过。

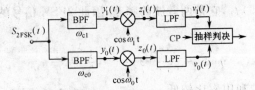

图 3-29 2FSK 相干接收法原理方框图

在"1"信号时，$s_{2FSK}(t)=a\cos\omega_{c1}t$，则有

$$\begin{cases} y_1(t) = a\cos\omega_{c1}t \\ y_0(t) \approx 0 \end{cases} \tag{3-62}$$

$$\begin{cases} z_1(t) = y_1(t)\cos\omega_{c1}t = a\cos^2\omega_{c1}t \\ z_0(t) = y_0(t) \cdot \cos\omega_{c0}t \approx 0 \end{cases} \tag{3-63}$$

$$\begin{cases} v_1(t) = a/2 \\ v_0(t) = 0 \end{cases} \tag{3-64}$$

抽样判决器的判决规则是

$$\begin{cases} V_1 \geqslant V_0，判为"1" \\ V_1 < V_0，判为"0" \end{cases} \tag{3-65}$$

由于 $a/2>0$，因此在"1"信号时判决器恢复出了"1"信号。

在"0"信号时，$s_{2FSK}(t)=a\cos\omega_{c0}t$，则有

$$\begin{cases} y_1(t) = 0 \\ y_0(t) = a\cos\omega_{c0}t \end{cases} \tag{3-66}$$

$$\begin{cases} z_1(t) = y_1(t)\cos\omega_{c1}t \approx 0 \\ z_0(t) = y_0(t)\cos\omega_{c0}t = a\cos^2\omega_{c0}t = \dfrac{a}{2}(1+\cos2\omega_c t) \end{cases} \tag{3-67}$$

$$\begin{cases} v_1(t) = 0 \\ v_0(t) = a/2 \end{cases} \tag{3-68}$$

抽样判决器对 $v_1(t)$ 和 $v_0(t)$ 抽样后，自然有 $V_1<V_2$，因此恢复出"0"信号。

（2）非相干接收法 其原理如图 3-30(a)所示，图中两个 BPF 与相干法中的 BPF 具有同样的功用。工作原理用波形示意，如图 3-30(b)所示。非相干法抽样判决器的判决规则与相干法规则一样，即 $V_1 \geqslant V_0$ 时判为 1，反之判为 0。判决器虽然看起来是在比较 V_1 与 V_0 的大小，实质上是先减后与 0 电平比较，即 $V=V_1-V_0 \geqslant 0$ 判为 1，否则判为 0。

（3）过零检测法 在码元周期内通过检测信号过零点的次数，就可衡量出频率的高低，从而恢复出 1 和 0 信息，这就是过零检测法的基本思想。它的实现原理方框图及各点波形如图 3-31所示。

一个相位连续的 FSK 信号 a，经放大限幅得到一个矩形方波 b，经微分电路得到双向微分脉冲 c，再经全波整流得到单向尖脉冲 d。单向尖脉冲的密集程度反映了输入信号的频率高低，尖脉冲的个数就是信号过零点的数目。单向脉冲触发一脉冲发生器，产生一串幅度为 E、宽度为 τ 的矩形归零脉冲 e。脉冲串 e 的直流分量代表着信号的频率，脉冲越密，直流分量越大，反映着输入信号的频率越高。经低通滤波器就可得到脉冲器 e 的直流分量 f。这样就完成了频率—幅度变换，从而再根据直流分量幅度上的区别还原出数字信号"1"和"0"。

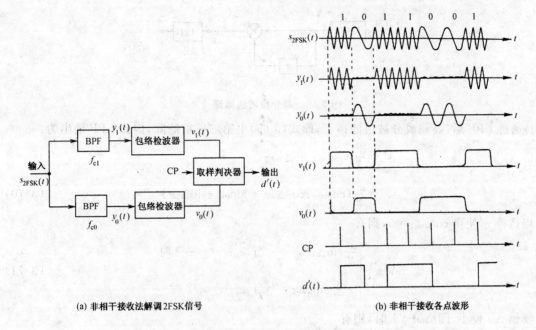

(a) 非相干接收法解调2FSK信号

(b) 非相干接收各点波形

图 3-30 非相干接收原理和波形

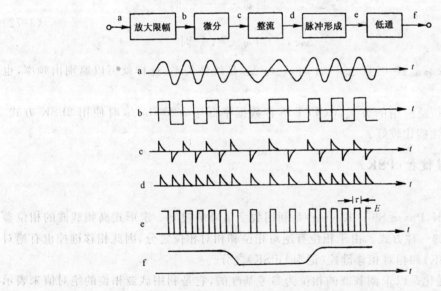

图 3-31 过零检测法的实现方框图及各点波形

（4）差分检波法 差分检波法原理如图 3-32 所示。输入信号经带通滤波器（BPF）滤除带外噪声和无用信号分量后，被分成两路，一路直接进入乘法器，另一路经时延 τ 送到乘法器，相乘后再经 LPF 来提取信号。其解调原理说明如下。

假定输入的 2FSK 信号为 $a\cos(\omega_{c0}+\Delta\omega)t$，"1"信号时 $\Delta\omega=\omega_{c1}-\omega_{c0}$；"0"信号时 $\Delta\omega=0$。它与延时 τ 后的波形 $a\cos(\omega_{c0}+\Delta\omega)(t-\tau)$ 的乘积为

$$v(t)=a\cos(\omega_{c0}+\Delta\omega)t\cdot a\cos(\omega_{c0}+\Delta\omega)(t-\tau)$$

$$=\frac{a^2}{2}\{\cos(\omega_{c0}+\Delta\omega)\tau+\cos[2(\omega_{c0}+\Delta\omega)\tau-(\omega_{c0}+\Delta\omega)\tau]\} \tag{3-69}$$

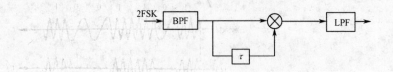

图 3-32 差分检波法原理

$v(t)$ 通过 LPF 后,高频成分被过滤掉了,即式(3-69)中第二项被滤除,因此 LPF 输出为:

$$V = \frac{a^2}{2}\cos(\omega_{c0} + \Delta\omega)\tau$$

$$= \frac{a^2}{2}(\cos\omega_{c0}\tau\cos\Delta\omega\tau - \sin\omega_{c0}\tau\sin\Delta\omega\tau) \tag{3-70}$$

适当选择 τ,使得 $\cos\omega_{c0}\tau = 0$,则有

$$V = \begin{cases} \dfrac{a^2}{2}\sin\Delta\omega\tau, & \text{当 } \omega_{c0}\tau = -\pi/2 \text{ 时} \\[2mm] -\dfrac{a^2}{2}\sin\Delta\omega\tau, & \text{当 } \omega_{c0}\tau = \pi/2 \text{ 时} \end{cases} \tag{3-71}$$

若频偏 $\Delta\omega$ 较小,即 $\Delta\omega\tau \ll 1$ 时,则有

$$V \approx \begin{cases} \dfrac{a^2}{2}\Delta\omega\tau, & \text{当 } \omega_{c0}\tau = -\dfrac{\pi}{2} \text{ 时} \\[2mm] -\dfrac{a^2}{2}\Delta\omega\tau, & \text{当 } \omega_{c0}\tau = \dfrac{\pi}{2} \text{ 时} \end{cases} \tag{3-72}$$

由此可见,当满足 $\cos\omega_{c0}\tau = 0$,且 $\Delta\omega\tau \ll 1$ 时,V 与 $\Delta\omega$ 是线性关系,这样就可以鉴别出频率,也就是判断出 1 和 0。

2FSK 是一种广泛应用的方式,CCITT 推荐数据率低于 1 200 bit/s 时使用 2FSK 方式。2FSK 信号抗衰落性能比较好。

3.5.4 相移键控(PSK)

1. 定义

相移键控(PSK,Phase Shift Keying)是利用数字信号来控制一定形式高频载波的相位参数,以实现其调制的一种方式。由于相位有绝对相位和相对相位之分,因此相移键控也有绝对相移键控(记为 PSK)和相对相移键控(记为 DPSK)之分。

PSK 的相位变化是以未调载波的相位为参考基准的,它是利用载波相位的绝对值来表示数据信息的。规定已调载波的相位与未调载波(参考载波)相位相同表示"1"信号,不同表示"0"信号。当载波频率与码元速率之比为整数倍时,实质上就是用载波的初始相位 φ 表示数字信息,即

$$\varphi = \begin{cases} 0, & \text{表示"1"信号} \\ \pi, & \text{表示"0"信号} \end{cases} \tag{3-73}$$

DPSK 是用载波的相对相位变化表示数字信息的。相对相位是指当前码元载波的初相与前一码元载波的初相(或者末相)之差 $\Delta\varphi$,当载频与码速之比 $f_c/f_b = n$(整数)时,初相与末相一致。通常规定:

$$\Delta \varphi = \varphi_i - \varphi_{i-1} = \begin{cases} \pi, & \text{表示"1"} \\ 0, & \text{表示"0"} \end{cases} \tag{3-74}$$

2. 波形

图 3-33 画出了 2PSK，2DPSK 信号的波形图，图中假定 $f_c/f_b = 2$。由图可以看出，2PSK 信号和 2DPSK 信号的幅度都保持恒定，用相位代表数据信息。2DPSK 信号由于与前一码元载波的相位有关，因此画出了两种形式：

- 1 变 0 不变，即"1"信号时载波波形与前一波形相反（变化），"0"信号时不变化（相同）；
- 0 变 1 不变。

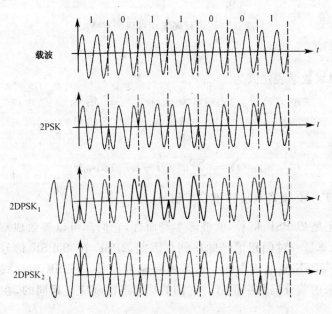

图 3-33　相移键控信号波形

3. PSK 与 DPSK 的关系

PSK 与 DPSK 之间的关系通过图 3-33 可以得出。用数字序列 1011001 与 2PSK 信号的对应关系（"1"信号时载波初始为 0，"0"信号载波初相位为 π）来看 2PSK 信号，则可以得出序列 b_{n1} 和 b_{n2} 如下：

$$a_n \quad \ 1011001$$
$$b_{n1} \quad 10010001$$
$$b_{n2} \quad 01101110$$

实质上，a_n 与 b_{n1} 之间以及 a_n 与 b_{n2} 之间的关系都符合下式：

$$b_n = b_{n-1} \oplus a_n \tag{3-75}$$

式中符号 $\oplus$ 表示模 2 加运算，式(3-75)是绝对码转换成相对码的公式。反过来，相对码转换成绝对码的表示式如下：

$$a_n = b_n \oplus b_{n-1} \tag{3-76}$$

式(3-76)是式(3-75)的一个变形，即同时在式(3-75)两端加 b_{n-1}（模 2）即可。

绝对码和相对码互相转换的实现方法，就是使用模 2 加法器和延迟器（延迟 1 个码元宽度 T_b），如图 3-34(a)、(b)所示。图 3-34(a)是把绝对码变成相对码的方法，称其为差分编码器，

完成的功能是 $b_n = a_n \oplus b_{n-1}$。图 3-34(b)是把相对码变为绝对码的方法,称其为差分译码器,完成的功能是 $a_n = b_n \oplus b_{n-1}$。

搞清绝对码与相对码的关系是非常有用的。在产生 2DPSK 信号时,先把序列 a_n 变成 b_n,再对 b_n 进行 2PSK 调制就可产生 2DPSK 信号。

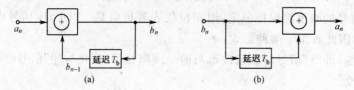

图 3-34　绝对码与相对码的互换

4. 谱特性

2PSK 信号的时域数学表达式为

$$s_{2PSK}(t) = \begin{cases} A\cos\omega_c t, & \text{"1"信号} \\ -A\cos\omega_c t, & \text{"0"信号} \end{cases} \tag{3-77}$$

也可以写成

$$s_{2PSK}(t) = \sum_n a_n g(t - nT_b)\cos\omega_c t \tag{3-78}$$

式中,$\sum_n a_n g(t - nT_b)$ 必须是双极性不归零信号。

无论是 2PSK 还是 2DPSK 信号,就波形本身而言,它们都可以等效成双极性基带信号作用下的调幅信号,无非是一对倒相信号的序列。因此,2PSK 和 2DPSK 信号具有相同形式的表达式,所不同的是 2PSK 表达式中的 $s(t)$ 是数字基带信号,2DPSK 表达式中的 $s(t)$ 是由数字基带信号变换而来的差分码数字信号。它们的功率谱密度应是相同的,在 $P(1) = P(0) = 1/2$ 时功率谱为

$$P_{2PSK}(f) = \frac{f_b}{4}\left[|G(f+f_c)|^2 + |G(f-f_c)|^2\right] \tag{3-79}$$

2PSK,2DPSK 信号的频带宽度与 2ASK 信号频带宽度一样,都是基带传输速率的两倍,即

$$B_{2PSK} = B_{2DPSK} = 2f_b \tag{3-80}$$

5. 2PSK 信号产生(调制)

2PSK 信号的产生有直接调相法和相位选择法(键控法)。直接调相法的原理可参考图 3-21(a)。在这种方法中,要求信号 $d(t)$ 必须是双极性不归零信号,其原理与产生 2ASK 信号原理相同。相位选择法方框图如图 3-35 所示。它与频率选择法基本一样,不同的是进入两个门电路的信号是同频同幅不同相位的载波,而在频率选择法中,进入两个门电路的是同幅不同频的两个载波。

6. 2PSK 信号的接收(解调)

由于 PSK 信号是通过相位来携带信息的,故要用相干接收法解调(也称为极性比较法),其原理如图 3-36 所示。图中本地载波 $\cos\omega_c t$ 必须与发端载波同频同相,否则就会有误差或者出现反相工作情况。所谓反相工作,是指本地载波的相位由 0 相位变成 π 相位或 π 相位变成 0 相位,使恢复的数字信息发生 0 变 1 或者 1 变 0 的现象。

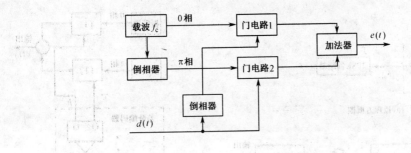

图 3-35 相位选择法方框图

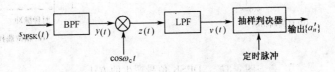

图 3-36 2PSK 相干接收法原理

在不考虑噪声时,BPF 的输出为

$$y(t) = \begin{cases} a\cos\omega_c t, & \text{"1"信号} \\ -a\cos\omega_c t, & \text{"0"信号} \end{cases} \tag{3-81}$$

相乘器的输出为

$$z(t) = \begin{cases} a\cos^2\omega_c t, & \text{"1"信号} \\ -a\cos^2\omega_c t, & \text{"0"信号} \end{cases} \tag{3-82}$$

$z(t)$经过 LPF 后,输出表达式为

$$v(t) = \begin{cases} a/2, & \text{"1"信号} \\ -a/2, & \text{"0"信号} \end{cases} \tag{3-83}$$

可以看出,抽样判决器的正确判决规则应为:

$$\begin{cases} V \geqslant 0, & \text{判为"1"} \\ V < 0, & \text{判为"0"} \end{cases} \tag{3-84}$$

由于 2PSK 信号存在反相工作(也称相位模糊)现象,故实际中一般不采用 2PSK 方式,而常采用 2DPSK 方式。

7. 2DPSK 信号的产生

前面我们已讨论了绝对码、相对码的关系,由于 2DPSK 信号对绝对码$\{a_n\}$来说是相对移相信号,对相对码$\{b_n\}$来说则是绝对移相信号。因此,只需在 2PSK 调制器前加一个差分编码器,就可产生 2DPSK 信号。其原理方框图见图 3-37(a)。由于 2PSK 有两种方法,2DPSK 也有直接调相法和相位选择法两种,分别如图 3-37(b)和(c)所示。其原理同 2PSK 信号,这里不再赘述。

8. 2DPSK 信号的接收

关于 2DPSK 信号的接收,最容易想到的一种方法就是极性比较-码变换法(相干接收法),如图 3-38 所示。图中虚线左边是 2PSK 解调器,右边是把相对码转换为绝对码的差分译码器。

2PSK 解调器将输入的 2DPSK 信号还原成相对码$\{b_n\}$,再由差分译码器把$\{b_n\}$转换成

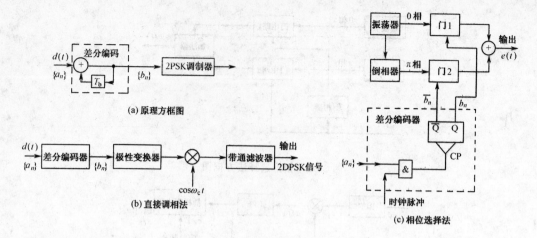

图 3-37　2DPSK 信号产生的方法

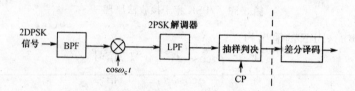

图 3-38　极性比较-码变换法

$\{a_n\}$。前面提到 2PSK 解调器存在"反相工作"问题,那么 2DPSK 解调器是否也会出现"反相工作"问题呢? 不会。这是由于当 2PSK 解码器的相干载波反相时,使输出的 b_n 变为 $\overline{b}_n$(b_n 的反码)。然而差分译码器的功能是 $b_n \oplus b_{n-1} = a_n$,b_n 反相后,仍使等式 $\overline{b}_n \oplus \overline{b}_{n-1} = a_n$ 成立。因此,即使出现反相,2DPSK 解调器也能正常工作。

2DPSK 信号的另一种接收方法是差分相干解调法(也叫相位比较法),其原理方框图如图 3-39(a)所示,各点波形如图 3-39(b)所示。

由图 3-39 可以看出,在 2DPSK 信号 1 变 0 不变的规则下,差分相干法的抽样判决器的判决规则与常规相反,即

$$
\begin{aligned}
V &\geqslant 0, \quad \text{判为 } 0 \\
V &< 0, \quad \text{判为 } 1
\end{aligned}
\tag{3-85}
$$

由于 2DPSK 信号不存在反相工作问题,因此它在实际中得到了广泛应用。

以上介绍的是在数据通信中实现信号调制的基本方式——ASK,FSK 和 PSK。实际上,在这三种基本调制方式基础之上形成了多种调制方式,它们的目的都是为了提高系统频带利用率和系统抗噪声性能。下面介绍几种。

3.5.5　多进制数字调制

多进制数字调制分为多进制(多元)幅移键控(MASK)、多元频移键控(MFSK)和多元相移键控(MPSK)。它们与二进制调制相比,在相同码元传输速率的情况下,信息速率比二元信息速率多 $\log_2 M$ 倍,因此系统频带利用率高。

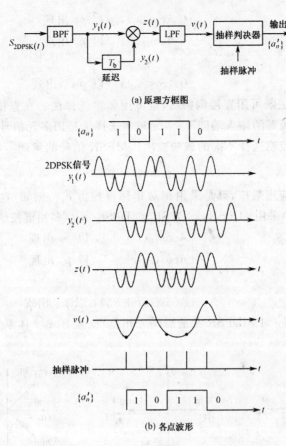

(a) 原理方框图

(b) 各点波形

图 3-39 差分相干法解调 2DPSK 信号

1. MASK

MASK 信号表达式为

$$s_{\text{MASK}}(t) = \left[\sum_n a_n g(t - nT_b) \right] \cos\omega_c t \tag{3-86}$$

式中，

$$a_n = \begin{cases} 0, & \text{以 } p_0 \text{ 出现} \\ 1, & \text{以 } p_1 \text{ 出现} \\ 2, & \text{以 } p_2 \text{ 出现} \\ \vdots \\ M-1, & \text{以 } p_{M-1} \text{ 出现} \end{cases} \tag{3-87}$$

且有 $p_0 + p_1 + p_2 + \cdots + p_{M-1} = 1$。

MASK 的产生可用图 3-21(a) 的方法，不过此时对数据信号的形式要求应是一个多电平不归零的单极性信号。MASK 信号的接收从原理上讲可以用包络检波法或相干接收法先恢复出幅度信号，然后再对幅度信号进行抽样判决，以确定抽样时刻的幅度属于哪一电平。多电平的判决可能对某一采样值要判断几次才能确定，因此容易增大误码。多进制幅移键控的进制数不能太大，否则误码率会急剧增大。

2. MFSK

MFSK 信号可以表示成：

$$s_{\text{MFSK}}(t) = \begin{cases} A\cos\omega_{c1}t, & \text{以 } p_0 \text{ 出现} \\ A\cos\omega_{c2}t, & \text{以 } p_1 \text{ 出现} \\ \vdots \\ A\cos\omega_{cM}t, & \text{以 } p_{M-1} \text{ 出现} \end{cases} \tag{3-88}$$

MFSK 产生的方法既可用直接调频法,也可用频率选择法。在直接调频法中把多元不归零的信号直接加到调频器的输入端即可;多元频率选择法是用多元信号来控制一个 M 端电子开关而达到不同数据控制选择不同的载频输出。MFSK 信号的解调一般采用非相干接收法。

3. MPSK

MPSK 在实际中应用最广,都是采用相对相移键控方式。例如,在电话网的 Modem 中采用 8DPSK,卫星通信中采用 4DPSK,32DPSK,64DPSK 等。多相键控信号可以表示成:

$$s_{\text{MFSK}}(t) = \begin{cases} A\cos(\omega_c t + \theta_1), & \text{以 } p_1 \text{ 出现} \\ A\cos(\omega_c t + \theta_2), & \text{以 } p_2 \text{ 出现} \\ \vdots \\ A\cos(\omega_c t + \theta_M), & \text{以 } p_M \text{ 出现} \end{cases} \tag{3-89}$$

MPSK 的初始相位(对 MDPSK 是前后码元相差)设置有 $\pi/2$ 体系和 $\pi/4$ 体系两种,如图 3-40 所示。

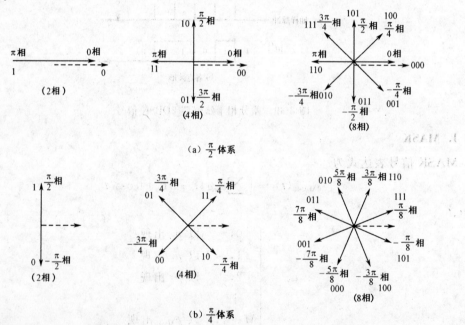

图 3-40 相位的设置

MDPSK 信号的产生仍用相位选择法,从原理上没有什么困难,只要产生出 M 个不同相位的载波,把它加在 M 端的电子开关(选相开关)上即可。选相开关受多元数字信号的控制。MDPSK 信号的解调可采用具有 M 个通道的相干接收法。

3.5.6 正交幅度调制(QAM)

正交幅度调制(QAM,Quadrature Amplitude Modulation)是将两路独立的基带波形分别对两个相互正交的同频载波进行抑制载波的双边带调制,所得到的两路已调信号叠加起来的过程。在 QAM 系统中,由于两路已调信号在相同的带宽内频谱正交,可以在同一频带内并行传输两路数据信息,因此,其频带利用率和单边带系统相同。QAM 方式一般用于高速数据传输系统中。在 QAM 方式中,基带信号可以是二电平的,又可以为多电平的,若为多电平,则构成多进制正交幅度调制。

正交幅度调制信号的产生和解调原理图如图 3-41(a)、(b)所示。输入数据序列经串/并变换得到 A,B 两路信号,A,B 两路信号通过低通的基带形成器,形成 $s_1(t)$ 和 $s_2(t)$ 两路独立的基带波形,它们都是无直流分量的双极性基带脉冲序列。

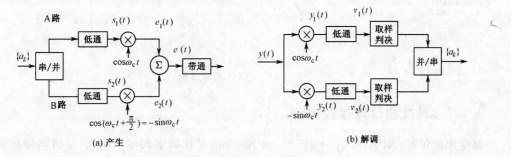

(a) 产生　　　　　　　　　　　　　　　　　(b) 解调

图 3-41　QAM 的产生与解调原理图

QAM 系统的工作原理可用各点数学表达式加以说明,系统中各主要点的表达式为

$$e_1(t) = s_1(t)\cos\omega_c t \tag{3-90}$$

$$e_2(t) = -s_2(t)\sin\omega_c t \tag{3-91}$$

$$e(t) = e_1(t) + e_2(t) = s_1(t)\cos\omega_c t - s_2(t)\sin\omega_c t \tag{3-92}$$

$$y_1(t) = y(t)\cos\omega_c t = e(t)\cos\omega_c t$$
$$= [s_1(t)\cos\omega_c t - s_2(t)\sin\omega_c t]\cos\omega_c t$$
$$= \frac{1}{2}s_1(t) + \frac{1}{2}s_2(t)\cos2\omega_c t - \frac{1}{2}s_2(t)\sin2\omega_c t \tag{3-93}$$

$$y_2(t) = -y(t)\sin\omega_c t = -e(t)\sin\omega_c t$$
$$= -[s_1(t)\cos\omega_c t - s_2(t)\sin\omega_c t]\sin\omega_c t$$
$$= \frac{1}{2}s_2(t) - \frac{1}{2}s_1(t)\sin2\omega_c t - \frac{1}{2}s_2(t)\cos2\omega_c t \tag{3-94}$$

$$v_1(t) = \frac{1}{2}s_1(t) \tag{3-95}$$

$$v_2(t) = \frac{1}{2}s_2(t) \tag{3-96}$$

QAM 信号可以用星座图表示,星座图是指只画出矢量端点的相位矢量关系图。图 3-42画出了 4QAM、16QAM 和 32QAM 的星座图。

MQAM 方式具有较高的频带利用率,其最高频带利用率为 $\log_2 M\ \text{bit}\cdot\text{s}^{-1}/\text{Hz}$。当收发基带滤波器特性为升余弦滚降特性时,频带利用率为

$$\eta = \frac{\log_2 M}{1+\alpha} \quad (\text{bit}\cdot\text{s}^{-1}/\text{Hz}) \tag{3-97}$$

式中,α 为滚降系数。

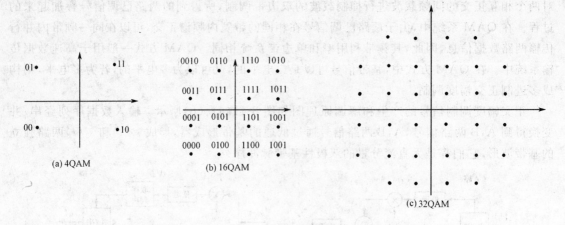

图 3-42　QAM 的星座图

3.5.7　幅度相位键控（APK）

幅度相位键控（APK，Amplitude Phase Keying）又称数字调幅调相，它是将调幅和调相结合起来的一种调制方式。若适当选择幅度和相位，可以做到在相同频带利用率的条件下增大信号空间信号点的最小距离。例如，采用四电平调制的 8 种相位变化系统，则为 16APK，其信号空间的信号点分布如图 3-43(a)所示。为了对比，在图 3-43(b)中给出了 16PSK 信号空间的信号点分布。由计算和图示可知，16APK 的相邻信号点的距离要大于 16PSK 的相邻信号点的距离，故 16APK 的抗噪声性能要优于 16PSK。通过图 3-42 可以看出，16QAM 也是一种调幅调相系统，同样，它也具有较好的抗噪声性能。目前，16QAM 和 16APK 两种系统已被用于话带数据 9 600 bit/s 的调制解调器中。

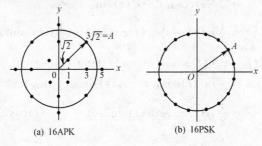

图 3-43　16APK 与 16PSK 星座图

3.5.8　网格编码调制（TCM）

网格编码调制（TCM，Trellis Coded Modulation）是将调制和编码合为一体的一种新型调制技术，它打破了调制和编码的界限。利用信号空间状态的冗余度实现纠检错编码，从而实现了高性能（高可靠性）和高速率（高有效性）的传输目标。

现以速率为 14.4 kbit/s 数据信号为例，简单介绍 TCM 的基本概念和组成。在 QAM 的发送端将串行数据按每 6 bit 分为一组，即 6 bit 码元组，这 6 bit 码元组的组速率（调制速率）为 $14.4 \times 10^3/6 = 2\,400$ 波特。自然这 6 bit 码元组合成的星座点数是 $2^6 = 64$ 个，这时的信号点间隔（即判决区间）将变得很小。在这种情况下，由于传输干扰的影响，将会很容易由一个星座点变为相邻的另一个星座点而错码。为了减少这种误码的可能性，TCM采用了一种编码器，即二进制卷积码编码器，并设置于调制器之内，如图3-44所示。在图3-44中，串/并变换输出的6 bit中取2 bit送入编码器。编码器采用卷积编码器，数据经编码器编码，加入1 bit冗余度后输出变为3 bit，这3 bit与原来的4 bit合成组成7 bit码元。这7 bit码元的组合共有128种状态，但通过信号点形成只选择一部分信号点用于信号传输。这里的信号点的选择有两点考虑：一是用欧氏距离替代汉明距离选择最佳信号星座，使所选择的码字集合具有最大的自由距离；二是后面所选的信号点与前面所选的信号点有一定的规则关系，即相继的信号的选定引入某种依赖性，因而只有某些信号序列才是允许出现的，而这些允许的信号序列可以采用网格图来描述，因而称为网格编码调制。

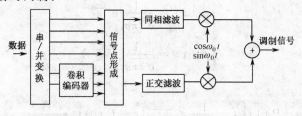

图3-44　TCM方框

TCM解调时不只检测本信号的参数，还要观测其前面信号所经历的路由；判决时不只简单判决该信号点，还必须符合某确定路由时，才能确定该点是所求的信号点。如果传输过程受到干扰，并引起信号点位移，接收机将比较所有与观测点有关的那些点，并选择最靠近观测点的路由所确定的最终信号点为所求的信号点，从而恢复出原数据信息码。这种解调方式称为软判决维特比译码解调。

TCM技术使话带Modem的速率达到了14.4 kbit/s、28.8 kbit/s和33.6 kbit/s，已接近香农极限。采用数据压缩后话带Modem的速率可达56 kbit/s甚至更高。

3.6　频带传输系统的性能

本节简单介绍频带传输系统的性能，频带系统的性能（误码率）与解调方式、噪声息息相关。

3.6.1　2ASK的性能

分析频带传输系统的误码率，首先要分析出抽样判决器输入端的信号与噪声的表达式，再根据表达式写出"1"和"0"信号时的概率密度函数，代入式(3-37)计算。

在分析计算误码率时，假定信道噪声是均值为0、方差为σ_n^2的高斯白噪声（本节中全部的性能分析都如此）。

1. 2ASK相干接收时的误码率

到达抽样判决器输入端的信号加噪声的表达式（通过图3-23(a)可得到）为

$$v(t) = \begin{cases} \dfrac{1}{2}[a + n_i(t)], & \text{发"1"信号时} \\[2mm] \dfrac{1}{2}n_i(t), & \text{发"0"信号时} \end{cases} \tag{3-98}$$

抽样后为

$$V = \begin{cases} \dfrac{1}{2}(a+n), & \text{发"1"信号时} \\ \dfrac{1}{2}n, & \text{发"0"信号时} \end{cases} \tag{3-99a}$$

在不计入系数 1/2(下同)时,有

$$V = \begin{cases} a+n, & \text{发"1"信号时} \\ n, & \text{发"0"信号时} \end{cases} \tag{3-99b}$$

则对应的概率密度函数为

$$\begin{cases} p_1(x) = \dfrac{1}{\sqrt{2\pi}\sigma_n} e^{-\frac{(x-a)^2}{2\sigma_n^2}} \\ p_0(x) = \dfrac{1}{\sqrt{2\pi}\sigma_n} e^{-\frac{x^2}{2\sigma_n^2}} \end{cases} \tag{3-100}$$

代入式(3-37),有

$$P_e = P(1)\int_{-\infty}^{V_b} \frac{1}{\sqrt{2\pi}\sigma_n} e^{-\frac{(x-a)^2}{2\sigma_n^2}} \mathrm{d}x + P(0)\int_{V_b}^{\infty} \frac{1}{\sqrt{2\pi}\sigma_n} e^{-\frac{x^2}{2\sigma_n^2}} \mathrm{d}x$$

$$= \frac{1}{2}\mathrm{erfc}\left[\frac{1}{2}\sqrt{\frac{a^2}{2\sigma^2}}\right] = \frac{1}{2}\mathrm{erfc}(\sqrt{r}/2) \tag{3-101}$$

式(3-101)是在考虑到最佳门限 $V_b^* = a/2$ 和 $P(1) = P(0)$ 时的结果,通常把 $a^2/(2\sigma^2)$ 叫做到达解调器抽样判决器输入端的信噪比。

2. 2ASK 包络检波时的误码率

在进行非相干接收 2ASK 信号时,到抽样判决器前的波形为

$$v(t) = \begin{cases} \sqrt{[a+n_c(t)]^2 + n_s^2(t)}, & \text{"1"信号时} \\ \sqrt{n_c^2(t) + n_s^2(t)}, & \text{"0"信号时} \end{cases} \tag{3-102}$$

式中,$n_c(t)$、$n_s(t)$ 分别是窄带高斯白噪声的同相分量和正交分量,它们都是高斯分布。由随机理论可以写出式(3-102)经抽样后的概率密度函数:

$$\begin{cases} p_1(x) = \dfrac{x}{\sigma_n^2} I_0\left(\dfrac{ax}{\sigma_n^2}\right) e^{-\frac{(x^2+a^2)}{2\sigma_n^2}} \\ p_0(x) = \dfrac{x}{\sigma_n^2} e^{-\frac{x^2}{2\sigma_n^2}} \end{cases} \tag{3-103}$$

式中,$I_0(x)$ 是修正的贝赛尔函数。将式(3-103)代入式(3-37),在最佳门限和大信噪比情况下,可近似化简为

$$P_e = \frac{1}{2}e^{-\frac{1}{4}r} \tag{3-104}$$

3.6.2　2FSK 的性能

由于进入 2FSK 抽样判决器的输入有两路,因此系统总误码率公式为

$$P_e = P(1)P(V_1 < V_0) + P(0)P(V_1 > V_0) \tag{3-105}$$

在相干接收法中,当发端发"1"信号时,抽样判决器输入端表达式为

$$\begin{cases} v_1(t) = a + n_c(t) \\ v_0(t) = n_c(t) \end{cases} \tag{3-106}$$

式(3-106)对应的概率密度函数与式(3-100)相同。

当发端发"0"信号时, $v(t)$ 为

$$\begin{cases} v_1(t) = n_c(t) \\ v_0(t) = a + n_c(t) \end{cases}$$ (3-107)

可以看出式(3-107)与式(3-106)完全对称,因此误码率是相同的。所以总误码率如下:

$$\begin{aligned} P_e &= [P(0) + P(1)]P(V_1 < V_0) \\ &= [P(0) + P(1)]P(V_0 > V_1) \\ &= P(V_1 < V_0) \end{aligned}$$ (3-108)

$$= P(V_1 - V_0 < 0) = P(V < 0)$$ (3-109)

式中, $V = V_1 - V_0 = a + n_{c1} - n_{c2}$ (对噪声不能简单抵消掉),对应的概率密度函数为

$$p(x) = \frac{1}{\sqrt{4\pi}\sigma_n} e^{-\frac{(x-a)^2}{4\sigma_n^2}}$$ (3-110)

代入到式(3-109)中,得

$$P_e = \frac{1}{2}\text{erfc}\left(\sqrt{\frac{r}{2}}\right)$$ (3-111)

非相干解调的分析方法与相干解调基本相同,只不过是数字过程有些复杂而已。因为此时抽样判决器输入端的波形是两个来自包络检波器的输出。当发端发"1"信号时, $v(t)$ 为

$$v(t) = \begin{cases} \sqrt{[a + n_c(t)]^2 + n_s^2(t)} \\ \sqrt{n_c^2(t) + n_s^2(t)} \end{cases}$$ (3-112)

式(3-112)与式(3-102)相同,所以对应的概率密度函数与式(3-103)一样。将它们代入式(3-108),有

$$\begin{aligned} P_e &= P(V_1 < V_0) \\ &= \int_0^\infty p_1(V_1) \left[\int_{V_0 - V_1}^\infty p_0(V_0) dV_0 \right] dV_1 \end{aligned}$$ (3-113)

式中, V_1、V_2 是包络,所以最小应为 0。最后化简为

$$P_e = \frac{1}{2} e^{-r/2}$$ (3-114)

3.6.3 2PSK 的性能

2PSK 在相干接收时,到抽样判决器输入端的波形 $v(t)$ 为

$$v(t) = \begin{cases} a + n_c(t), & \text{"1"信号时} \\ -a + n_c(t), & \text{"0"信号时} \end{cases}$$ (3-115)

对应的概率密度函数为

$$\begin{cases} p_1(x) = \frac{1}{\sqrt{2\pi}\sigma_n} e^{-\frac{(x-a)^2}{2\sigma_n^2}} \\ p_0(x) = \frac{1}{\sqrt{2\pi}\sigma_n} e^{-\frac{(x+a)^2}{2\sigma_n^2}} \end{cases}$$ (3-116)

代入式(3-37),得

$$P_e = \frac{1}{2}\text{erfc}(\sqrt{r})$$ (3-117)

式(3-117)是在认为无反相工作时的结果。

对 2DPSK 系统,如果采用极性比较-码变换法,则系统误码率要比式(3-117)大些,这是因为在码变换时仍可能误码。

3.6.4　性能比较

通过上面的分析,数据信号(二元)在不同的系统中传输,会有不同的误码率。表 3-2 列出了各种系统误码率、带宽及频带利用率公式。

可以看出,在采用相干接收法解调时,2PSK 性优于 2FSK 信号,2FSK 优于 2ASK 信号;采用非相干法解调时,2FSK 性能也优于 2ASK 信号。

相干接收法的抗噪声性能优于非相干接收法,当然这是在保证收发同步情况下而言的。

从系统带宽看,2FSK 频带宽度最大,因此系统频带利用率最低。

表 3-2　二进制系统 P_e、B、η 表

信号及接收方法	误码率	频带宽度	频带利用率
相干 2ASK 信号	$P_e = \dfrac{1}{2}\mathrm{erfc}(\sqrt{r/2})$	$B = 2f_b$	$\eta = \dfrac{1}{2}$ B/Hz
非相干 2ASK 信号	$P_e = \dfrac{1}{2}e^{-r/4}$		
相干 2FSK 信号	$P_e = \dfrac{1}{2}\mathrm{erfc}\left(\sqrt{\dfrac{r}{2}}\right)$	$B = (5 \sim 7)f_b$	$\eta = \left(\dfrac{1}{7} \sim \dfrac{1}{5}\right)$ B/Hz
非相干 2FSK 信号	$P_e = \dfrac{1}{2}e^{-r/2}$		
相干 2PSK 信号	$P_e = \dfrac{1}{2}\mathrm{erfc}(\sqrt{r})$	$B = 2f_b$	$\eta = \dfrac{1}{2}$ B/Hz

本章小结

本章主要介绍了数据信号进行基带传输和频带传输时的基本原理与技术。

基带数据信号常见的波形有单/双极性归零/不归零码、差分码、AMI 码、HDB$_3$ 码、曼彻斯特码等。分析计算基带信号功率谱的公式为

$$P(f) = \sum_{m=-\infty}^{\infty} \mid f_b[pG_0(mf_b) + (1-p)G_1(mf_b)] \mid^2 \delta(f - mf_b) +$$
$$f_b p(1-p) \mid G_0(f) - G_1(f) \mid^2$$

基带数据传输系统主要由收发滤波器、抽样判决器组成,而频带传输系统主要由调制/解调器、收/发带通滤波器和抽样判决器组成。

在基带系统中存在码间串扰,消除码间串扰的条件是系统总特性应为理想低通特性或者等效理想低通特性。升余弦滚降特性是实际中常用的一种形式。

在基带传输中,通常采用时域均衡(横向滤波器技术、部分响应技术)来改善系统的性能,采用数据扰乱技术来消除数据信息本身的一些不足。基带传输系统的误码率与到达抽样判决器的信噪比有关。

在频带传输系统中,基本的调制方式有 ASK、FSK 和 PSK,在此基础上有 QAM、APK 和 TCM 等。解调方法一般有相干接收法和非相干接收法。其性能也因采用不同解调方式而

不同。

思考与练习

3-1 什么是基带传输？什么是频带传输？

3-2 画出基带数据传输系统和频带数据传输系统的组成方框图。

3-3 画出数据序列为 111000010000 的 AMI 码、HDB$_3$ 码和曼彻斯特码的波形图。

3-4 已知数据序列为 11000000000000101，求其 HDB$_3$ 码。

3-5 什么是码间串扰？写出消除码间串扰的条件。

3-6 当数据脉冲以 $1/T_b$ 和 $3/T_b$ 的速率分别在系统特性如图 T3-1(a)和(b)所示的系统中传输时，分析能否消除码间串扰。

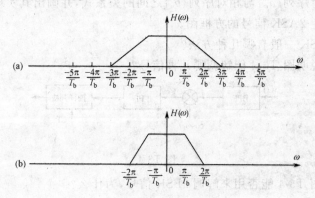

图 T3-1

3-7 已知基带系统传输特性 $H(f)$ 如图 T3-2(a)和(b)所示，求系统无码间串扰时的最大传输速率和系统频带利用率。

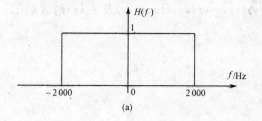

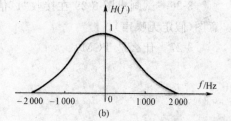

图 T3-2

3-8 为了传送码元速率 $R_B = 10^3$ Baud 的数字基带信号，试问系统采用图 T3-3 所画的哪一种传输特性较好？并简要说明理由。

3-9 已知 $H(\omega) = \tau_0(1 + \cos\omega\tau_0)$，$|\omega| \leqslant \dfrac{\pi}{\tau_0}$；其他 ω 时 $H(\omega)$ 为 0。试确定该系统的极限传输速率及相应的码元间隔 T_b。

3-10 什么是部分响应波形？什么是部分响应系统？

3-11 写出 Ⅱ 类部分响应波形的一般表达式，并画出其波形示意图。

3-12 说明数据扰乱的基本原理。

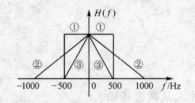

图 T3-3

3-13 画出线性反馈逻辑为 $a_4 = a_3 \oplus a_0$ 的四级移位寄存器组成的 m 序列产生器。

3-14 试推导基带传输系统在无码间串扰时单极性信号的误码率公式。

3-15 什么是眼图？如何通过示波器观察眼图。

3-16 画出数据序列为 101110010 的 2ASK，2FSK，2PSK 和 2DPSK 信号的波形示意图。

3-17 写出绝对序列 $\{a_n\}$ 与相对序列 $\{b_n\}$ 之间的关系式，并画出其实现图。

3-18 画出产生 2ASK 信号的方框图。

3-19 接收 2FSK 一般有哪几种方法？

3-20 试分析说明图 T3-4 能解调哪几种信号？

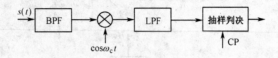

图 T3-4

3-21 试分析图 T3-4 能否用来解调 2FSK 信号，为什么？

3-22 画出一种产生和接收 2DPSK 信号的方框图。

3-23 画出 4QAM 的调制与解调方框图。

3-24 什么是 APK，它的频带利用率如何？

3-25 在二进制频带传输系统中，哪种信号频带利用率最低？哪种信号误码率最低？

3-26 试画出图 3-29 在接收"1"信号时 $y_1(t)$，$y_0(t)$，$z_1(t)$，$z_0(t)$，$v_1(t)$ 及 $v_0(t)$ 的波形示意图(假定无噪声)。

3-27 什么是 TCM？

第4章 数据交换

4.1 概述

数据交换技术是实现地区、省、国家甚至全球数据通信必须依靠的技术。这种技术可把数据信号从一个节点传向另一个节点，直至到达目的地。网络中常使用的交换技术有电路交换、存储转发交换、快速分组交换等。存储转发交换包括报文交换和分组交换，快速分组交换有帧中继和 ATM。由于电路交换的电路利用率不高，而报文交换实时性又不好，因此现有的公用数据交换网都采用分组交换技术。本章主要对各种数据交换技术（特别是分组交换技术）的必要性、基本原理和技术进行介绍，使读者了解各种数据交换的特点和应用场合。

4.1.1 为什么要进行数据交换

在通信网中，需要多个用户之间进行通信。如果仍采用点对点的通信，即网络中的任意两用户都有直达线路连接，虽然通信质量较好，但所需的互连线路多，线路利用率低，线路建设费用高。以 n 个用户为例，采用直接线路连接，需要 $\frac{1}{2}n(n-1)$ 条传输链路，取 $n=100$，则全网的链路数达 4 950 条。因此，除那些具有大量数据业务的用户之间和要求实时性通信的用户之外，一般不用直接连接的方式。

通常，将各个用户终端通过一个具有交换功能的网络连接起来，使得接入该网络的两个用户终端由网络来实现必需的交换操作。

图 4-1 是 DTE 用户接入交换网示意图。一个用户终端要想与网络中的另一个用户终端通信，要通过交换网的一个或几个交换中心。显然，与网内用户线路直接连接相比，这种方式提高了线路利用率，但交换需要时间，故增加了用户通信过程中的时延。如果有多个用户同时进行通信，还可能出现由于争用线路而引起的"阻塞"和"拥挤"现象。

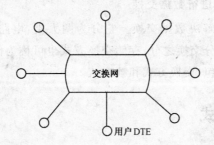

图 4-1　DTE 用户接入交换网示意图

4.1.2 数据交换的实现

实现数据通信的交换网有两类：公用交换网和公用数据交换网。

1. 利用公用网进行数据交换

公用电话网是当前使用最广泛的交换网,它由有线或无线传输媒质提供现成信道,大量地用来传输电话,已构成了庞大的公用网。在此公用网中只需增添少量设备,进行一些必要的测试之后,就可开展数据通信业务。CCITT 在公用电话网上开放了数据通信的 V 系列建议。

图 4-2 是通过公用电话网实现数据交换的示意图。可以看出,只要在公用电话网上附加一些呼叫和应答装置,就可实现用户终端和计算中心设备的数据交换。图 4-2(a)是人工呼叫和人工应答方式,其工作过程是利用电话拨号接通对方用户,双方通过人工认可后,转换电话/数据开关进行数据通信;通信结束后,终止电路。图 4-2(b)是采用具有网络控制器(NCE)的调制解调器和自动呼叫器(ACE),可构成自动呼叫和自动应答的方式,就像目前许多用户接入因特网(Internet)那样。

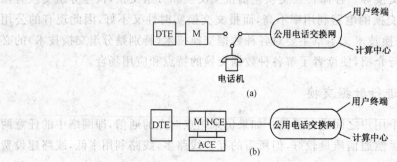

图 4-2 通过公用电话网实现数据交换

利用公用电话网进行数据交换的主要优点是:投资少,实现简单,地区广泛,使用方便。但由于电话网是专为电话通信而设计的,所以对数据通信来说存在一定的限制和缺陷,其主要缺点有:传输速率低,其传信率一般在 200～1 200 b/s 之间,少数情况达 4 800 b/s;传输差错率高,误比特率一般在 10^{-3}～10^{-5} 之间,且每次呼叫所连通路都不相同,故传输质量不稳定;线路连接时间长,不适合高速数据传输。另外,还有接通率低、不易增加新功能等缺点。

为了克服上述缺点,满足高速数据传输、高可靠性和短接续时间的要求,就要建立一个经济上有效的、可用于开放数据业务的公用数据网。

2. 利用公用数据交换网进行数据交换

公用数据网要求本身可解决数据交换。它分为两大类:电路交换方式和存储交换方式。电路交换方式又有时分和空分交换之分;存储交换方式也可称为信息交换和存储转发方式,它可分为报文交换方式、分组(包)交换方式和帧方式。

4.2 电路交换方式

4.2.1 电路交换原理

电路交换方式是指网络中的两台计算机或终端在进行数据交换之前,先建立一条实际的物理链路(专用通信线路),再进行数据通信,且在通信中自始至终使用这条链路进行信息传输,而不允许其他计算机和终端同时共享该链路的通信方式。电路交换过程包括以下三个阶段。

1. 电路建立阶段

在开始传送数据之前,必须建立端-端(站-站)的电路。首先,用户向本地交换局呼叫,得到应答信号后主叫用户发送被叫用户的号码或地址;本地交换局按被叫号码确定被叫用户属于哪一个局的管辖范围,并启动路由选择算法确定路由,如果被叫用户属于其他交换局,则本地交换局可将有关号码通过中继线传送给有关的交换局,并建立与被叫用户之间的链路。这样,在主叫和被叫用户之间就建立了一条临时性的固定专用的物理链路。

2. 数据传送阶段

电路连接起来后,就可通过这条专用的电路来传输数据。传输的数据信号形式可以采用数字信号,也可以采用模拟信号。电路是全双工方式,故数据可以双向传输。

3. 电路拆除阶段

数据通信结束后,应拆除连接的电路,以释放该连接所占用的专用资源。两个用户中的任一方提出拆除电路的请求时,都可有效拆除连接电路。

电路交换方式是利用公用数据交换网进行数据交换的方式,它是根据电话交换原理发展起来的一种交换方式,它与公用电话网进行数据交换的方法是不同的。基于电路交换的数据网称为电路交换数据网(CSDN,Circuit Switched Data Network)。

4.2.2 电路交换机

电路交换机是实现电路交换的主要设备,它由交换电路部分和控制电路部分构成。交换电路的作用是完成相应电路的连接,在主叫用户和被叫用户之间建立一条传输通路;控制部分的主要功用是根据主叫用户的选线信号来控制交换电路完成接续。

1. 交换电路部分

交换电路部分的核心是交换网,按照电路接续方式的不同,有空分电路交换方式和时分电路交换方式。

(1) 空分电路交换 空分电路交换是采用所谓空间交换,即通过物理信道的转接来完成交换的方式。图 4-3 是最简单的空分电路交换示意图。其中交换矩阵是完成空分交换的设备,又称空分接续器。用户之间的接续是在交换矩阵的相应空间坐标点上进行的。这些坐标点一般是继电器或电子开关,由控制部件来实现它们的连接和断开。在图 4-3 中,若用户 1 和用户 2 要建立通信,只要适当控制交换矩阵坐标点的通和断,就可形成两用户之间的通路。最简单的控制方式是直接由拨号数字脉冲来驱动坐标点的开和关。

(2) 时分电路交换 随着数字通信技术的发展,时分电路交换具有较大的优势。时分电路交换采用的是时分多路复用原理,即在一条公用通信线路上,多个终端在 1 帧的时间内分别占用一定的时隙,用户信号的传输在时间上是不连续的,但只要满足取样定理要求,就可进行正常通信。

图 4-4 是时分电路交换示意图。任意两用户建立的信道都公用一条高速线路。若图 4-4 中终端 T_1 与 T_9, T_5 和 T_6 要在同一段时间进行通信,则交换机的控制电路在第一段时间内接通 1、9 信道,在第二段时间内,断开 1、9 信道而接通 5、6 信道,如此轮流重复,实现了利用时分复用来公用高速线路的目的。

2. 控制电路部分

控制电路部分按是否与交换功能分开而分为集中控制方式和分散控制方式两种。由于集

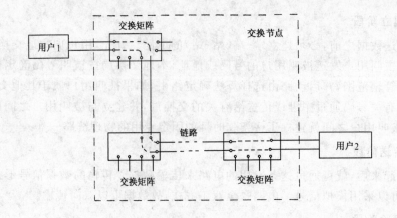

图 4-3　空分电路交换示意图

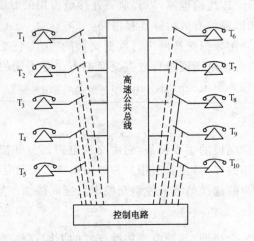

图 4-4　时分电路交换示意图

中控制方式将控制和交换功能分开,控制电路集中,所以控制部分使用效率高,比较经济,可实现更复杂的功能。此外,控制部分还可按具体实现的控制电路,分为布线逻辑控制和存储程序控制。布线逻辑控制简称布控,是指将交换机需要完成的各种控制功能,先设计成各种逻辑单元电路,用布线把它们连接好,以完成对交换机的控制。布控可理解为硬件控制交换机的动作。存储程序控制简称为程控,它是采用计算机技术,把完成控制功能的逻辑操作以程序形式预先存储在存储器内,由计算机的中央处理器根据程序实现控制功能,简单地讲,就是用软件来控制交换机的动作。由于程控方式在功能的改动和增加新功能方面比布控方式方便得多,具有更大的灵活性,更能适合日益增长的新业务的要求,因此现有的控制电路部分均采用程控方式。

采用程控的交换机是由交换和中央控制两部分组成的。交换部分主要由外线终接电路、交换电路和与中央控制部分的接口电路组成。用户线和中继线用终接电路连接,数据流和信息的传输通路由交换电路提供,接口电路辅助中央控制部分完成呼叫建立和拆线任务。交换部分可以采用机电接续部件,也可采用数字集成电路,目前多用后者。中央控制由带有外围的中央处理机和相应的软件组成,处理机可采用通用计算机或专用于交换的计算机。软件可分为用于交换机运转控制的在线程序和用于维护管理的离线程序两部分。有关程控交换机的工作过程及相关技术可参阅相关书籍。

4.2.3 电路交换的主要优缺点

电路交换方式属于电路资源预分配系统，它的特征是接续路径采用物理连接。数据终端用户好像使用一条专线一样，数据信号在用户间相互传递，控制电路不干预。电路交换有如下优点和缺点。

1. 电路交换的优点

(1) 信息传输延迟时间短。在数据交换过程中，只有电路建立阶段延迟和数据传输阶段线路的传播延迟，因此数据传输的延迟时间短，实时传输性能比较好。

(2) 信息传输效率较高。这是因为交换机对用户的数据信息不进行存储、分析和处理，所以交换机在处理方面的开销比较小，对用户的数据信息不需要附加许多用于控制的信息。

(3) 对用户提供"透明"传输通路。这是因为传输信息的编码方法和信息格式不受限制，故网络对于用户是透明的。

2. 电路交换的缺点

(1) 电路接续时间较长。传输短信息时，接续时间可能大于通信时间，故短报文通信效率低。

(2) 电路利用率低。一旦建立通信电路，在连接期间是专用的，即使没有数据传送，别人也不能使用，所以电路交换利用率较低。但对于传输声音信号的连接，利用率要高一些。

(3) 不同类型的终端(终端的数据速率、代码格式、通信协议等不同)不能相互通信。这是因为电路交换机不具备码变换、速率变换等功能。

(4) 有呼损。这种现象出现在对方用户终端忙或交换网负载过重而叫不通时。

(5) 差错率高。交换机不具备差错控制、流量控制等功能，只能在端—端间进行差错控制，其传输质量较多地依赖于线路的性能，因而传输质量较差。

由于以上特点，电路交换方式较适合于传输信息量大、通信对象比较确定的用户。

4.3 报文交换方式

电路交换所存在的缺点，限制了电路交换网在某些场合的应用。因此，人们在研究电路交换技术的基础上，又提出了存储-转发交换方式，报文交换方式就是存储-转发交换方式的一种。

4.3.1 报文交换原理

1. 什么是报文交换

报文交换方式的基本思想是"存储-转发"，即将用户的报文(包含信息及接收端地址等辅助信息)存储在交换机的存储器中(内存或外存)，当所需的输出电路空闲时，再将该报文发向接收交换机或用户终端。与电路交换相比，报文交换无须在用户之间先建立呼叫，也不存在直接物理信道，交换结束后也不需要拆线过程。

2. 报文格式

在报文交换方式中，发端用户发送的数据不管长度如何，都把它作为一个逻辑单元。为了准确地实现报文转发，在发送的数据上加上目的地址、源地址和控制信息，按一定格式打包成一个报文,其格式如图 4-5 所示。其中目的地址、源地址和控制信息统称为报头,数据称为正文,校验码称为报尾,当报文长度有规定时,报尾可省去。

图 4-5　报文格式

3. 报文交换原理

报文交换原理示意图如图 4-6 所示。报文交换机主要由通信控制器、中央处理机和外存储器等组成,如图 4-7 所示。

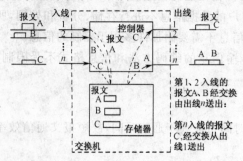

图 4-6　报文交换原理示意图

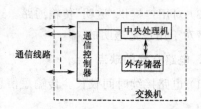

图 4-7　报文交换机的组成

实现报文交换的过程如下:

(1) 通信控制器探询各条输入用户线路,若某条用户线有报文输入,则向中央处理机发出中断请求,并逐字把报文送入内存储器;

(2) 收到报文结束标志后,中央处理机对报文进行处理,如分析报头,判别和确定路由,登录输出排队表等;

(3) 将报文转移到外部大容量存储器,等待一条空闲输出线路;

(4) 等到线路空闲时,把报文从外存储器调入内存储器,经通信控制器向线路发出去。

为了使重要的、急需的数据先传输,可对不同类型的信息流设置不同的优先等级,优先级高的报文排队等待时间短。采用优先等级方式也可以在一定程度上支持交互式通信,在通信高峰时也可把优先级低的报文送入外存储器排队,以减少由于过忙引起的阻塞。

4.3.2　报文交换的优缺点

报文交换的特征是交换机存储整个报文,并可进行必要的处理。它与电路交换的主要区别在于:发送数据是以一定格式组成的一个数据单元进入交换机,由通信控制处理机来完成数据单元的接收、差错检验、存储、路由选择和转发功能。报文交换有如下优缺点。

1. 报文交换的优点

(1) 易使不同类型的终端互相进行通信。这是由于报文交换机具有存储和处理能力,可对用户输入到电路上的速率、编码格式进行变换。

(2) 线路利用率高。在报文交换的过程中,没有电路接续过程,来自不同用户的报文可以公用一条通路,线路可以以它的最高传输能力工作。

(3) 可实现同报文通信,即同一报文可以根据需要由交换机转发到各个不同的收信地点。

(4) 无呼损。这是由于用户不需要叫通对方就可以发送报文。

2. 报文交换方式的缺点

（1）不利于实时通信。这是由于报文交换的传输时延长，而且时延的变化大造成的。传输时延取决于报文经过的路由、中继交换局的数目以及在每个交换局中的处理、排队时间。

（2）设备费用高。其高费用主要表现在报文交换机具有高速处理能力和大的缓冲存储器容量。

报文交换适用于公众电报和电子信箱业务，不适合实时通信。

4.4 分组交换方式

分组交换方式也属于存储-转发交换方式，但它不是以报文为单位进行交换的，而是把报文分组，以短的、格式化的报文为单位进行交换和传输。

4.4.1 为什么提出分组交换方式

前两节中已分别介绍了电路交换和报文交换的优缺点。电路交换虽然实时性好，但它对于短报文通信效率低，电路利用率低，且不利于不同类型终端相互通信；而报文交换虽能解决电路交换的缺点，但又不满足数据在实时情况下的通信。随着计算机的广泛应用，要求数据交换能适应不同速率的交换，接续时间短，实时性好，传输准确性高，且不同类型终端可相互通信。为此，提出了分组交换技术。可以说，分组交换综合了电路交换和报文交换的优点，并使它们的缺点得以相互抵消。

4.4.2 分组的基本格式和长度选取

为了实现分组传输和信息交换，需要把报文裁成若干个比较短的、规格化了的"分组"（或称为包），分组的基本格式示意图如图 4-8 所示。图中，F 表示分组开始和结束的字段（上一分组的结束也就是下一分组的开始），有的用 STX 或 ETX 表示，有的统一用 01111110 表示；T 是表示信息类型的字段，如各种控制类型的分组和数据类型的分组，如果是控制类型的分组，则在该分组内就可能没有"数据"部分；L 是说明分组长度的字段；N 字段内填有目的地址、源地址、分组号以及其他必需的控制字符或代码；CRC 是一种检验码，它提供分组内各节点检错的检错码，CRC 称循环码，分组内的检验码除用 CRC 外，也可用其他检验码。送入网内的分组，除上述基本格式外，还可根据网内各级规程的需要，在其前后添加所需的内容。

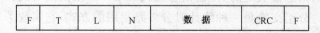

图 4-8 分组的基本格式示意图

分组长度的选取在分组交换网中是很重要的，它与交换过程中的延迟时间、交换机费用（包括存储器费用和分组处理费用）、信道传输质量以及正确传输数据信息的信道利用率等因素有关。一般来说，分组越长，交换过程中的延迟时间越大，误码率就越小，信道利用率就越高。当总信息一定时，分组越长，存储处理费用就越大，但由于交换的分组处理费用与分组数量成正比，因此分组越长，分组数量就越少，分组处理费用就越低。综合考虑，可以找到一个合适的分组长度，使交换机费用最少。CCITT 规定：分组长度以 $16\sim4\,096$ 字节之间的 2^n 字节为标准分组长度，一般选用分组长度 为 128 字节，不超过 256 字节（不包括组头）。分组头长度为 3～10 字节。

4.4.3 分组交换原理

1. 分组交换工作过程

分组交换工作原理如图 4-9 所示。在图 4-9 所示的分组交换网中,有 3 个交换中心和 4 个用户数据终端。终端分成两种:一般终端和分组型终端。B 和 C 是分组型终端,它们以分组的形式发送和接收信息;A 和 D 是一般终端,它们只能以字符的形式收发信息,要使它们发出的信息入网,必须通过一个具有分组和合并功能的设备 PAD 进行信息的拆分和组装。

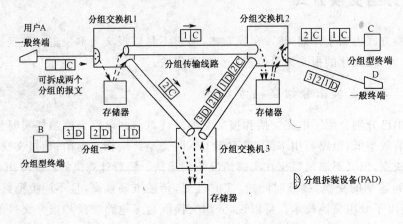

图 4-9　分组交换工作原理

分组交换网的工作过程是:交换中心的交换机接到分组后首先把它存储起来,然后根据分组中的地址信息、线路的忙闲情况等选择一条路由,再把分组传给下一个交换中心的交换机。如此反复,一直把分组传输到接收方所在的交换机。对于一般终端来说,收到的分组要交给 PAD 来进行报文的合并工作,并送交收方计算机或终端,如图 4-9 中 A 终端把信息传给 D 终端。对于分组型终端来说,收到的分组可直接交给计算机或终端,如图 4-9 中 B、C 终端之间的通信。

在分组交换中,来自不同终端的不同分组可以去往分组交换机的同一出线,这就需要分组在交换机中排队等待,一般本着先进先出的原则(也有采用优先制的)等到交换机相应的输出线路有空闲时,交换机才对分组进行处理并将其送出。通信中交换机进行信道的分配是根据每个用户需要传输的信息量决定的,传输信息量大的用户占用信道时间长,传输信息量小的用户占用信道时间短。分组交换是一种统计时分多路复用的方式,它实现了通信资源的共享。

2. 数据报和虚电路

分组交换方式可进一步分成提供数据报服务的分组交换和提供虚电路服务的分组交换,分别简称为数据报(Datagram)和虚电路(VC,Virtual Circuit)。在计算机网络中有时又把它们分别称为无连接(Connectionless)服务和面向连接(Connection Oriented)服务。

(1) 数据报　在数据报方式中,每个分组独立地进行处理,与报文交换方式中对每个报文独立处理一样。但是,由于网络的中间交换机对每个分组可能选择不同的路由,因此各分组到达目的终端时可能不是按发送的顺序到达,这就要求目的终端必须设法把它们按顺序重新排列。在这种技术中,独立处理的每个分组称为"数据报"。

（2）虚电路　在虚电路方式中,在发送任何分组之前,需要先建立一条逻辑连接(虚电路),即在发送终端和目的终端之间的各个节点上事先选定一条网络路由;然后双方便可以在这条逻辑连接(虚电路)上交换数据。在虚电路上传输的分组除了包含数据之外,还得包含一个虚电路标识符。在预先建立好的路由上,每个交换机都必须按照既定的路由传输分组,无须重新选择路由,而当数据传输完毕后,则由通信双方任一终端发出拆除连接的请求分组,终止本次连接。虚电路方式与电路交换方式类似,但虚电路方式在任何时刻都能和任何终端建立多个虚电路,且分组的信息进入交换机后进行排队,等待转发。虚电路方式与数据报方式的不同之处,在于各交换机无须为每个分组进行路由选择,每个交换机只需进行一次路由选择,因此报文分组不必带目的地址、源地址等附加信息。

根据虚电路的建立方式,可以将虚电路分为永久虚电路和交换虚电路。永久虚电路是由网络而不是由用户建立和清除的虚电路,用户之间的通信直接进入数据传输阶段,就好像使用一条专线一样。交换虚电路是由用户呼叫建立和清除的虚电路,用户在通信之前,必须先建立虚电路,然后进行通信,通信完毕后,用户清除虚电路。

4.4.4　分组交换的优缺点

1. 分组交换的优点

（1）传输质量高。分组交换方式具有差错控制功能,其主要表现是分组交换网中的各段链路可实现差错检验和检错重发,而且对于分组型的终端,在用户线部分也可以同样进行差错控制。另外,分组交换还可进行流量控制。因此,与电路交换相比,分组交换的传输质量大大提高,误码率在 10^{-10} 以下。

（2）可靠性高。这是由于在分组交换方式中,报文中的每个分组可以自由选择传输路径,当网中发生故障时,分组仍能自动选择一条避开故障地点的迂回路由进行传输,不会造成通信中断。

（3）为不同种类的终端相互通信提供方便。分组交换网以 X.25 建议的规程向用户提供统一的接口,从而能够实现不同速率、码型和传输控制规程的终端间的互通,同时也为不同计算机互通提供方便。

（4）能够满足通信实时性要求。分组交换的信息传输时延小,而且变化范围不大,能够较好地适应会话型通信的实时要求。

（5）可实现分组多路通信。由于每个分组都含有控制信息,分组型终端可在与分组交换机相连的一条线上,同时与多个用户终端进行通信。这是公用电话网和用户电报网等现有的公用网及电路交换公用数据网所无法实现的。

（6）经济性好。在分组交换网内传输和交换的是被截短的、格式化的分组,这样就可简化交换处理,不要求交换机具有很大的存储容量,降低了网内设备的费用。此外,因为其中进行的是分组多路通信,所以通信电路的利用率大大提高,并且在中继线上以高速传输信息,当用户信息传输完后释放中继线,因而降低了通信电路的使用费用。

（7）能与公用电话网、用户电报网、低速数据网和其他专用网互连。

2. 分组交换方式的缺点

（1）对长报文通信的传输效率较低。这是由于传输分组时要求交换机增加一定的开销,这使网络附加的传输信息较多,报文越长,附加信息越多,传输效率就越低。一般来说,对于长报文,分组交换的传输效率不如电路交换和报文交换高。

（2）要求交换机有较高的处理能力。分组交换机要对各种类型的分组进行分析处理,为分组在网中的传输提供路由,并在必要时自动进行路由调整,为用户提供速率、代码和规程的变换,为网络的维护管理提供必要的信息等,因而要求具有较高处理能力的交换机,故大型分组交换网的投资大。

正是由于它所具有的优点,分组交换方式从 20 世纪 70 年代开始普及以来,世界上几乎所有的数据通信网都采用了这一技术。但随着分组交换技术的进一步发展,分组交换性能的不断提高,功能不断完善,分组交换机的分组处理能力、交换机间的中继线速率不断提高,分组交换机时延不断缩短,现有的分组交换网络的能力几乎达到了极限。这就促使人们研究新的分组交换技术,帧中继、ATM 等快速交换技术便应运而生。

4.5 帧中继

帧中继技术是在分组传输原理的基础上发展起来的一种交换技术,它比分组交换技术更加适合于近年来高质量光纤数字系统的需要。

4.5.1 帧中继技术的提出

帧中继的提出基于以下几个原因:

(1) 光纤信道已被大量使用。光纤传输线路具有容量大(速率高达几 Gb/s)、质量高(误码率低于 10^{-11})的特点,这使得分组交换网络中节点交换机的差错控制显得多余。光纤信道中偶尔出现的错误可通过终端纠正。

(2) 用户终端的智能化。用户终端智能化程度的不断提高,使得终端处理能力大大增强,从而可把分组交换网中由节点交换机完成的流量控制、纠错等功能交给终端去完成。

(3) 用户量及用户传送的信息剧增。当前,用户终端不断快速增长,用户所发送的信息(如电子邮件、访问远程数据库以及视频会议等)也不断增加。如果仍使用分组交换网,会使传输效率低,网络时延大,吞吐量小,传输成本高。

为了给用户提供高质量、低成本的数据传输业务,在 20 世纪 80 年代末、90 年代初提出了帧中继(FR,Frame Relay)技术。帧中继简化了分组交换网中分组交换机的功能,从而可降低传输时延,节省开销,提高信息传输效率。

4.5.2 帧中继的工作原理

1. 帧中继的概念

帧中继是快速分组技术帧方式的一种,是分组技术的升级技术。快速分组交换(FPS,Fast Packet Switching)的目标是通过简化通信协议来减少中间节点对分组的处理,发展高速的分组交换机,以获得高的分组吞吐量和小的分组传输时延,适应当前高速传输的需要。帧方式是在开放系统互连(OSI)参考模型的第二层(即数据链路层)上使用简化的方法传送和交换数据单元的一种方式。由于数据链路层数据单元一般称为帧,故这种方式称为帧方式。

帧方式包括帧交换和帧中继两种类型。帧中继交换机只进行检测,但不纠错,而且省去流量控制等功能,这些均由终端完成;帧交换保留有差错控制和流量控制的功能。帧中继比帧交换更简化,传输效率更高,所以帧中继技术得到广泛应用。

2. 帧中继的帧格式

帧中继的帧格式如图 4-10 所示。

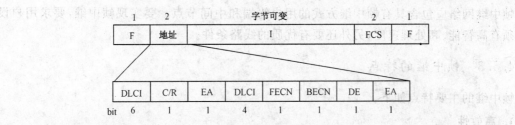

图 4-10 帧中继的帧格式

在图 4-10 中,各字段意义如下。

F:表示帧开始和结束的标志字段,规定其编码为 01111110。

I:信息字段。其长度根据实际信息量而定,是可变的,最多可达 4 096 字节。此字段传送的既可以是用户的数据,也可以是各种规程信息,这给网络互连提供了方便。帧中继对其他网络呈现出一种透明的特性。

FCS:校验字段。校验的目的是要了解链路上出现错误的频度,终端利用它可对收到的帧进行纠错。

地址字段为 2 字节,也可扩展为 3 字节或 4 字节,由以下几部分组成。

DLCI:数据链路连接标识符,用于标识永久虚电路(PVC)、呼叫控制或管理信息。

C/R:命令/响应,与高层的应用有关,帧中继本身不用。

EA:扩展地址。EA 为 0 表示下一字节仍是地址字段;EA 为 1 表示地址字段结束。

FECN:前向显式拥塞通知。若某节点将 FECN 置为 1,表明与该帧在同一方向传输的帧可能受网络拥塞影响而延迟。

BECN:后向显式拥塞通知。

DE:可丢弃标识符。由用户置为 1 时,表明网络发生拥塞,为了维持网络的服务水平,该帧与 DE 为 0 的帧相比应先丢弃。

帧中继的帧格式中没有控制字段,这就意味着帧中继只有单一的数据帧,而无其他的控制帧,简化了协议。

3. 帧中继的工作原理

帧中继是一种减少节点处理时间的技术,其基本工作原理是:节点交换机收到帧的目的地址后立即转发,无须等待收到整个帧并进行相应处理后再转发。如果帧在传输过程中出现差错,当节点检测到差错时,可能该帧的大部分已被转发到了下一个节点。解决这个问题的办法是:当检测到该帧有误码时,节点立即终止传送,并发一指示到下一节点,下一节点接到指示后立即终止传输,并将该帧从网中丢弃,请求重发。可以看出,帧中继方式的中间节点交换机只转发帧而不回送确认帧,只有在目的终端交换机收到一帧后才回送端到端的确认。而在分组交换方式中,每一节点交换机收到一组后要回送确认信号,而目的终端收到一组后回送端到端的确认。所以该帧中继减少了中间节点的处理时间。

与分组交换相同,帧中继传送数据信息所使用的传输链路是逻辑连接,而不是物理连接。帧中继也采用统计时分复用,动态分布带宽(即按需分配带宽),向用户提供共享的网络资源。帧中继也与分组交换一样采用面向连接的虚电路交换技术,虚电路交换技术可提供 SVC(交换虚电路)业务和 PVC(永久虚电路)业务。目前世界上已建成的帧中继网络大多只提供 PVC 业务。

帧中继网络应包含具有帧中继方式的用户终端和中间节点。要实现帧中继,要求用户设备必须有高智能、高处理速度,另外还要有优质的线路条件。

4.5.3　帧中继的特点

帧中继的主要特点如下。

1. 高效性

帧中继的高效性主要表现在高带宽利用率、高传输速率和小网络时延上。采用帧中继的网络,使用统计时分复用向用户提供共享资源,并简化了中间节点交换的协议处理,因而有高效性。

2. 经济性

由于帧中继技术可以有效地利用网络资源,从网络运营者的角度出发,可以经济地将网络空闲资源分配给用户使用,也即允许用户在网络资源空闲时超过预定值,占用更多的带宽,共享资源,而只需付预定带宽的费用。

3. 高可靠性

实现帧中继的基础是高质量的线路和智能化的终端。前者保证了数据传输中的低误码率,后者使少量的错误得以纠正。因此,帧中继具有高可靠性。

4. 灵活性

帧中继的灵活性表现在以下三个方面:

(1) 帧中继网组建简单,实现起来灵活、简便。这是由于帧中继的协议十分简单,只要将现在数据网的硬件设备稍加修改,同时进行软件升级就可实现帧中继网的组建。

(2) 帧中继网络可为接入该网的用户所要传送的多种业务类型提供共同的网络传输能力,并对高层协议保持透明。这样,用户就不必担心协议不兼容,不必担心帧中继网的接入问题。

(3) 帧中继具有长远性。从长远发展来看,另一种快速分组交换技术——ATM适合承担高速宽带网的骨干部分,对于普通用户来说,使用帧中继网作为宽带业务的接入网是经济、有效的。

帧中继技术适用于三种情况。首先,当用户需要数据通信时,其带宽要求为 64 kHz～2 MHz,而当参与通信的用户多于两个时,使用帧中继是一种较好的解决方案;其次,当通信距离较远时应优先选用帧中继,因为帧中继网络的高效性使用户可以享有较好的经济性;最后,当数据业务为突发性业务时,由于帧中继具有动态分配带宽的功能,选用帧中继可以有效地处理突发性数据。

4.6　ATM 技术

ATM是异步传送模式(Asynchronous Transfer Mode)的简称。它也是一种快速分组技术,它与帧中继的区别在于帧中继中分组的长度是可变的,而ATM分组的长度是固定的。

4.6.1　ATM 的提出

随着用户信息传送量、传送业务类型和传送速率需求的不断提高,传统的、被专门设计为适应特定业务的各种独立网,如公用交换电话网(PSTN)、数字数据网(DDN)、分组交换数据网（PSDN）、有线电视网（CATV）等，由于其网络参数（如带宽、保持时间、端到端延迟和差错率等）各有不同，已无法适应要求。窄带综合业务数字网（N-ISDN）虽能通过一对线将许多适用的业务接入网络，使综合化后的业务变得精简，减少设备配置和网络重叠，但 N-ISDN 体制是建立在双绞线模拟传输基础上的，因而带宽的限制使其无法提供吸引人的宽带新业务。未来的通信业务要求更宽的带宽和更高的速率，要求在网络中产生各种混合业务（如多媒体通信）。宽带综合业务数字网（B-ISDN）可以满足当前和未来通信的需要，它可支持高于 1.5 Mb/s 的业务，传递方式以异步传送模式（ATM）、同步数字系列（SDH）通过光缆媒质传输为基础，也就是说 B-ISDN 是由 ATM 交换技术和光纤、SDH 传输系统组合支持网络运行的。

B-ISDN 的两个主要技术是高速宽带传输和网络内的高速交换。光纤通信技术以及光纤到用户给高速传输提供了极好的支持，而 ATM 技术为解决高速交换和复用提供了很好的方案。

理论研究和初步实际应用都已表明，ATM 可以以单一的网络结构、综合的方式实时地处理语音、数据、图像和电视信息，能有效地利用宽带支持现有业务和未来新业务的需求。1988 年 ITU-T 正式确定 ATM 为 B-ISDN 的交换和多路应用技术。

4.6.2　ATM 基本原理

1. 什么是 ATM

ATM 是异步传送模式的简称，其中"异步"的含义不是通信双方时钟是否同步的概念，而是指一种传送方式。在电信网中，把使用的传输、复接和交换方式的整体叫做传送方式，它分为两类：同步传送方式和异步传送方式。同步传送方式是指 CCITT 所提出的"为每一连接提供周期性的固定长度的传输时间"；在异步传送方式中，某个特定用户信息并不一定在信道上周期性地出现。程控交换机采用的是同步电路传送方式，分组交换机采用的是异步分组传送方式，而 ATM 采用的是一种新型传送方式。

按 ITU 的定义，ATM 指的是"以信元为信息传输、复接和交换的基本单位传送方式"。也就是说，使用信元是 ATM 的基本特征。ATM 方式的本质是一种高速分组传送模式，它将信息分割成固定长度的信元，再附加上地址后在信道中传输。ATM 是以分组交换传送模式为基础，并融合了电路交换传送模式高速化的优点发展而成的，它克服了电路交换模式不能适应任意速率业务，难于导入未来新业务的缺点，简化了分组交换模式中的协议，并用硬件对简化的协议进行处理、实现。ATM 可简化网内协议，是由于 ATM 交换硬件集成度高、速度快，能按信头地址自选路由；ATM 网可满足不同速率、不同带宽的各种信息的交换和传输，是由于 ATM 开关速度可控制，能随业务量和信息速率变化。

2. ATM 信元格式

ATM 传送信息的基本载体是 ATM 信元。ATM 信元是定长的，长度较小，只有 53 字节，分成信头和信元净荷，其中信头 5 字节，信元净荷 48 字节。根据其位置不同，对于用户-网络接口（UNI）和网络-节点接口（NNI），信元格式略有不同。ATM 信元格式如图 4-11 所示。

在 ATM 信元格式中：

- GFC 为一般流量控制域，用来实现端点到交换机的流量控制，它只针对用户-网络接口，而对于网络节点接口，该域为 VPI；
- VPI 为虚路径标识符，用来定义 ATM 网络中的一条虚路径连接；
- VCI 为虚信道标识符，用来定义 ATM 网络中的一条虚信道连接；

- PTI 为信元净荷类型标识符,用来定义该信元是用户信元还是管理信元;
- CLP 为信元丢弃优先级,用来指示当网络拥塞时可丢弃(CLP＝1)或保留(CLP＝0)的信元;
- HEC 为信头差错控制,用来保证信头的正确性。

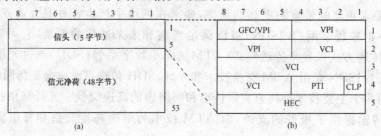

图 4-11　ATM 信元格式

ATM 信元的信头功能比分组交换中分组头的功能大大简化了,不再进行逐段链路的检错和纠错。由于链路质量的提高,端到端差错控制只在需要时由终端处理,HEC 只负责信头的差错控制,信元只用 VPI/VCI 标识一个连接,而不需要源地址、目的地址和分组序号。

3. ATM 网的连接方式

ATM 网络的两类主要设备是端点的服务用户(如工作站、服务器或其他设备)和中间点的 ATM 交换节点(如 ATM 交换机)。所有的连接从端点开始并在端点结束,中间点对端点传送来的信息进行中继传输。

连接是利用一套指定的连接参数建立的,这些连接参数将建立诸如所需的信元速率、可接收的最大延迟等连接特性。ATM 网络是利用端点间的虚连接或虚电路概念来建立连接的。连接分为永久虚电路(PVC)和交换虚电路(SVC)。PVC 是通过人工网络路径映射在 ATM 网络端点之间建立的连接,必须由人工干预才能释放;SVC 是通过连接设备的信令协议动态地在 ATM 网络端点之间建立的连接,这种连接可根据应用、设备和 ATM 设施的要求动态地建立或撤销,而无须人工干预。

PVC 和 SVC 都是使用虚路径连接(VPC)和虚信道连接(VCC)的概念建立连接的。虚路径(VP)和虚信道(VC)是一种罗辑机构,主要用来识别在 ATM 网络中所建立的多条单一连接。VP 和 VC 之间是有等级关系的,VP 可适应所有 VC,即一个 VP 由多个 VC 所组成。这种路径将许多通道捆绑在一起作为公共处理的终端用户,相当于同时拥有多个通道,使用这些通道就可同时进行多个不同的通信。

每个连接都分配一个唯一的虚路径标识符(VPI)和虚信道标识符(VCI),VPI 和 VCI 的组合可以区分 ATM 网络内部的一个连接,也就可以在 ATM 网络上实现多个端点的相互映射,把信道划分成许多虚电路。

在一条通信线路上具有相同 VPI 的信元所占有的子信道叫做一个 VP 链路。多个 VP 链路可以通过 VP 交叉连接设备或 VP 交换设备串联起来构成一个 VPC。一个 VPC 中传送的具有相同 VCI 的信元所占有的子信道叫做一个 VC 链路。多个 VC 链路可以通过 VC 交叉连接设备或 VC 交换设备串联起来构成一个 VCC。

在 ATM 连接中,相邻两个交换点信元的 VPI/VCI 值保持不变。VPI/VCI 值在经过 ATM 交换机时,根据 VP 连接的目的地,将输入信元的 VPI 值改为可导向连接端的 VPI 值,并赋于信元输出,此过程叫 VP 交换,交换中 VCI 不变;在 VC 交换中,VPI/VCI 将同时被改为新值。VPI 和 VCI 只有局部意义,VPI/VCI 是通过信令在各段链路上分别分配的。每个 VPI/VCI 在相应的 VP/VC 交换节点被处理,相同的 VPI/VCI 在不同的 VP/VC 链路段并不代表同一个虚连接,使得 VPI/VCI 资源可以重复利用。

图 4-12 是 VPI 和 VCI 的连接例子。在图 4-12 中,甲、乙两个用户通过 A、B 和 C 三个 ATM 交换机相连。现用户甲有些数据要传送到用户乙,甲与 ATM 交换机 A 之间的连接是 VPI/VCI 为 100/32;交换机 A 将它们转换为 101/33;交换机 B 将它们转换为 102/34;交换机 C 将它们又转换为 100/32,最终将数据传送到目的地用户乙。

图 4-12 VPI 和 VCI 的连接例子

综上所述,在 ATM 网络中,用户的通信连接采用的是一种类似于电话业务和分组交换交换网中的虚电路业务方式,称为面向连接方式。其具体含义是:用户的通信是经一个由网络分配给自己的虚电路进行的。

4.6.3 ATM 交换机

1. 对 ATM 交换机的要求

ATM 是 B-ISDN 的交换技术和多路复用技术,B-ISDN 要求 ATM 交换机应具有下列最基本的能力:

(1) 多速率交换。要求从几 kb/s 至 150 Mb/s 范围内的许多速率都可在交换机中进行交换。

(2) 多点交换。要求提供点到点与点到多点的选播/组播/广播连接功能,使一条入线的信元通过交换机可以输出到多条出线上操作。

(3) 支持多媒体业务。ATM 网络中允许接入的业务有不同形式,为了满足每一种媒体的质量要求,对交换机的性能有很高的要求,如吞吐量、连接阻塞率、误码率、交换时延、信元丢失/信元误码率和时延抖动。信元丢失和信元误码出现在许多信元争用同一链路,而交换机又无能力处理的情况下,为了保证语义透明度,要求 ATM 交换机的信元丢失率在 $10^{-8} \sim 10^{-11}$ 范围内。当 ATM 交换机的入线和出线之间没有足够资源来保证已建立的连接质量时,系统就会发生连接阻塞。要求在尽量扩大 ATM 交换机入线和出线规模的同时,设计内部无阻塞的交换设备,使其具有高性能的吞吐量和低指标的阻塞率。交换一个 ATM 信元所需的时间叫交换时延,要求交换时延在 $100 \sim 1\,000\,\mu s$ 之间,时延抖动为几百 μs。

2. ATM 交换机结构

ATM 交换机的功能是进行相应的 VP/VC 交换,即进行 VPI/VCI 转换和将来自于特定 VP/VC 的信元根据要求输出到另一特定的 VP/VC 上。为了完成传送 ATM 信元的工作,ATM 交换机要包含线路接口部件、交换网络和管理控制处理器,如图 4-13 所示。

ATM 接口部件的作用是为 ATM 信元的物理传输媒质和 ATM 交换结构提供接口,完成出、入线处理。入线处理是对各入线上的 ATM 信元进行处理(如缓冲、信元复制、VCI 翻译、多个低速设备的多路信息分流等),使其适合送入 ATM 交换单元处理。出线处理是对 ATM

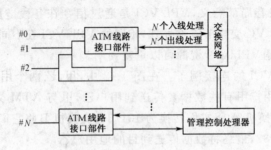

图 4-13 ATM 交换机基本结构

交换单元送出的 ATM 信元进行处理（如缓冲、VCI 翻译合并等），以便适合在线路上传输。ATM 交换网络完成的工作是将特定入线的信元根据交换路由指令输出到特定的输出线路上，要求 ATM 交换网络具有缓冲存取、话务集中和扩展、处理多点接续、容错、信元复制、调度、信元丢失选择和延迟优先权等功能。ATM 交换网络分为时分和空分两大类。时分结构是指所有的输入/输出端口共享一条高速信元流通路，这条共享的高速通路可以是共享介质的，也可以是共享存储型的；空分结构是指输入和输出端之间有多条通路，不同的 ATM 信元流可以占用不同的通路而同时通过交换网络，空分结构不依赖共享设施。管理控制处理器的功能是指端口控制通信，从而对 ATM 交换单元的动作进行控制和对交换机的操作进行管理，它的控制结构由软件和高级控制功能组成。

3. ATM 交换机的工作过程

接入 ATM 交换机的用户一般均为高速率用户，每个用户都申请有自己的 VPI 和 VCI。

若用户甲要送数据到用户乙，先发信息（信元）到交换机，让交换机根据其要求编制一张专用的 VPI/VCI 转换表，让每个输入的 VPI、VCI 均连有对应的输出，VPI、VCI 实际上就相当于为其建立了一条消息通道。

用户甲发出的信息均是装配成固定长度的信元，送往 ATM 交换机缓存后，由管理控制处理器根据其 VPI/VCI 转换表的内容，将其输入信元中的 VPI 和 VCI 转换成对应输出线上的 VPI 和 VCI，并排队等待，按顺序采用统计时分复用方式送至输出线，以送往用户乙。

4.6.4 ATM 的特点

（1）免除了差错控制和流量控制，大大简化了网络控制。

（2）面向连接的工作方式。信息在传送前，ATM 通过呼叫请求网络为其建立虚电路，信息在虚电路上通信完毕后，网络释放组成虚电路的资源，以便有效地利用资源。

（3）简化了信头功能。由于其简单的信头，使信头处理速度快，处理时延小。

（4）采用长度较小的固定长度信元。较短的信元降低了交换机内部的缓冲区容量，减少了信息在缓存区内的排队时延和时延抖动，这对实时业务特别有利。

ATM 具有的灵活性和适应性，使其成为 B-ISDN 的理想交换传送方式。

4.6.5 ATM 面临的问题及技术展望

ATM 作为一种新技术，正处于发展阶段，许多问题仍然有待解决，技术方面有待发展。

1. ATM 面临的问题

（1）统计时分复用带来的信元瞬时丢失。ATM 是面向连接的传输服务，如果多个用户同时发出信元来争用同一链路,就可能是大于交换队列存储容量的信元同时争夺该队列,其结果是使部分信元丢失。因此,将信元的丢失限制到最少、在突变的速度峰值区正确处理变换、减小队列长度及延迟等,都是有待研究的问题。

(2)多目标控制增加了系统的复杂性。宽带网络有十分广泛的业务范围,每一种业务要求的服务质量不同,速率变化大,必须实现多点变换。这就使得 ATM 变换很复杂。如何将这种复杂问题简单化还需要努力。

(3)ATM 网络路由选择问题。由于 ATM 网内传输的信息种类多,使得不能直接使用电信网或计算机网的路由选择,因此 ATM 网的路由选择问题也是进一步研究解决的问题之一。

(4)用户接口的简化问题。

2. ATM 技术展望

(1)电交换向光交换过渡。随着光通信技术的广泛应用,电交换已很难适应高速、宽带传输,解决的唯一方法是将交换引入光通信中,实现光交换,也即对光纤传送的光信号直接进行交换。目前已有专家投入全光网络的 ATM 交换的研究。

(2)宽带无线 ATM 技术。通用移动通信系统和无线局域网有时不能满足所有数据用户的需要。蜂窝电话、笔记本电脑的迅速普及以及国防、野战的需要,都在呼唤宽带无线技术,宽带无线 ATM 技术就是其中一种。

4.7　几种交换方式的比较

综上所述,数据通信中的交换主要使用以下技术:

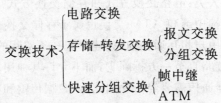

几种交换方式的主要性能比较如表 4-1 所示。

表 4-1　几种交换方式的主要性能比较

性能＼交换方式	电　路	报　文	分　组	帧　中　继	ATM
用户速率	4kHz 带宽速率	100 b/s 左右	2.4～64 kb/s	(64 kb/s～2 Mb/s)有潜力	$N\times$(64 kb/s～622 Mb/s)潜力大
时　延	很短	平均长	较长	较短	短
可变性	不变	可变性大	可变性较大	可变	可变/不可变
动态分配带宽	固定时隙不支持	不支持	统计复用有限	统计复用支持较强	统计复用支持强
突发适应性	差	差	一般	较强	强
电路利用率	差	报文短时差长时较好	一般	较好	好

交换方式 性能	电 路	报 文	分 组	帧 中 继	ATM
数据可靠性	一般	较高	高	依靠高质量 信道和终端	较高/可变
媒体支持	话音、数据	报文	话音、数据	多媒体	高速多媒体
业务互联	差	差	好	好	好,待标准化
服务类型	面向连接	无连接	面向连接	面向连接	面向连接/无连接
成 本	低	低	一般	较高	高

总的来衡量,报文交换和分组交换比电路交换好,而快速分组交换方式最适合现在以及未来数据通信的业务,其性能是很优越的。

本章小结

数据通信不仅要实现点对点通信,还要实现区域乃至全球的数据通信,这种终端之间建立的完全互联网络,必须要有数据交换。

交换网主要分为公用电话交换网和公用数据交换网。利用电话交换网实现数据交换属于数据通信初级阶段的数据交换方式,它的优点是简单、投资少、见效快,它只适合于低速、数量少的用户。公用数据交换网适合各种非话业务的发展,是当前使用最广泛的交换网。

公用数据交换方式有两大类:电路交换方式和存储交换方式。存储交换方式中又分报文交换和分组交换两种方式。帧中继和 ATM 交换也属于存储交换方式,它们是快速分组方式。

电路交换方式是两终端用户相互通信前,先建立起一条实际的物理链路,并在两用户通信的整个时间内,始终使用该链路直至一方拆除它,而不允许其他用户共享该链路的通信交换方式。采用电路交换方式,数据通信需要经历呼叫建立、数据传输和呼叫拆除 3 个阶段。

电路传输方式的主要优点是信息传输时延小,信息传输效率比较高,对用户提供透明传输通道;主要缺点是电路接续时间长,短报文通信效率低,电路资源被通信双方独占,电路利用率低,不能实现不同类型终端的互通,有呼损,传输差错率高。电路交换方式适合用于传输信息量大、通信对象比较固定的场合。

报文交换方式是将用户的数据信息作为一份报文存储在交换机的存储器中,当所需的输出电路空闲时,再将该报文发向接收机或用户终端。报文交换的主要优点是无呼损,很容易实现不同类型终端的相互通信,可采用时分多路复用方式,线路利用率高,并能实现同报文广播通信。它的主要缺点是传输时延长,由于要有高速处理能力和大容量存储器,故成本费用高。报文交换方式不适合实时通信,它适用于公众电报和电子信息。

分组交换是以分组为单位的存储转发方式。它放弃了报文交换中以报文为单位的交换方式,将报文截成若干比较短的、规格化的"分组"(或称包)进行交换和传输。同一终端送出不同分组可以在网内独立传输,进行流量控制、路由选择和差错控制等通信处理。分组交换采用统计时分复用方式,动态地分配带宽。

分组交换的主要优点是传输质量高,网络可靠性高,信息传输时延小,能实现不同速率、码型和传输控制规程的终端之间的互通,能与公用电话网、用户电报网、低速数据网和其他专用网互连,经济性好。主要缺点是长报文传输效率较低和要求交换机有较高的处理能力。分组交换方式适合用于报文不是很长的数据通信。

分组交换网中分组的传输方式有两种:数据报方式和虚电路方式。数据报方式是将每一个数据分组单独作为一份报文来处理,发送终端按不同路径送到目的终端的分组顺序可能与发出时不同,需重新排序。虚电路方式是在双方用户通信之前先建立一条逻辑上的连接(虚电路),数据分组按已建立的路径顺序通过网络,在网络终点无须排序,通信结束后再拆除虚电路。对于经常固定的通信双方,可以采用永久虚电路方式。数据报的优点是不需要经历呼叫建立和呼叫清除阶段,对于业务量小的通信,传输效率高,对网络拥塞或故障的适应能力强;缺点是传输时延大。虚电路方式对于数据量大的通信传输效率高。

帧中继是快速分组交换方式,具有存储转发的特点,它是在 OSI 第二层上用简化的方法传送和交换数据单元的一种技术。帧中继交换机仅完成 OSI 物理层和链路层核心的功能,将流量控制、纠错控制等留给终端去完成,大大简化了节点机之间的协议,缩短了传输时延,提高了传输效率,具有经济性、可靠性、灵活性的特点,比较适用于多方同时进行通信、通信距离较长和数据业务为突发性的情况。

ATM 交换也是一种快速分组交换方式,也具有存储转发的特点。它与帧中继的区别是信息在传输前被截成固定长度(53 字节)的信息块。信息块又称信元,由信头和用户信息组成,信头给出信元的传送地址、丢弃优先级等控制信息。信元的传送方式是异步传送模式(ATM)。ATM 免除了差错控制和流量控制,大大简化了网络控制,它采用的面向连接的工作方式,使通信资源得到最充分的利用,其简单的信头功能和长度较小的固定长度信元,减少了时延。ATM 交换是 B-ISDN 理想的交换方式。

思考与练习

4-1　为什么要实行数据交换?

4-2　试说明利用公用电话网进行数据传输和交换的优缺点。

4-3　公共数据网中关于交换方式的分类是什么? 画出关系图。

4-4　什么是数据通信中的电路交换方式? 其通信过程如何?

4-5　数据通信中电路交换的优缺点是什么?

4-6　什么是报文交换方式?

4-7　试按图 T4-1 所示的方框图,简要说明报文交换的工作过程。

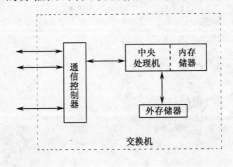

图 T4-1

4-8 报文交换方式中的报文由哪几部分组成？

4-9 报文交换方式的主要优缺点有哪些？它适用于什么场合？

4-10 试述分组交换的基本概念。

4-11 在分组交换方式中,依靠什么来实现分组传输和信息交换？

4-12 图 T4-2 为一个分组交换网,它由 4 个分组交换机 1～4 组成,现有 4 个分组型终端 PT 与之相连。终端 A 有 3 个分组发向终端 D,终端 B 有 2 个分组发向终端 C。试画出分组由交换机 2→4→3 传送的图。

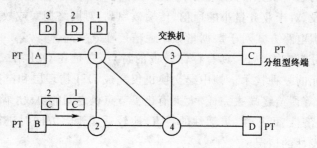

图 T4-2

4-13 分组交换方式的主要优缺点有哪些？它适用于什么场合？

4-14 试画出分组交换方式的一个分组格式。

4-15 什么是帧中继交换方式？它与分组交换比较,突出的优点是什么？

4-16 什么是 ATM 交换方式？

4-17 ATM 信元格式如何？

4-18 在 ATM 交换中,VPI/VCI 起了怎样的作用？

4-19 简单叙述一个 ATM 信元从发到收所经历的过程。

4-20 说明 ATM 交换技术的应用场合及其工作的优势。

第5章 数据通信协议

要想在各种类型的用户终端和计算机之间以及在同一型号或不同型号的计算机间实现数据通信,必须有一系列行之有效、共同遵守的通信协议。本章主要讨论国际标准化组织(ISO)的开放系统互连(OSI)参考模型及其物理层、数据链路层协议,X.25建议,PAD相关建议,以及网络层协议。ISO的OSI参考模型描述了一种数据通信的体系结构,该体系结构将通信系统分为7层,每一层完成一些特定功能。本章所讨论的协议包括物理层、数据链路层协议,分组交换网协议及网络互连方面的协议。随着通信设备智能化程度的不断提高,通信设备执行协议的能力越来越强,协议在通信技术中的地位将越来越重要。

5.1 通信协议和协议分层结构

5.1.1 通信协议的一般概念

有了终端、信道和交换设备,具备了前几章讲到的数据传输技术和数据交换技术,要想使数据顺利交换和网络正常运转还是不够的。只有事先规定一些约定,并正确执行这些约定,数据通信才能正常进行。在公用电话网中,这些约定叫做信令,而在数据通信网中,这些约定叫做协议(Protocol)。

1. 协议的概念

数据通信网中的协议是网络内使用的"语言",用来协调网络的运行,以达到互通、互控和互换的目的。通信的双方要共同遵守这些约定。我们通常定义这些约定的集合叫做通信协议(建议)或通信规程。

一个通信网络协议主要由以下三要素组成。

(1) 语法:规定通信的双方以什么方式交流数据信息,即确定数据与控制信息的结构或格式;

(2) 语义:规定通信的双方要交流哪些数据信息,即确定需要发出何种控制信息、完成何种动作,以及返回什么应答等;

(3) 定时关系:规定事件执行的顺序,即确定通信过程中通信的状态变化。

在现代通信网中,一般用户通过应用软件使用信息。应用软件在使用网络进行通信时并不直接同网络硬件打交道,而是同给定的协议规则打交道。由此可见,通信网络协议是通信网络中不可缺少的重要组成部分。

2. 协议的功能

数据通信主要是人与机、机与机之间的通信,因此通信协议应规范得十分详尽才能保证通信的正常进行。通信协议是一个复杂而庞大的通信规则的集合,它可以完成以下8种主要功能:

(1) 信号的传送与接收。应规定的内容包括信息传送的格式、接口标准及启动控制、超时控制等功能。

（2）差错控制。应使终端输出的数据具有一定的差错控制功能，目的终端根据收到的数据可进行相应的检错或纠错操作。

（3）顺序控制。对发送的信息进行编号，以免重复接收或丢失。

（4）透明性。透明性是指对用户端所使用的代码无任何约束性的限制，也即应采取必要的措施，保证所传送的数据信息为随机的比特序列。

（5）链路控制与管理。应控制信息的传输方向，建立和结束链路的逻辑连接，显示数据终端设备的工作状态等。

（6）流量控制。为了避免链路阻塞，应能调节数据链路上的信息流量，能够决定暂停或继续接收信息。

（7）路径选择。确定信息报文通过多个节点和链路到达目的节点的传输路径和最优的路径选择策略。

（8）对话控制。包括信息的处理、信息安全和保密、应用服务等内容。

为了达到以上各功能，需要设计各种各样的协议，这是件很复杂的事。经验表明，将上述总功能分解为多个子功能，也即将通信协议以层次式的结构设计是最好的处理方法。分层的好处有：各层相互独立，所需知道的仅是层间接口所提供的服务；灵活性好，当任何一层发生变化时，只要接口关系保持不变，则上下相连的层均不受影响，且层内提供的服务可修改，如提供的服务不再需要时，可将该层取消；结构上独立，各层可采用最合适的技术来实现；便于实现和维护；促进标准化工作。

5.1.2　通信协议的分层

1. 分层的原则

通信网络分层应遵循下列原则：

（1）各层协议之间有一定的主从顺序，较低层为较高层提供服务；

（2）每层应实现定义明确的功能，即应根据功能进行分层；

（3）各层功能的选择应有助于国际标准化协议；

（4）层次界面的选择应尽量减少跨过接口的信息量；

（5）层次功能的定义和接口的划分使得各层彼此独立，从而在接口保持不变的条件下，某一层的改变不会影响其他层；

（6）层次的数量应适当，层次过少会使每一层协议变得复杂，过多会使网络体系过于庞大，增大通信处理的开销，并使速度下降。

2. ISO 和 OSI

我们将采用分层设计协议的技术，用来实现通信功能的硬件和软件转为通信体系结构。体系结构中一个非常重要的问题是关于网络体系结构的标准化。国际标准化组织（ISO）的开放系统互连（OSI）参考模型，国际电信联盟（ITU，原名为国际电报电话咨询委员会 CCITT）的 V 系列和 X 系列建议书，美国电气电子工程师学会（IEEE）的 IEEE802.11 协议标准，以及美国电子工业协会（EIA）的 RS 系列标准，都是著名的国际标准。这些标准的制定积极推动了计算机通信和网络技术的应用和发展。

国际标准化组织（ISO，International Standard Organization）是一个致力于国际标准制定的机构，于 1974 年成立。ISO 提出了开放系统互连（OSI，Open System Interconnection）参考模型，它是一个异种计算机连接标准的框架结构。OSI 为连接分布式应用处理的"开放"系统提供了基础。所谓"开放",是强调对 OSI 标准的遵从,即只要遵循 OSI 标准的系统,就可以互相通信,即具有开放性。所谓"系统",是指实际通信系统中与 OSI 有关的各部分。开放系统是指在与其他系统通信时,遵守 OSI 标准要求的系统。

OSI 采用了层次化结构的构造技术,自下而上分成若干层,每层都由较低层提供有意义的服务,同时又为较高层提供所定义的服务,高层依靠低层交换数据。

3. OSI 参考模型及各层功能

OSI 参考模型如图 5-1 所示,共有 7 层,自下而上分别是物理层、数据链路层、网络层、传输层、对话层、表示层和应用层,分别用各层英文首字母缩写 PH、DL、N、T、S、P 和 A 表示。

OSI 参考模型所描述的范围包括端开放系统与中继开放系统。中继开放系统即指图 5-1 中通信子网部分,连接点的物理传输介质不在 OSI 范围内。

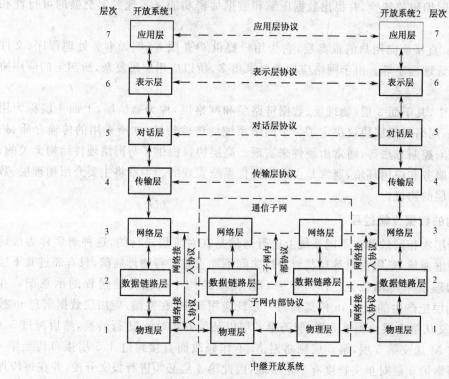

图 5-1　OSI 参考模型

图 5-1 中各层的主要功能如下。

(1) 物理层:保证比特流的正确传输,提供为建立、维护和拆除物理链路所需的机械的、电气的、功能的和规程的特性,如规定二进制比特信息如何传输、电压大小、持续时间、联系手续以及插座的机械、电气和物理性能等。

(2) 数据链路层:在物理层提供的比特服务基础上,用以建立相邻节点之间的数据链路,传送数据帧。数据帧是指为便于数据信息在链路上传送而将数据信息划分为可以互相识别的数据段。数据链路层的通信协议又称为数据链路控制规程。该层的主要功能是将不可靠的物理传输信道处理成可靠的信道,将数据组成适合于正确传输的帧形式的数据块。形成的数据帧要能控制电路产生的差错,并采用反馈重发等手段纠正这些差错。为避免链路阻塞,控制规程应能够进行流量控制。为实现链路管理,控制规程应能够控制信息传输的方向,建立和结束链路的逻辑连接,显示数据终端设备的工作状态等。

(3) 网络层:在各节点间建立可靠的数据链路的基础上,要在源节点到目的节点之间建立一条传输的通道。具体的功能有控制分组传送系统操作的路由选择、拥塞控制、网络互连等;根据传输层的要求来选择服务质量;向传输层报告未恢复的差错等。

(4) 传输层:是面向通信子网的低层和面向数据处理高层的接口。其基本功能是实现建立、维持和拆除传送连接,选择网络层提供的最合适的服务;在系统之间提供可靠透明的数据传送,提供端到端的差错恢复和流量控制。

(5) 会话层:在两个应用实体之间建立起进行一次对话的逻辑关系。它的功能是为应用实体建立、维持和结束会话连接关系,对会话过程进行管理等。

(6) 表示层:其功能是处理两个应用实体之间进行数据交换的语法变换,以及数据结构不一致及数据不同编码的转换,并提出数据压缩和数据加密功能来实现数据交换的可行性和可靠性。

(7) 应用层:直接面向用户的最高层,它为用户提供 OSI 服务,例如事务处理程序、文件传送程序和网络管理程序等。由于网络应用的要求很多,所以应用层最复杂,所制定的应用协议也最多。

在 7 层协议中,其下面 3 层(物理层、数据链路层和网络层)称为通信层,上面 4 层称为用户层。一般来说,网络的低层协议决定了一个网络系统的传输特性,如所采用的传输介质、拓扑结构及介质访问控制方法等,通常由硬件来实现。高层协议提供了与网络硬件结构无关的、更加完善的网络服务和应用环境,通常是由网络操作系统实现的。本章将主要介绍物理层、数据链路层和网络层的协议。

4. OSI 结构的数据传输过程

在具有功能层次相同的两个不同系统上进行通信是在对等层进行的,这种通信称为虚通信。之所以称为虚通信,是因为对等层与对等层之间不能直接进行物理通信,只有通过其下层直至最下面的物理层来传输数据。图 5-2 是 OSI 模型结构中数据传输过程的示意图。在图 5-2 中,若应用层把产生的报文 m 传送到另一系统应用层中,在发端,应用层数据信息 m 按 6、7 层接口的定义从第 7 层传到第 6 层,假若第 6 层以某种方式对 m 进行转换,然后跨过 5、6 层接口把新报文 M 送交第 5 层,第 5 层则将对 M 不作修改而直接跨过 4、5 层接口传至第 4 层。由于很多网络第 3 层对报文长度有一定限制,因此第 4 层必须进行报文分段,并在每段加上一个报头 H_4,其中包括顺序号、报头长度等附加控制信息,然后传至第 3 层。第 3 层将收到的信息视为高层数据,再加上自己的报头 H_3(其中包括虚电路号等)传至第 2 层,第 2 层再加上自己的控制信息 H_2(称报头)及 T_2(称帧尾)形成帧传至第 1 层,第 1 层以比特流的形式通过传输介质传给主机 B 的第 1 层。此比特流通过图 5-1 所示通信子网后到达接收端,接收端逐层递交,每向上传输一层,该层的报头就被剥掉,意味着本层协议功能已经完成,最后把信息 m 送到系统应用层。

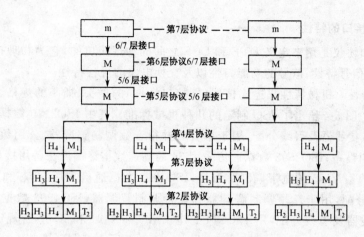

图 5-2　OSI 结构中的数据传输过程

5.2　物理层协议

5.2.1　基本概念

1. 物理层接口协议

物理层是 OSI 最基础的一层,它建立在通信传输介质基础上,能够实现系统与传输介质的物理连接接口,并提供传送数据信号的物理条件。5.1 节已经提到,物理层的功能是在数据链路实体之间合理地通过中间系统,为数据比特流传输所需的物理连接的建立、保持和释放提供机械、电气功能和规程特性。

数据信号从一个终端用户传送到另一个终端用户时,一般要经过如图 5-3 所示的包括通信线路和通信设备的数据通信过程。物理层提到的连接主要是指数据终端设备(DTE)和数据电路终接设备(DCE)之间的连接(又称接口)。数据终端设备(DTE)是指数据输入/输出设备、终端设备或计算机等终端装置;数据电路终接设备(DCE)是指自动呼叫应答设备、调制解调器以及其他一些中间装置的集合。物理层并不是 DTE 和 DCE 的物理设备或物理传输介质,而是有关物理设备通过物理传输介质进行互连的描述和规定。

图 5-3　物理层接口的位置

需要说明的是,物理层标准与物理接口标准是有区别的。在 OSI 模型中,物理层标准还没有一个可实施的方案,此方案仍处于理论研究阶段。目前我们使用的物理层协议是物理接口标准,这个标准定义了物理层与传输介质之间的边界和接口。

DTE 与 DCE 之间的接口是二者之间的界面,它使得不同厂家产品能够互换或互连。常用的物理接口标准有:RS-232C/CCITT V.24 建议、X 系列建议和 G.703 建议等。

2. 物理层接口的特性

物理层接口协议是用来定义 DTE 和 DCE 之间的物理接口的,它为物理接口规定了机械连接特性、电气信号特性、信号的功能特性以及交换电路的规程特性。

(1) 机械特性　机械特性描述连接器(即接口插件)的插头、插座的规格、尺寸、针的数量与排列情况等。图 5-4 给出了 ISO 制定的几种机械标准。其中 ISO2110 数据通信采用 25 芯 DTE/DCE 接口接线器及引线分配,用于串行和并行音频调制解调器、公用数据网接口、电报接口和自动呼叫设备;ISO2593 数据通信采用 34 芯高速数据终端设备备用接口接线器和引线分配,用于 CCITT V.35 的宽带调制解调器;ISO4902 数据通信采用 37 芯和 9 芯 DTE/DCE 接线器及引线分配,用于音频调制解调器和宽带调制解调器;ISO4903 数据通信采用 15 芯 DTE/DCE 接线器及引线分配,用于 CCITT 建议 X.20,X.21 和 X.22 所规定的公用数据网接口。

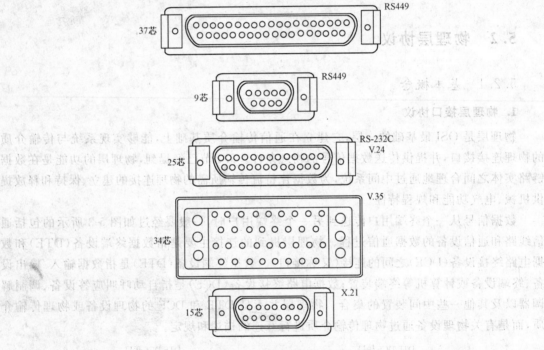

图 5-4　ISO 物理层连接器

(2) 电气特性　电气特性说明了数据交换信号以及有关电路的特性。这些特性主要包括最大数据传输率的说明、表示信号状态(逻辑电平、通/断、传/空号)的电压或电流电平的识别,以及接收器和发送器电路特性的说明,并给出了与互连电缆相关的规则等。图 5-5 给出了几种接口电路的电气特性。在 CCITT 公布的几种电气特性标准中,V.10/X.26 具有新型的非平衡式电气性能,与之相兼容的标准有 EIA RS-423A 等;V.11/X.26 具有新型的平衡式电气特性,与之兼容的标准有 EIA RS-422A 等;V.28 具有非平衡式电气特性,与之相兼容的标准有 EIA RS-232C。

(3) 功能特性　功能特性是指接口的信号根据其来源、作用以及其他信号之间的关系而各自所具有的特性功能。主要有 CCITT 的两个建议 V.24 和 X.24。

(4) 规程特性　规程特性说明了交换电路进行数据交换的一组操作序列,由这些规程来完成信息传输功能。相关建议有 CCITT 的 V.24,V.25 和 V.54。

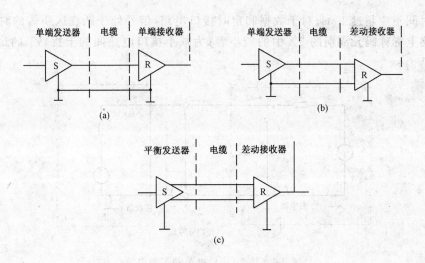

图 5-5 几种接口电路的电气特性

5.2.2 CCITT V. 24/RS-232C 建议

EIA RS-232C 是美国电子工业协会(Electronic Industry Association)制定的物理接口标准。RS 的意思是推荐标准(Recommended Standard),232 是一个标识号码,C 表示该标准已被修改过的次数。CCITT V. 24 是 CCITT 建议定义的 V 系列接口电路的名称和功能,V 表示通过电话网进行数据传输的建议。RS-232C 标准与 V. 24 标准相近,这里将它们放在一起介绍。

1. 机械特性

V. 24 采用 ISO2110 规定的 25 芯 DTE/DCE 接口连接器和引线分配或 ISO4902 规定的 37 芯 DTE/DCE 接口连接器和引线分配。RS-232C 规定使用 25 芯连接器和引线分配。

2. 电气特性

V. 24 与 RS-232C 接口的电气特性符合 ITU-T V. 28 建议"非平衡式电气特性"的有关规定。V. 28 建议的主要内容如下。

(1)接口等效电路:可等效为如图 5-6 所示的电路。图中 V_0 为发生器开路电压,R_0 与 C_0 为在接口点测得的与发生器有关的总有效直流电阻和总有效电容,V_1 为接口点测得的电路电压,C_L 和 R_L 为接口点测得的与负载有关的总有效电容和总有效直流电阻,E_L 为开路负载电压。

(2)发生器性能:V_0 要求小于等于 25 V;R_0 与 C_0 值未做规定,但应满足当接口短路时,短路电流小于 0.5 A;当 $E_L = 0$ 时,要求 V_1 取值范围为 5~15 V。

(3)接收器性能:要求 $E_L \leqslant 2$ V,$C_L \leqslant 2\,500$ pF,3 kΩ$\leqslant R_L \leqslant 7$ kΩ。

(4)接收器有效输入电平:当传送数据时,若 $V_1 < -3$ V,则判为"1";若 $V_1 > 3$ V,则判为"0"。当传送的是定时和控制信息时,若 $V_1 > 3$ V,则处于接通状态;若 $V_1 < -3$ V,则处于断开状态。

(5)信号波形特性:接口电压的波形近似为矩形,具有的特性有:进入跃变区(V_1 在 -3~$+3$ V 之间的区域)的所有接口信号不停留进入相反状态,且在下一个有效状态变化之前,不应进入此区域;当信号处于跃变区时,电压变化方向不应改变;对于控制接口电路,信号处于跃变区所需的时间不应超过 1 ms；对于数据和定时接口电路，信号处于跃变区所需的时间为 1 ms 和接口电路上标称码元周期的 3% 中的较小者；为减小接口电路间的干扰，V_1 的最大瞬时变化率为 30 V/μs。

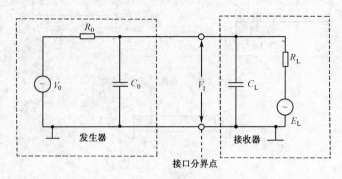

图 5-6　V.28 接口电路的等效电路

3. 功能特性

V.24 按接口功能特性定义了 100 系列接口电路和 200 系列接口电路。100 系列接口电路适合用做 DTE 与调制解调器（DCE）之间、DTE 与串行自动呼叫/或自动应答器（ACE）之间的接口电路。200 系列接口电路适合用做 DTE 与并行自动呼叫器（ACE）之间的接口电路。

100 系列接口电路主要提供 DTE 与 DCE 之间数据收发、定时供给、各类状态和控制信号交换所需的接口线，共有 44 条线，其中地线 4 条，数据线 4 条，定时线 5 条，控制线 31 条。实际上，V.24 接口的接口电路只是采用了 V.24 建议 100 系列接口电路中的一部分。图 5-7 给出了 V.24 建议的 100 系列接口电路。

200 系列接口电路只用于完成自动呼叫功能，不需要自动呼叫时，可不使用。其接口电路如图 5-8 所示。

RS-232C 本质上与 V.24 相同，只是信号引线的命名有些差别，它定义了 20 根接口线，与 V.24 接口线的对应关系如表 5-1 所示。

4. 规程特性

规程特性是指物理接口两侧为建立、维持、拆除物理连接及传送比特流而在接口电路上采用的动作顺序。这些动作是用接口电路上电平的升降来体现的。V.24 接口的规程特性在 V.24 建议中有明确的规定，与 RS-232C 兼容。V.24 要点说明如下。

（1）数据电路：当 105、106、107 和 108 呈"接通"状态时，DTE 在 103 上发送数据才能被 DCE 发往线路；当 106 和 108 呈"接通"状态，107 是"断开"状态，103 上发送的数据可被 DCE 接收，但 DCE 不发往线路。该数据是 DTE 呼叫 DCE 用的串行控制数据，除以上两种情况之外，DCE 不接收 DTE 发来的数据。

（2）空闲期间：指 105 和 106 均呈现"接通"状态，DTE 又无数据可发送期间。为保持定时同步，此时 DTE 发送二进制 1 的重复信号，0、1 交替的重复信号，或者数据链路规程规定的空转字符。

（3）107 和 108 的操作关系：107 上的信号是对 108 上信号的响应信号。在某些测试条件下，DTE 和 DCE 可能执行一些互控操作。因此，当 107 和 108 处于"断开"状态时，除 125 和定时线外，DTE、DCE 不受其他接口线状态的影响，在维持测试期间，如果 DTE 不参与测试，

	102 信号地或公共回线	
公共地线或回线	102 aDTE公共回线	公共地线或回线
	102 bDTE公共回线	
	102 c公共回线	
	103 发送数据	
数据电路	104 接收数据	数据电路
	118 发送反向信道数据	
	119 接收反向信道数据	
	105 请求发送	
	106 发送准备好	
	107 数据设备准备好	
	108 1把数据设备接至线路	
	108 2数据终端准备好	
	109 数据信道接收线路信号检测器	
	110 数据信号质量检测器	
	111 数据信号速率选择器(DTE)	
	112 数据信号速率选择器(DCE)	
	116 选择备用设备	
	117 备用设备指示器	
	120 发送反向信道线路信号	
	121 反向信道准备好	
控制电路	112 反向信道接收线路信号检测器	控制电路
	123 反向信道信号质量检测器	
	124 选择频率群	
	125 呼叫指示器	
	126 选择发送频率	
	127 选择接收频率	
	129 请求接收	
	130 发送反向时	
	132 返回至非数据式	
	133 接收准备好	
	134 接收数据存在	
	136 新信号	
	140 环回维护测试	
	141 本地环回	
	142 测试指示器	
	191 发送话音应答	
	192 接收话音应答	
	113 发送器信号码元定时(DTE)	
定时电路	114 发送器信号码元定时(DCE)	定时电路
	115 接收器信号码元定时(DCE)	
	128 接收器信号码元定时(DTE)	
	131 接收字符定时	

DTE ... DCE

图 5-7　V.24 建议 100 系列接口电路

则 107 电路处于"断开"状态,142 处于"接通"状态,且 107 对 108 不作任何反应。若 DTE 参与测试,则 142 处于"接通"状态,107 对 108 应进行响应。若 DTE 不提供 108 电路,则 DCE 认为该电路始终处于"接通"状态。

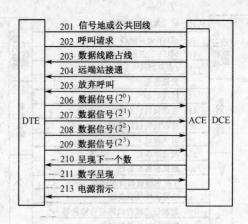

図 5-8 V.24 建议 200 系列接口电路

表 5-1 RS-232C 与 V.24 接口电路

25 芯连接器 引脚号	RS-232C	V.24	接口电路名称		方向 DTE DCE
1	AA	101	保护地线	PG	——
7	AB	102	信号地线	SG	——
2	BA	103	发送数据	TxD	→
3	BB	104	接收数据	RxD	←
4	CA	105	请求发送	RTX	→
5	CB	106	允许发送	CTX	←
6	CC	107	数据设备准备好	DSR	←
20	CD	108/2	数据终端准备好	DTR	→
8	CF	109	数据载波检测	DCD	←
21	CG	110	信号质量检测	SQD	←
23	CH	111	数据信号速率选择(DTE)		→
25	CI	112	数据信号速率选择(DCE)		←
24	DA	113	发送信号码元定时(DTE)	TxC	→
15	DB	114	发送信号码元定时(DCE)	TxC	←
17	DD	115	接收信号码元定时(DCE)	RxC	←
14	SBA	118	反向信道发送数据		→
16	SBB	119	反向信道接收数据		←
19	SCA	120	反向信道请求发送		→
13	SCB	121	反向信道允许发送		←
12	SCF	122	反向信道载波检测		←
22	CE	125	呼叫指示器		←
9/10	——	——	留作数据装置测试用		——
11	——	——	未指定		

（4）103、105 和 106 关系：DTE 把 105 转变到"接通"状态，表示其要发送数据，发、收方的 DCE 都应做好准备。为了保证收端 DCE 处于准备好状态，当 105、107、108 呈"接通"状态时，应调整好 106"接通"状态时间，即 106 对 105 的响应延迟时间。

（5）定时电路：指 113、114、115 电路。要求定时电路不管 103 和 104 上数据是否有效，只要 DTE 加电，113 电路上应有有效定时信号；只要 DCE 加电，114 和 115 上应有有效定时信号。但由于大多数 115 电路定时信号是从线路信号（来自 109）提取的，因此只有当 109 呈"接通"状态时，115 电路上定时信号才是精确的。

（6）125 电路：无论其他接口电路状态如何，均不对 125 电路操作产生任何影响。

（7）140、141、142 电路：140 电路的作用是 DTE 通知 DCE 它要进行远端环回测试，若 140 启动，此时 140 代替 105 作用，DCE 的 106 对 140 有响应，而不受 105 电路的影响；141 的作用是通知 DCE 它要进行近端环回测试，当 141"接通"时，142 作为对 141 的响应也处于"接通"状态。

5.2.3　V.35 建议

V.35 建议是 60～108 kHz 基础基群模拟载波电路上进行 48 kb/s 数据传输的国际标准。

1. 机械特性

V.35 接口采用 ISO2593－1984 规定的机械特性，有 34 芯，分 4 行排列。其接口定时电路采用 V.24 规定的接口电路。

2. 电气特性

V.35 接口的定时电路和数据电路采用平衡双流接口，接口线采用平衡绞合多线对电缆，特性阻抗为 80～120 Ω。等效电路中，发生器的总阻抗为 50～150 Ω。负载阻抗为（100±10）Ω，发生器输出正常工作电压幅度为±（0.55±0.11）V。接收器输入电压大于 0 V 时，判为"0"码，否则判为"1"码。

除定时电路和数据电路外，其他接口电路采用不平衡双流接口。

3. 功能特性和规程特性

V.35 的功能特性和规程特性符合 V.25 建议的规定，不再论述。

5.2.4　X 系列建议

X 系列接口是作为公用数据网中 DTE/DCE 间的接口。

1. 机械特性

X 系列接口采用 ISO4903 规定的 15 芯连接器。

2. 电气特性

X 系列接口的电气特性采用的是 CCITT 建议的 V.10/X.26 和 V.11/X.27。这两个标准的接口电路如图 5-9 和图 5-10 所示。

V.10/X.26 是非平衡接口电路，用于集成电路设备不平衡双流接口电路。它规定对于二进制"1"码，A 相对于 C 应为负；对于"0"码，A 相对于 C 应为正。每个线路用一条信号线和一条双向的公用线路。这个标准最重要的特点是根据接收器 A'端相对于信号地线的电压来判定被发送来的信号状态，发送公共线和接收地隔离。在 V.10/X.26 标准中，发送端信号电压

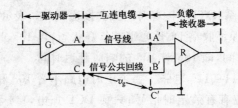

图 5-9　V.10/X.26 非平衡接口电路

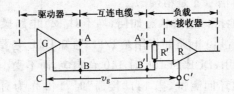

图 5-10　V.11/X.27 平衡接口电路

范围为$(+4\,V,+6\,V)$和$(-4\,V,-6\,V)$,接收端范围为$(+0.2\,V,+6\,V)$和$(-0.2\,V,-6\,V)$;噪声限为 3.8 V;传信率为 3 kb/s,传送距离可达 1 km。

V.11/X.27 是平衡接口电路,用于集成电路设备的平衡双流接口电路。它规定对于"1"码,发送器 A 相对于 B 为负;对于"0"码,A 相对于 B 为正。接收器判定"1"、"0"码是依据 A′对 B′的关系,而不是 A′对地。发送端电压范围是$(+2\,V,+6\,V)$和$(-2\,V,-6\,V)$,接收端范围为$(+0.2\,V,6\,V)$和$(-0.2\,V,-6\,V)$;噪声限为 1.8 V。互连电缆最大长度与传信率有关,传信率为 100kb/s 时传送距离可达 1 000 m,传信率为 10 Mb/s 时传送距离仅为 10 m。

3. 功能特性

在 X 系列建议中,X.21 是最重要的一个,下面以 X.21 为例说明 X 系列建议的功能特性

X.21 功能特性定义了 8 条交换电路,如图 5-11 所示。与 V.24 建议相比,X.21 接口信号线大大减少。V.24 建议为每一种控制功能定义一条接口电路,导致接口电路数量很多;而 X.21 采用一线多功能、功能复用和用多条电路的组合来决定工作状态等,这在设计思想上发生较大变化。

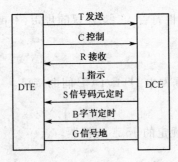

图 5-11　X.21 建议 DTE/DCE 接口

在图 5-11 中,电路功能如下。

G:信号地或公共回路;

T:发送,DTE→DCE,由 DTE 发出原始二进制数据与呼叫控制信号经此电路送到 DCE;

R：接收,DCE→DTE,由 DCE 产生的二进制数据与呼叫控制经此电路送到 DTE；

C：控制,DTE→DCE,此电路用于控制 DCE；

I：指示,DCE→DTE,用此电路将 DCE 的状态告知 DTE；

S：信号码元定时,DCE→DTE,DCE 向 DTE 提供码元定时信号,进行位同步；

B：字节定时,DCE→DTE,此电路可选可不选,若选用 B,则 DTE、DCE 采用双同步方式。

4. 规程特性

仍以 X.21 为例说明。X.21 在规程特性方面将 DTE 与 DCE 接口的工作定义为四个阶段：空闲、呼叫控制、数据传送和清除。X.21 工作过程如表 5-2 所示。

表 5-2　X.21 接口工作过程

操作序号	C	I	电话中相类似事件	DTE T 线	DCE R 线
0	off	off	线路空闲	T=1	R=1
1	on	off	DTE 拿起话筒	T=0	
2	on	off	DCE 给 DTE 一允许拨号声,表示 DTE 可以拨号(地址)		R="++…+"
3	on	off	DTE 拨地址	T=地址	
4	on	off	远方电话铃响		R=呼叫进行
5	on	on	远方拿起电话		R=1
6	on	on	对话	T=数据	R=数据
7	off	on	DTE 结束谈话,说再见	T=0	
8	off	on	DCE 结束谈话,说再见		R=0
9	off	off	DCE 挂起电话		R=1
10	off	off	DTE 挂起电话	T=1	

为了在公用数据网上与同步 V 系列调制解调器接口的 DTE 互连,CCITT 专门制定了一个标准 X.21bis。X.21bis 允许通过它的变换接口机构,将那些与 V 系列建议的调制解调器相连接的 DTE 设备附接到基于 X.21 的数据网中。这为模拟信道向数字信道过渡带来了方便。

5.2.5　G.703 建议

G.703 是数字传输系统(PDH 和 SDH)所用的接口,G.703 建议定义了分级数字接口的物理/电气特性。G.703 给出了数字接口比特率分级规定,其中 64 kb/s 和 2.048 Mb/s 是我国数字数据用户使用的接口速率。

1. G.703 64 kb/s 接口

对于 G.703,64 kb/s 接口的功能要求在两个传输方向上均能传送 64 kb/s 数据信号、64 kHz 定时信号和 8 kHz 定时信号,并能保持比特序列的独立性。

G.703 的 64 kb/s 接口有同向接口、中央时钟接口和反向接口三种类型,如图 5-12 所示。图 5-12(a)的同向接口是指通过这个接口的信息和与它相关的定时信号是以同一方向传输的,它的定时信息取自于信息信号中。图 5-12(b)的反向接口是指通过这个接口与两个传输方向相关的定时信号都是由数字传输设备提供给终端设备的。图 5-12(c)的中央时钟接口指的是通过这个接口的与两个传输方向相关的定时信号都是由中央时钟供给的。三种接口类型中，同向接口最为常用。

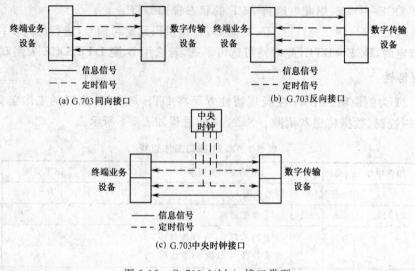

图 5-12　G.703 64kb/s 接口类型

同向接口具有的主要特性有：标称比特率为 64 kb/s，经接口传输信号速率的最大容差为 $\pm 100 \times 10^{-6}$；64 kHz 和 8 kHz 定时信号与信息信号在同一方向传输；每一个传输方向用一对平衡线；传输码型采用 1B-4B 码（四相码）；输出口规范如表 5-3 所示；输入口规范是在 128 kHz 频率上，允许从输出口到输入口衰减 3 dB；输入口的反射损耗最小为 12 dB（4～13 kHz）、18 dB（13～256 kHz）和 14 dB（256～384 kHz），对称线对屏蔽层应在输出口接地，如果需要，在输入口也可接地。

表 5-3　G.703 64 kb/s 同向接口的输出口规范

项目名称	规范要求
符号率	256 kBaud
脉冲形状	标称为矩形。不管极性如何，有效信号的所有波形应符合 ITU-T G.703 所规定的波形样板
每个传输方向的线对	一个对称线对
负载阻抗	120 Ω，电阻性
"信号"（有脉冲）的标称峰值电压	1.0 V
"空号"（无脉冲）的峰值电压	(0 ± 0.10) V
标称脉冲宽度	3.9 μs
脉宽中点处正负脉冲的幅度比	0.95～1.05
标称半幅度处正负脉冲的宽度比	0.95～1.05
在输出口的最大峰-峰抖动	抖动频率在 20 Hz～20 kHz 范围内，小于 0.25 UI

2. G.703 2.048 Mb/s 接口

G.703 2.048 Mb/s 接口主要用于高速数据通信。其功能要求是在两个传输方向上均能传送 2.048 Mb/s 信息信号和 2.048 MHz 定时信号，且能保持比特序列的独立性。

G. 703 的 2.048 Mb/s 接口是同向的,有同轴线接口和对称线对接口两种。其接口特性如下:标称比特率为 2.048 Mb/s;经接口传输的信号速率的最大容差为 $\pm 50 \times 10^{-6}$;2.048 MHz 定时信号和信息信号在同一方向上传输,对于每一个传输方向,用同轴线对或对称线对;传输码型采用 HDB_3 码;输出口规范如表 5-4 所示;输入口规范要求在 1.024 MHz 频率上,允许从输出口到输入口衰减 6 dB,输入口的反射损耗最小为 12 dB(51～102 kHz)、18 dB(102～2 048 kHz)和 14 dB(2 048～3 072 kHz);同轴电缆线对的外导体或对称电缆线对的屏蔽层在输出口接地,如果需要,在输入口也可接地。

表 5-4 G. 703 2.048Mb/s 接口的输出口规范

项目名称	规范要求	
符号率	2048 kBaud	
脉冲形状	标称为矩形。不管极性如何,有效信号的所有波形应符合 ITU-T G. 703 所规定的波形样板	
每个传输方向的线对	一个同轴线对	一个对称线对
负载阻抗	75 Ω,电阻性	120 Ω,电阻性
"信号"(有脉冲)的标称峰值电压	2.37 V	3 V
"空号"(无脉冲)的峰值电压	(0±0.237)V	(0±0.3)V
标称脉冲宽度	244 ns	
脉宽中点处正负脉冲幅度比	0.95～1.05	
标称半幅度处正负脉冲宽度比	0.95～1.05	
在输出口的最大峰-峰抖动	抖动频率在 20Hz～100kHz 范围内,小于 1.5 UI;抖动频率在 18～100kHz 范围内,小于 0.2 UI	

5.3 数据链路传输控制规程

5.3.1 概述

1. 数据链路的概念

具有传输控制功能的数据电路称为数据链路,它包括由发送装置至接收装置的物理传输路径和物理传输路径的总和,如图 5-13 所示,其中 a_i 和 b_i 为外部设备($i=1,2,3$)。发送设备和接收设备中,包含有数据终端设备(DTE)和数据电路终接设备(DCE)。数据链路的作用是在已经形成物理电路连接的基础上,把易出差错的物理电路改造成为相对无差错的逻辑电路,以便通信各方能够有效、可靠地传送数据信息。因此,数据链路不仅包括物理电路,还包括使数据能正确传送的链路控制功能,它是一条收发双方证实可靠传输数据的路由。在存储转发方式中,终端到网络节点、节点到节点之间都存在数据链路。

数据链路的结构有点对点和点对多点两种,环形结构属于点对多点的派生结构。从链路逻辑功能的角度看,在数据电路上发送和接收数据的数据终端设备统称为站。在点对点链路中,有主站、从站和组合站之分,其中主站是发送信息和命令的站,从站是接收信息和命令并发出认可信息或响应的站,组合站是兼有主站和从站功能的站,如图 5-14(a)所示。在点对多点链路中,有控制站、辅助站、从站、主站和中性站之分,其中负责组织链路上的数据流,并处理链

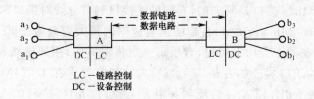

LC—链路控制
DC—设备控制

图 5-13　数据链路

路上不可恢复差错的站称为控制站，其余各站称辅助站。如果辅助站发送信息，控制站接收信息，则此时辅助站称主站，接收信息的控制站称从站，其余辅助站称中性站，如图 5-14(b)所示。

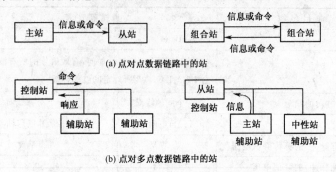

(a) 点对点数据链路中的站

(b) 点对多点数据链路中的站

图 5-14　站的概念

数据链路传输数据信息有 3 种不同的操作方式：信息只按一个方向传输的单向型；信息从一个方向传输，然后再从相反方向传输的双向交替型；信息可在两个方向上同时传输的双向同时型。

2. 数据链路控制规程的功能

数据链路层协议在数据通信中称为数据链路控制规程，它应具备如下功能：

（1）帧控制。在数据链路中的数据是以一定长度和一定格式的信息块形式传送的，这种信息块称为帧。不同的应用，帧的长度和格式可以不同。控制规程对帧的类型和结构进行了规定，指出每帧由一些字段和标志组成，标志用于指明帧的开始和结束，字段则根据不同用途分为地址字段、控制信息字段、信息字段和校验字段等。

在发送方，帧控制具有把从上层来的数据信息分成若干组，并在这些组中加入标志和字段组成一帧的功能；在接收方，帧控制具有把接收到的帧去掉标志和字段，还原原始数据信息后送到上层的功能。

（2）透明传送。控制规程中应采取必要的措施，保证所传送的数据信息为随机的比特序列，也就是数据信息中不能出现与标识和字段相同的组合，如果出现，要求采取打乱措施，使用户传输信息不受限制。

（3）差错控制。由于物理电路中存在各种各样的干扰，数据信息在传送过程中不可避免地要产生差错。控制规程应能控制电路中产生的差错。常用的差错控制方式有检错重发和前向纠错两种。为防止帧的重收和漏收，必须采用帧编号发送，接收时按编号认可。当检测出无法恢复的差错时，应通知网络层实体进行相应的处理。

（4）流量控制。为了避免链路阻塞，控制规程应能调节数据链路上的信息流量，能够决定暂停、停止或继续接收信息。常用的流量控制方法有发送等待、面向帧控制、滑动窗口控制等多种方法。

(5) 链路管理。包括控制信息传输的方向,建立和结束链路的逻辑连接,显示数据终端设备的工作状态等。

(6) 异常状态的恢复。当链路发生异常情况时,能够自动地恢复到正常状态。

3. 完成数据传输控制功能的过程

数据链路控制规程完成数据传输控制功能的过程有 5 个阶段。

(1) 建立物理连接:物理连接就是物理层若干数据电路的互连。数据电路有交换型线路和专用型线路两种。专用型线路为通信双方提供永久性固定的连接,因此无须"建立物理连接";交换型线路必须按交换网要求进行呼叫连接。在电路交换网中,要求发送站完成自动存取号码、拨号、发送和应答数据单音、控制呼叫应答器与调制解调器之间的线路转换等操作。

(2) 建立数据链路:在建立了物理连接之后,就要建立数据链路。为了有效而可靠地传输数据信息,收发双方也要交换一些控制信息,其中包括:呼叫对方;确认对方是否为所要通信的对象;确认对方是否处在正常收发准备状态;确认接收和发送状态;指定对方的输入输出设备。由于数据链路的结构不同,传输控制的方式也不同,因此必须采用不同的方式来建立数据链路。建立数据链路的方式有两种:争用方式和探询/选择方式。争用方式是争做主站建立链路的一种方式;探询/选择方式是在有控制站系统中,为防止争夺做主站,控制站按一定顺序一次一个地引导辅助站变成主站(探询过程),主站用选择序列引导一个或多个从站接收报文(选择过程)的方式。一般而言,对于两点直通式的链路结构,常采用争用方式,有时也采用探询/选择方式,但多点式的链路结构通常只用探询/选择方式。

(3) 数据传送:主站按规定的格式组织数据信息,并按规定的顺序沿所建立的数据链路向从站发送,同时完成差错控制、流量控制等功能,使数据信息有效、可靠、透明地传输。

(4) 释放数据链路:在数据信息传送结束后,主站发送结束传输的命令,各站返回中性状态,数据链路被拆除。

(5) 拆除物理连接:在交换型线路中,只要任何一方发出拆除信号,便可拆除物理连接,双方终端恢复到初始状态。

以上中间三个阶段属于数据链路控制规程的范围。

4. 数据链路控制规程的分类

根据帧格式,数据链路控制规程有两种:面向字符型和面向比特型。

典型的面向字符型控制规程有 IBM 公司的二进制同步通信规程(Binary Synchronous Communication,BISYNC 或 BSC)和 ISO 的基本型控制规程(即 ISO-1745 标准)。由于这种通信规程与特定的字符编码集关系过于密切,兼容性较差,并且在实现上也比较复杂,故现在的数据通信系统已很少使用。属于面向字符型规程的还有美国国家标准协会(ANSI)制定的 ASSIX3.28 通信控制规程,欧洲计算机制造商协会(ECMA)的 ECMA-16 基本型控制规程等。我国在 1982 年公布的数据通信基本型控制规程(GB3453—82)也属于面向字符型控制规程。

面向比特型的控制规程是由 IBM 公司于 20 世纪 70 年代率先提出的,并将它称为同步数据链路控制规程(SDLC,Synchronous Data Link Control)。ANSI 和 ISO 在此基础上进行规范和发展,分别形成各自的标准,即 ANSI 的先进数据通信控制规程(ADCCP,Advanced Data Communication Control Procedure),ISO 的高级数据链路控制规程(HDLC,High Level Data Link Control)。CCITT 的 X.25 建议中的链路级采用 HDLC 的变种,称为链路访问规程

（LAP，Link Access Procedure）或者平衡型链路访问规程（LAPB，Link Access Procedure Balanced），并以 LAPB 为主要模型。这些通信控制规程仅在细节上有些差异，是目前通信网中最常用的通信控制规程。

5.3.2 面向字符型的传输控制规程

面向字符型的传输控制规程中最基本的类型是基本型传输控制规程，是许多实用规程的基础。下面以基本型传输控制规程为例来说明面向字符型的传输控制规程。

1. 基本特征

面向字符型控制规程最基本的特征是以字符为最小控制单位，它规定了 10 个控制字符用于传输控制，如表 5-5 所示。作为基本型传输控制规程，其基本特征还有：差错控制采用反馈重发的纠错方式，检错采用行列监督码；通信方式为双向交替型（半双工）；数据传输既可采用起止式的异步传输方式，又可采用同步传输方式；字符编码采用 CCITT 建议的国际 5 号编码表。

表 5-5　控制字符表

类别	名　称	英文名称	功　能
格式字符	标题开始	SOH（Start of Head）	表示信息报（电）文标题的开始
	正文开始	STX（Start of Text）	表示信息报文（电文）正文开始
	正文结束	ETX（End of Text）	表示信息报文（电文）正文结束
	码组传输结束	ETB（End of Transmission Block）	正文码组结束
基本控制字符	询问	ENQ（Enquiry）	询问对方要求回答
	传输结束	EOT（End of Transmission）	EOT 表示数据传输结束
	确认	ACK（Acknowledge）	对询问的肯定应答
	否定回答	NAK（Negative Acknowledge）	对询问的否定应答
	同步	SYN（Synchronous Idle）	用于建立同步
	数据链转义	DLE（Data Link Escape）	用来与后继字符一起组成控制功能

2. 报文格式

报文是由字符序列构成的，报文格式是指字符进行数据传输时所规定的排列形式。按功能区分，报文分为两类：信息报文和监控报文。信息报文传送正文信息，监控报文传送收、发双方的应答及监控信息。监控报文按传输方向又分为两种：正向监控报文和反向监控报文。与信息报文传送方向一致的称为正向监控报文，与信息报文传送方向相反的称为反向监控报文。

（1）信息报文　信息报文的 4 种格式如图 5-15 所示。信息报文包括正文和标题（报头）。正文是组成一次数据传输的字符序列，它由被传送信息组成。标题是与报文正文的传送和处理相关的一些辅助信息字符序列，它包括发信地址、收信地址、优先权、保密措施、信息报文名称、报文级别、编号、传输路径等。

在图 5-15 中，格式（a）是基本格式，其中对报文长度无限制；格式（c）是在正文很长的情况下，为便于差错控制需要分成 n 组所采用的格式；格式（d）是在标题需分成 m 组时采用的格式。

（2）监控报文　监控信息也可作为报文进行发送和接收，它由传输控制字符和图形字符组成，其格式如图 5-16 所示。引导字符称为前缀，前缀长度不超过 15 个字符，通常包含标识信息、地址信息、状态信息以及通信控制所需的信息。

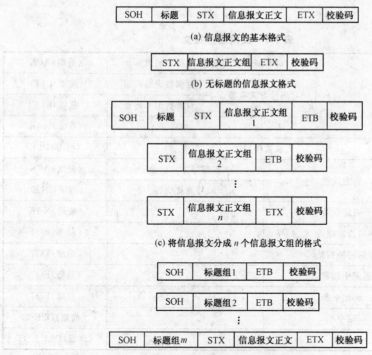

(a) 信息报文的基本格式

(b) 无标题的信息报文格式

(c) 将信息报文分成 n 个信息报文组的格式

(d) 将信息报文的标题分成 m 个组的格式

图 5-15 信息报文的格式

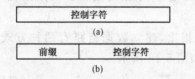

(a)

(b)

图 5-16 监控报文的格式

表 5-6 和表 5-7 分别给出正向监控报文和反向监控报文表示的含义。在同步传输中把两个或多个 SYN 序列放在前面,以建立收发两站同步。

表 5-6 正向监控报文

功能		传输控制字符
探询地址,选择地址		ENQ
选择	站选择	(前缀)ENQ
	标识和状态	(前缀)ENQ
	脱离中性	(前缀)ENQ
返回控制站或返回中性状态		(前缀)EOT
询问(催促应答)		(前缀)ENQ
放弃	码组放弃	(前缀)ENQ
	站放弃	(前缀)EOT
拆线		(前缀)DLE EOT

表 5-7　反向监控报文

对信息电文的应答	肯定应答	对非编号方式应答(对每个码组)	(前缀)ACK
		对编号方式应答 对偶数编号码组	(前缀)DLE0
		对编号方式应答 对奇数编号码组	(前缀)DLE1
	否定应答		(前缀)NAK
	要求暂停发送		(前缀)DLE
对选择序列的应答	肯定应答	非编号方式应答	(前缀)ACK
		编号方式应答	(前缀)DLE0
	否定应答		(前缀)NAK
对探询序列的否定应答			(前缀)EOT
请求	返回控制站		(前缀)EOT
	返回中性状态		(前缀)EOT
	码组中断		(前缀)EOT
	站中断		(前缀)DLE<
	拆线		(前缀)DLE EOT

3. 工作过程简述

控制规程仅包含对数据链路建立、数据传送和释放数据链路三个阶段。下面简述基本型控制规程工作过程。

(1) 建立数据链路　前已指出,建立数据链路有两种方式——争用方式和探询/选择方式。两种方式分别如图 5-17 和图 5-18 所示。

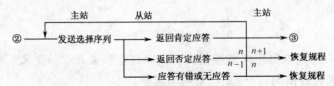

图 5-17　争用方式的数据链路建立

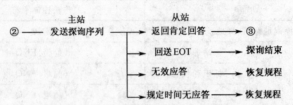

图 5-18　探询/选择方式的数据链路建立

在争用方式中,处于中性状态的两站都可发送选择序列争当主站,发出选择序列并被对方确认后成为主站。收到选择序列的站可以有以下几种响应:

- 返回肯定回答,确立主从关系,转入发送数据阶段;
- 返回否定应答、应答有错或无应答,且选择序列重发几次仍然如此,使用恢复规程。

在探询/选择方式中,控制站发出探询序列,目的是依次询问各辅助站是否有数据信息要发送。得到的响应有以下几种。

- 返回肯定回答:辅助站成为主站,进入发送数据阶段;
- 回送 EOT:表明控制站对该辅助站探询结束;
- 无效应答或在规定时间时无应答:执行恢复规程。

恢复规程是发现和处理异常情况的准则,采用计时器和计数器方法启动,有恢复规程 R1、恢复规程 R2、恢复规程 R3 和恢复规程 R4 四种。

(2) 数据传送 建立链路后,进入数据传送阶段,如图 5-19 所示。

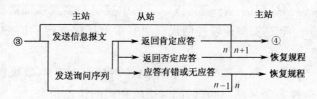

图 5-19　数据传送

主站向从站发送信息报文时有以下几种响应。

- 肯定应答:表示接收无错,且已做好下一次的报文接收准备,若主站不再发送信息,就转入结束状态;
- 否定应答:说明发现差错,主站重发原信息码组,若重发几次仍为否定应答,则转入恢复规程;
- 应答有错或无应答:几次后进入恢复规程;
- 要求暂停发送应答:表明从站对收到的报文来不及处理;
- 中断请求应答:表明从站不能继续收信息。

若主站收不到从站的应答信息,主站发送询问序列,在超过一定时间后仍无应答,则转入恢复规程。

(3) 释放数据链路 当主站成功地发送完全部信息报文,或发送数据时出现异常,或被探询的辅助站没有信息发送或不能发送时,需要结束通信,释放数据链路。释放数据链路可用图 5-20 表示。主站和从站都可发送 EOT 来结束传输过程。

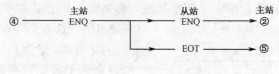

图 5-20　释放数据链路

4. 扩充基本型数据链路控制规程

基本型数据链路控制规程存在以下问题。

- 不能实现透明传输:在正文和标题中可能出现与控制字符相同的序列,这在实际应用中不允许。这种代码的相关,使信息不能实现透明传输。
- 单向传输:按基本型控制规程,通信双方建立起数据链路后,就保持主站发、从站收的单向传输关系。从站再要发报文须等此次通信结束后,重新建立链路。单向传输虽控制简单,但传输效率低,不能充分利用信道资源。

- 单一通信：每次建立的主、从站仅有一对，不能实现点对点发送信息。

为了解决以上问题，ISO对基本型规程进行了扩充，使基本型规程更加完善。

- 实现透明传输。透明码型传输控制规程规定，在编码独立的信息报文中，通过在控制字符中的格式字符前面加转义字符DLE来实现透明传输。当信息报文中需填充SYN时，使用DLE SYN来代替SYN。若信息字符与DLE字符相同，则发送时在其相邻位置上插入一个DLE，接收端在收到连续两个DLE时删除其中一个，认为另一个为数据信息。

- 实现链路建立后的主、从站关系转换。会话型传输控制规程将基本型规程的信息传送阶段加以扩充，使正在通信的双方在不结束该阶段的情况下，改变主从关系，从而改变信息传送方向。会话型传输控制规程适用于点对点以及集中控制的多点系统需要交叉会话的场合。

- 实现双工通信。全双工型传输控制规程对基本型规程进行了扩充，使通信双方同时具有主站和从站的功能。

- 实现点对多点通信。选择多个从站型传输控制规程对基本型规程的阶段2和阶段3进行扩充，使主站可选择多个从站，让它们同时接收相同的信息报文。

5.3.3　面向比特型的传输控制规程

在面向比特型的传输控制规程中，ISO的高级数据链路控制规程HDLC所覆盖的功能范围最广。下面以HDLC为例来说明面向比特型的传输控制规程。

1. 基本特征

面向比特型规程的基本特征有以下几点。

（1）透明传输：无论传输数据还是链路控制信息，都采用一个特殊码组01111110（称标志序列）作为首尾标志，用来分割帧。当帧中可能出现与标志序列相同的序列时，采用"0"插入技术，以保证信道上不会出现与标志位相同的模式，具有很好的透明性。

（2）可靠性高：在所有的数据和控制帧中，都采用循环冗余的差错控制校验序列。

（3）传输效率高：在链路上传输信息时采用连续发送的方式，而无须等待对方应答就可发送下一帧。在双向通信中，应答信息可插入到对方信息中，不必单独发送。

（4）可进行双向同时传输。

2. HDLC帧结构

在HDLC中，无论是信息报文还是控制报文都是以帧作为基本单位的，必须符合帧的格式。HDLC的帧格式如图5-21所示。它由6个字段组成。这6个字段可分为5种不同类型，它们是标志序列（记为F）、地址字段（记为A）、控制字段（记为C）、信息字段（记为I）和帧校验序列字段（记为FCS）。在帧结构中，信息字段可有可无。

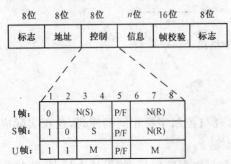

图 5-21　HDLC帧格式

（1）标志序列（F）　标志序列用来表示一帧的开始和结束。HDLC规程指定采用8 bit序列01111110为标志序列。标志序列是用于帧同步的。在一个帧的中间不允许出现与标志相同的比特序列。HDLC规程采用"0插入"技术来实现透明性传输。

"0"插入技术可用图 5-22 说明。当发送站发现有 5 个连"1"的非 F 序列时,就在第 5 个"1"后面自动插入一个"0"。接收端检查到非 F 序列的其他比特序列中有 5 个连"1",自动把后面"0"删去。"0"插入技术的引入,使得 HDLC 帧所传送的数据达到透明传送。

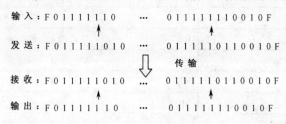

图 5-22 "0"插入技术举例

(2) 地址字段(A) 地址字段用来写入发送站和接收站的地址。对于命令帧,该字段为对方的站地址;对于响应帧,该字段指出的是发送响应的数据站地址。

通常地址段有 8 位,共 256 种组合,表示 256 种编址。在 HDLC 规程中,约定全"1"比特为全站地址,用于对全部站点的探询;全"0"比特为无站地址,用于测试数据链路的工作状态。

当站的数目超过 256 个时,可采用扩展地址的方法。扩展方法是把 8 位地址的最低位置为 0,表示后面紧跟的 8 位字节也是地址组成部分。使用地址扩展后,单个 8 比特的地址范围就变成了 128 个。

(3) 控制字段(C) 控制字段用来表明帧类型、帧编号、命令和控制信息。C 字段为 8 bit,也允许扩充到 16 bit。按帧功能可将 C 字段分成信息帧(简称 I 帧)、监控帧(简称 S 帧)和无编号帧(简称 U 帧)三种,如图 5-21 所示。各帧作用如下。

• 信息帧(I 帧):用于信息的传输。每个 I 帧都有一个发送序号 N(S)、一个接收序号 N(R)和一个探询/终止(P/F)位。发送站用 N(S)来指出所发送帧的序号。接收站用 N(R)给出确认,表示已正确接收到前 N(R)−1 帧,下一个接收的帧序号为 N(R)。在 P/F 位中,命令帧为探询比特 P,响应帧为终止比特 F。当主站探询某从站要求对方发送数据时,则将 P 置"1",而主站自己要发数据时则置"0"。从站发送最后一帧数据时,F 比特置为"1",否则置为"0"。扩充后的 I 帧,N(S)、N(R)都为 7 bit。

• 监控帧(S 帧):用于执行数据链路的监控功能,如确认、要求重发和请求暂停等。S 帧的第 1,2 比特为"10",表示 C 字段此时为监控帧;第 3,4 比特为 S,有四种不同的组合,所表示的意义见表 5-8;第 5 比特 P/F 与 I 帧意义相同;最后 3 比特为 N(R),它与 P/F 独立,表示确认编号,接收站可以用 N(R)来确认或不确认其接收的 I 帧,N(R)的含义随 S 帧类型的不同而不同,它可以是命令帧,也可以是响应帧。

• 无编号帧(U 帧):用于提供附加的链路控制功能,如设置工作方式、拆除链路等。U 帧前两比特"11"表示此控制字段为 U 帧,U 帧中有 5 比特的 M 字段,用于定义 U 帧的类型,共有 19 种 U 帧,如表 5-8 所示。

(4) 信息字段(I) 信息字段用于传送用户数据。信息字段的长度是可变的,理论上不限长度。在实际应用中,其长度由收发站的缓冲器的大小和线路的差错情况决定,通常不大于 256 字节。

表 5-8　HDLC 命令与应答一览表

帧类型	命 令	应 答	b1	b2	b3	b4	b5	b6	b7	b8
I	信息		0	N(S)			P/F		N(R)	
S	RR—接收就绪	RR	1	0	0	0	P/F		N(R)	
	RNR—接收未就绪	RNR	1	0	0	1	P/F		N(R)	
	REJ—请求重发	REJ	1	0	1	0	P/F		N(R)	
	SREJ—选择重发	SREJ	1	0	1	1	P/F		N(R)	
U	SNRM—置 NRM 方式		1	1	0	0	P	0	0	1
	SARM—置 ARM 方式	DM—断开方式	1	1	1	1	P/F	0	0	0
	SABM—置 ABM 方式		1	1	1	1	P	1	0	0
	SNRME—置扩展 NRM 方式		1	1	0	0	P	0	1	1
	SARME—置扩展 ARM 方式		1	1	1	1	P	0	1	0
	SABME—置扩展 ABM 方式		1	1	1	1	P	1	1	0
	SIM—置初始化方式	RIM—请求初始化方式	1	1	1	0	P/F	0	0	0
	DISC—断开连接	RD—请求断开	1	1	0	0	P/F	0	1	0
	UI—无编号信息帧	UI—无编号信息帧	1	1	0	0	P/F	0	0	0
	UP—无编号探询		1	1	0	0	P	1	0	0
	RSET—复位		1	1	1	1	P	0	0	1
	SID—交换标识	XID—交换标识	1	1	1	1	P/F	1	0	1
		UA—无编号确认	1	1	0	0	F	1	1	0
		CMDR—命令帧拒收	1	1	1	0	F	0	0	1

（5）帧校验序列字段（FCS）　采用 CRC 码检验,生成多项式为 $g(x)=x^{16}+x^{12}+x^5+1$,用来检查 A、C、I 字段的内容在传送过程中是否出现了差错。为了满足更高的要求,也可采用32 位的 CRC 码校验。

3. HDLC 规程要素

HDLC 规程要素是 HDLC 的全部特征的体现,包括数据链路信道状态,操作与非操作方式,控制字段的格式与参数,链路级的命令及响应,异常状态的报告与恢复 5 个部分。其中控制字段的格式与参数,链路级的命令及响应在 HDLC 帧格式中已有介绍,这里介绍其余 3 个要素。

（1）数据链路信道状态　数据链路信道状态分为工作和空闲两种。当链路处于工作状态时,主站、从站或组合站发送的是一个帧,或者连续发送 7 个"1"放弃某帧,或者在帧之间连续发送帧标志序列来填充;当链路处于空闲状态时,可在一个站检测出至少 15 个连"1",表明远端端站已停止发送数据。

（2）链路操作方式与非操作方式　HDLC 的链路操作方式有正常响应方式（NRM）、异步响应方式（ARM）和异步平衡方式（ABM）3 种,说明如下。

- 正常响应方式：从站只有得到主站探询之后,才能传送有关帧；
- 异步响应方式：从站不必得到主站的探询,就可自发地传送有关帧；

- 异步平衡方式：链路两端都为组合站，任何一站在任意时刻都可发送有关帧命令，无须对方的许可。

HDLC 的非操作方式有正常断开方式（NDM）、异步断开方式（ADM）和初始化方式（IM）等 3 种，说明如下。

- 正常断开方式：处于这种方式时，从站在逻辑上与数据链路断开，不能发送和接收信息；
- 异步断开方式：处于此方式时，从站和组合站在逻辑上与数据链路断开，不允许发送信息，但从站或作为命令接收器的组合站具有异步响应方式的机会；
- 初始化方式：在此方式中，从站和组合站的数据链路控制程序可以分别通过主站或另一个组合站进行初始化或重新生成。

（3）异常状态的报告和恢复　链路异常是指传输出现差错、数据站故障或误操作等情况。链路异常时应执行恢复规程，使链路恢复正常。常用的恢复措施有以下几项。

- 忙：出现数据链路忙的原因是数据站内部缓冲器限制等，这些情况使接收站暂时不能或不能继续接收信息。恢复的措施有发送 RNR，告诉对方暂停数据的发送，一旦能接收信息，就发 RR、REJ、SREJ、UA 或其他置方式的命令，告诉对方可发送数据。
- N(S)差错：当接收器收到无校验错的 I 帧，但该帧的 N(S) 不等于预期所要接收的顺序号时，表明 N(S) 顺序出现了差错情况，处于异常链路工作状态。根据差错出现的不同原因，相应采取 P/F 检验恢复、REJ 恢复、SREJ 恢复和超时恢复等措施。
- FCS 检验差错：当接收器发现某帧有检验差错时，就将其丢弃。
- 命令/响应被拒绝：当收到的帧无差错，但其控制字符包含了未定义或不能实现的命令或响应以及帧格式无效和信息字段长度超过容许的最大长度时，链路处于命令/响应拒绝状态。通常采用置方式命令去恢复。
- 竞争状态：同时有多个站去争用链路时，链路处于竞争状态。常采用超过措施去恢复。

4. 规程类别

对应于 HDLC 规程的三种操作方式 NRM、ARM 和 ABM，HDLC 有三种规程类别，它们是不平衡操作的正常响应类别（UNC）、不平衡操作的异步响应类别（UAC）和平衡操作的异步响应类别（BAC）。

HDLC 规程为每一个规程类别定义了基本帧集和可选帧集。基本帧集如表 5-9 所示，可选帧集与基本帧集基本相同。

表 5-9　三种规程类别的基本帧集

规程类别	命　　令	响　　应	编址格式	校验方式	帧编号
UNC	I，RR，RNR，SNRM，DISC	I，RR，RNR，FRMR，UA，DM	基本	16 位 FCS	模 8
UAC	I，RR，RNR，SARM，DISC	I，RR，RNR，FRMR，UA，DM	基本	16 位 FCS	模 8
BAC	I，RR，RNR，SABM，DISC	I，RR，RNR，FRMR，UADM，UA，DM	基本	16 位 FCS	模 8

5. HDLC 传输过程举例

例 5-1　从站发送信息，正常响应方式（NRM）下双向交替传输数据链路的建立和数据传输。

该过程如图 5-23 所示。如果在图中是主站向从站发送数据信息,则主站在收到从站送来的 UA 响应帧后,就马上可以发送 I 帧了。

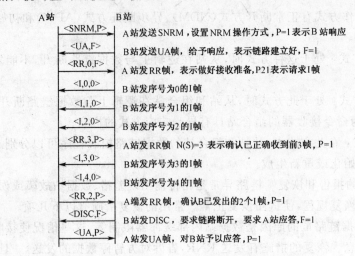

图 5-23 从站发送信息的 NRM 方式下的数据传输过程

例 5-2 NRM 方式双向同时传输数据链路的数据传输。

传输过程如图 5-24 所示。它适合于全双工通信。

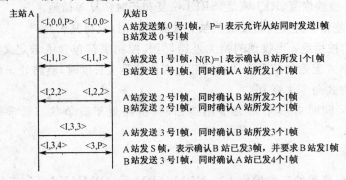

图 5-24 双向同时工作的 NRM 传输过程

例 5-3 ABM 方式下的交替传输数据链路建立和数据传输。

传输过程如图 5-25 所示。

图 5-25 双向交替工作的 ABM 传输过程

例 5-4 ABM 方式双向同时传输数据链路的建立和数据传输。

传输过程如图 5-26 所示。

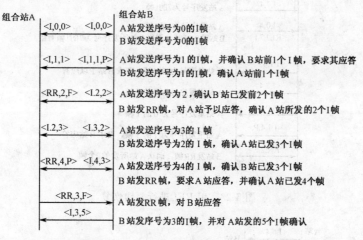

图 5-26 双向同时工作的 ABM 链路建立和传输过程

例 5-5 退回 N 步的差错恢复过程。

传输过程如图 5-27 所示。它适用于双向交替方式工作的链路。

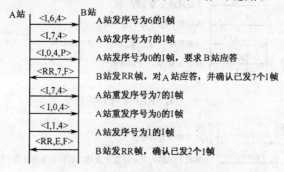

图 5-27 退回 N 步差错恢复过程

例 5-6 用 REJ 进行差错恢复。

传输过程如图 5-28 所示。

例 5-7 用 SREJ 进行差错恢复。

传输过程如图 5-29 所示。这种方式与例 5-6 相比,对未出错的帧不予重发,提高传输效率。用 REJ 和 SREJ 进行差错恢复,同时适合双向交替型和双向同时型数据链路。

例 5-8 数据链路处于忙状态的工作过程。

工作过程如图 5-30 所示。

5.3.4 数据链路层点对点协议

点对点协议(PPP,Point to Point Protocol)是 1992 年制定的,经过 1993 年和 1994 年的修订,现在的 PPP 协议已成为因特网的正式标准。它是在点到点的链路上直接相连的两个设备进行通信时最常用的链路层协议。例如,在拨号上网时,计算机和接入服务器之间的通信就采用 PPP 协议。

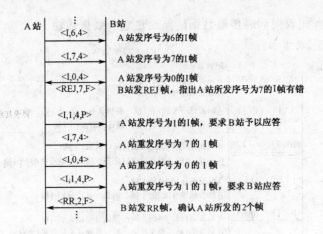

图 5-28　用 REJ 进行差错恢复

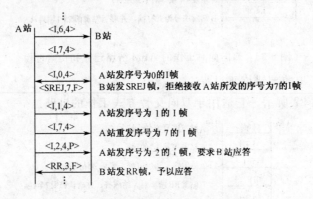

图 5-29　用 SREJ 进行差错恢复

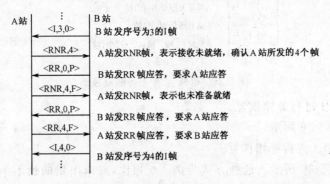

图 5-30　数据链路处于忙状态的工作过程

PPP 协议的帧格式如图 5-31 所示。

标志位	地址位	控制位	协议位	数据位	检测时序

图 5-31　PPP 协议的帧格式

- 标志位:固定为二进制数 01111110,表示 PPP 帧开始或结束;
- 地址位:固定为二进制数 11111111,是一个广播地址,PPP 不指定单个工作站的地址;
- 控制位:长度为 1 字节,二进制数值为 00000011,表示数据采用无序列方式传输;

- 协议位：长度为 2 字节，表示 PPP 承载的数据中的高层协议类型；
- 数据位：最大长度为 1 500 字节；
- 检测时序：通常为 2 字节，用于进行差错控制。

PPP 协议由链路控制协议（LCP，Link Control Protocol）、网络控制协议（NCP，Network Control Protocol）、口令授权协议（PAP，Password Authentication Protocol）、盘问握手授权协议（CHAP，Challenge-Handshake Authentication Protocol）等组成。

（1）链路控制协议（LCP）。LCP 主要负责建立、配置和测试数据链路，在链路上协调互连的两端设备，以及设备之间每个选项的设置值，并对链路质量进行确认。LCP 提供了链路建立、配置、维护和拆除的方法。它的工作分成链路建立和配置协调、链路质量检测、网络层协议配置、关闭链路四个阶段。

（2）网络控制协议（NCP）。NCP 为网络层建立和配置逻辑连接，单个 PPP 链路上可以支持多种网络协议，即有多个 NCP 数据流。

（3）口令授权协议（PAP）。PAP 是用户身份认证的一种形式，它通过用户名和用户口令来验证用户的合法性，由于用户的 ID 和口令在链路上以文本形式直接传输，因而安全性较差。在拨号上网时，要求输入用户名和口令，就是这个协议的具体体现。

（4）盘问握手授权协议（CHAP）。CHAP 也是用户身份认证的一种形式，它通过服务器发出认证质询，用户以应答的形式来验证用户的合法性。它与 PAP 协议的不同之处，在于 PAP 口令是明文方式传输的，而 CHAP 口令采用加密方式传输；同时，PAP 只验证一次用户身份，CHAP 定时进行盘问用户身份，并且授权者可以控制盘问的周期。在实际的网络中采用 PAP 协议还是 CHAP 协议，可以通过配置实现。

（5）多链路捆绑（Multilink PPP）协议。Multilink PPP 也是 PPP 协议族中一个常用的协议，该协议相当于给 PPP 帧又加了一个二层的帧头。Multilink PPP 捆绑的关键技术是如何知道后发起的 PPP 帧是前面 PPP 帧的捆绑链路，以及采用什么样的帧格式表示帧头。一般情况下，在设备中有一个多链路捆绑服务器负责登记 PPP 帧是否为捆绑用户、IP 地址以及其他属性等，当一条链路连接时，通过查表即可知道和哪条 PPP 帧捆绑，然后将这两条链路捆绑起来，并以 Multilink PPP 帧头作为链路层的帧头，从而达到捆绑的目的。

5.4 CCITT 的 X.25 建议

5.4.1 X.25 建议的基本概念

1. 什么是 X.25 建议

X.25 建议是 CCITT 关于在公用数据网上以分组方式工作的 DTE 和 DCE 之间的接口建议。1976 年 X.25 建议被正式通过而成为一项国际标准，1980、1984、1988 和 1992 年又做了补充和修订。

在公用数据网上，若 DTE 与通信子网的接口遵循 X.25 建议，则称为 X.25 网。X.25 建议接口如图 5-32 所示。X.25 建议是以虚电路为基础的，只适合于由同步传输电路连接的 DTE。

X.25 建议实质上规定了用户终端和网络之间的接口，全面反映了分组网的外部特征。目前，绝大多数分组交换网均采用这一建议。

2. X.25 层次结构

X.25 定义了三层通信建议——物理层、数据链路层和分组层,如图 5-33 所示。X.25 的三层分别对应于 OSI 低三层的同步传输,其基本功能一致。各层之间的信息关系如图 5-34 所示。

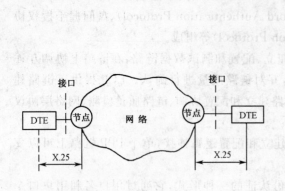

图 5-32 X.25 建议接口

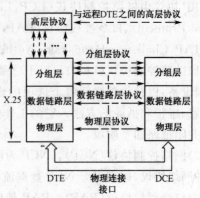

图 5-33 X.25 建议层次结构

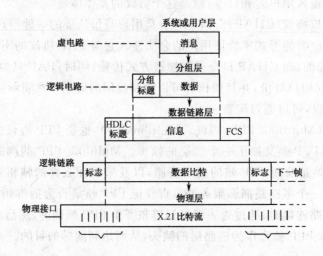

图 5-34 通过 X.25 各层的信息

5.4.2 X.25 物理层及其建议

X.25 物理层只涉及接口处的电气和物理特性,DTE 利用此接口可通过租用线路或电路交换网进入本地分组交换机。X.25 规定的物理层建议是 X.21 和 X.21bis 建议。

5.4.3 X.25 数据链路层及其建议

X.25 数据链路层的基本功能,是实现分组在终端和分组交换网之间的无差错传输。X.25 建议的链路层采用 HDLC 规程中的异步平衡方式(SABM),相应的规程为 LAPB。

LAPB 是 HDLC 规程的一个子集,其帧结构和使用术语完全符合 HDLC 建议。LAPB 通过 SABM 命令要求建立链路。用 LAPB 建立链路只要由两个站中的任意一个发出 SABM 命令,另一站发出 UA 响应即可建立双向链路。

1984 年增加了多链路规程(MLP),其基本思想是在传送的分组分散通过多个 LAPB 的单链路规程时,在收端能正确排序。

5.4.4　X.25 分组层

X.25 分组层规定了 DTE 和 DCE 之间进行信息交换的分组格式,并规定了采用分组交换的方法,在一条逻辑信道上对分组流量、分组传送差错执行独立的控制。

X.25 建议的着重点是描述分组层协议,分组层的主要功能有:

- 在 X.25 接口为每一个用户呼叫提供一个逻辑信道(LC);
- 通过逻辑信道号(LCN)区分同每个用户呼叫有关的分组;
- 为每个用户的呼叫连接提供有效的分组传输,包括顺序编号、分组的确认和流量控制过程;
- 提供交换虚电路(SVC)和永久虚电路(PVC)连接;
- 提供建立和清除交换虚电路的方法;
- 检测和恢复分组层的差错。

1. 分组格式

分组是 DTE 和 DCE 之间在分组层上传输的基本单位,它可以是用户数据,也可以是网络所用的控制信息。分组在数据链路上传输时,由链路协议 HDLC 装配成帧格式。X.25 分组由分组头和数据两部分组成,如图 5-35 所示。

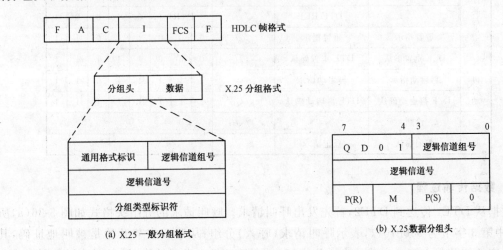

图 5-35　X.25 分组格式

分组头中各字段的含义如下。

- 通用格式标识:用于指出分组头中其他部分的一般格式,占用第 1 字节的高 4 位。具体格式为"QDEG",其中 Q 位表示数据是用户数据(Q=1)还是网络信息(Q=0);D 位表示传送确认位,表示分组的确认方式,D=0 表示本地确认(DTE/DCE 接口之间确认),D=1 表示端到端(DTE 到 DTE)确认;E 位表示扩展分组编号模数,E=1 表示分组以 128 为模编号;G 位表示普通分组编号模数,G=1 表示分组以 8 为模编号。
- 逻辑信道组号:用于标识逻辑信道(虚电路),占用第 1 字节的低 4 位。
- 逻辑信道号:用于标识逻辑信道,占用 1 字节。逻辑信道标识包括逻辑信道组号和逻辑信道号两部分,占用 12 bit。它在 DTE/DCE 接口上只具有本地意义,即本地和远程 DTE/

DCE 分别各自独立地选择逻辑信道来传送分组。X.25 定义的分组基本上具有一一对应的关系。例如，呼叫请求与呼叫连通使用分组，呼叫指示与呼叫接受分组等，都有相对应的关系。有对应关系的两个分组必须使用同一条逻辑信道。

- 分组类型标识符：用于区别分组的类型和功能，占用 1 字节。X.25 分组类型如表5-10所示。对于非数据型分组表示的是分组类型标识，对于数据型分组表示的是序号。

表 5-10　X.25 分组类型

类　　型		服　务	分组类型标识符							
DCE→DTE	DTE→DCE	VC/PVC	8	7	6	5	4	3	2	1
进入呼叫	呼叫请求	√	0	0	0	0	1	0	1	1
呼叫建立	呼叫接受	√	0	0	0	0	1	1	1	1
清除指示	清除请求	√	0	0	0	1	0	0	1	1
DCE 清除确认	DTE 清除确认	√	0	0	0	1	0	1	1	1
DCE 数据	DTE 数据	√√	P(R)			M	P(S)			0
DCE 中断	DTE 中断	√√	0	0	1	0	0	0	1	1
DCE 中断确认	DTE 中断确认	√√	0	0	1	0	0	1	1	1
DCE RR	DTE RR	√√	P(R)			0	0	0	0	1
DCE RNR	DTE RNR	√√	P(R)			0	0	1	0	1
	DTE REJ	√√	P(R)			0	1	0	0	1
重置指示	重置指示	√√	0	0	0	1	1	0	1	1
DCE 重置确认	DTE 重置确认	√√	0	0	0	1	1	1	1	1
再启动指示	再启动请求	√√	1	1	1	1	1	0	1	1
DCE 再启动确认	DTE 再启动确认	√√	1	1	1	1	1	1	1	1
诊断	诊断	√√								
登记确认	登记请求	√√								

（类型左侧纵向标注：建立与清除、数据和中断、流控制与重置、再启动、诊断）

2. 数据传输过程

数据从 DTE1 传送到 DTE2，首先发出呼叫请求。呼叫请求的分组头格式如图 5-36(a)所示，其中第 3 字节为 00001011，表示呼叫请求(呼入)分组；从第 5 字节开始是被叫地址码，其地址长度的字节数由第 4 字节的右 4 位表示，主叫地址也有类似结构；最下面 3 行分别表示业务字段长度、业务字段和若干字节的呼叫用户数据，分别发向交换机说明用户所选的补充业务及呼叫过程中主叫发给被叫的用户数据。

当交换机收到主叫 DTE1 的请求分组后，根据分组中被叫 DTE2 的地址和信道流量情况决定发往被叫的路由。在主叫 DTE1 和交换机、交换机和交换机、交换机和被叫 DTE2 之间建立逻辑信道连接。被叫 DTE2 收到呼叫请求分组后，如接受呼叫，便发出呼叫接受分组，如图 5-36(b)所示。当 DTE1 收到 DTE2 的呼叫接受分组后，两个终端的虚电路建立就完成了。

虚电路建成后，数据就可以交流了。数据分组格式如图 5-36(c)所示。在数据分组格式中，没有主被叫的地址，只有逻辑信道号表示传送的虚电路，所有数据分组都在该虚电路上传送，直到本次通信完毕。数据分组中的 P(S)和 P(R)分别表示发送的数据分组顺序编号和发送端接收对方发来的数据分组顺序编号，P(R)也是一种应答。

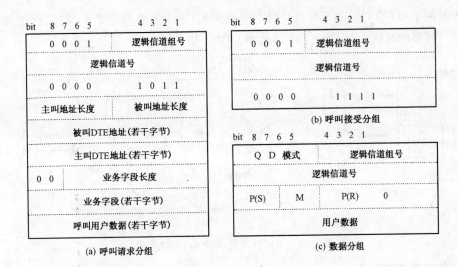

图 5-36　呼叫建立分组和数据分组的格式

　　虚电路的释放过程和建立过程相似,在传送失败或结束时,主动要求释放虚电路的 DTE 必须发出释放请求分组,当主动请求释放的 DTE 收到交换机发来的释放确认分组后,虚电路就完全释放。释放请求分组和释放确认分组的格式如图 5-37 所示。

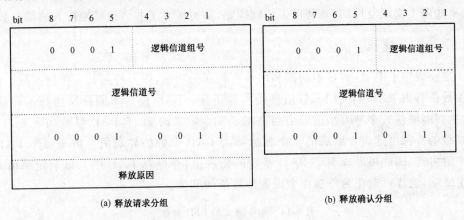

图 5-37　释放请求和确认分组的格式

　　X.25 建议的其他控制分组,主要有流量控制分组、监视控制分组、证实分组、诊断分组和中断分组。

5.5　PAD 相关建议

5.5.1　PAD 建议及功能

　　非分组终端(NPT)只能发送收字符,不具备将字符流装配成分组或将分组拆卸成字符流的能力。因此,对于非分组终端,无法将其直接接入分组网中进行数据交换。为此,CCITT 制定了分组装拆设备(PAD)标准,其中包括 X.3、X.28 和 X.29 建议。三个建议提供了建议转换和非分组终端的 PAD 功能。X.3 是公用数据网分组装拆标准,X.28 是起止式数据终端进入公用数据网 PAD 的 DTE/DCE 接口，X.29 是 PAD 与 PT 或另一个 PAD 之间的交换控制信息和用户数据的建议，它们和 X.25 的关系如图 5-38 所示。

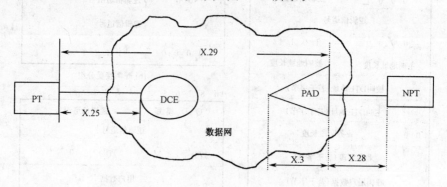

图 5-38 不同终端建议和 X.25 的关系

PAD 的主要功能如下。

（1）规程转换功能：PAD 完成非分组终端接口规程与 X.25 建议的相互转换工作。非分组终端的字符通过 PAD 组装成分组发至交换机，同时从交换机来的分组通过 PAD 拆卸成字符，送给非分组终端；

（2）数据集中功能：PAD 还可将多个终端的数据流组成分组，在 PAD 至交换机之间的中、高速率线路上交织复用，有效利用了传输线路，同时扩充了非分组终端接入的端口数。

5.5.2　X.3 建议

X.3 建议规定了 PAD 的基本功能和用户可选择的功能，以及控制其工作的参数。控制其工作的参数值告诉 PAD 如何同非分组终端协调工作。PAD 能为不同终端选择不同的 PAD 参数值，从而能够接入多种类型的非分组终端。X.3 定义的 22 个 PAD 参数如表 5-11 所示。由每个参数的一种可选组合形成的一个数组称为 PAD 参数的轮廓值。由于每个 PAD 参数都有多个值可选，因此可形成多个 PAD 参数的轮廓值，存储在 PAD 中。每个轮廓值对应一种非分组终端，这样可避免为终端逐个设置参数值的麻烦。

表 5-11　X.3 定义的 PAD 参数

参数号	说　　明	参数号	说　　明
参数 1	使用一个字符转换 PAD 状态	参数 12	由起止式 DTE 执行的 PAD 流量控制
参数 2	回送	参数 13	回车之后插入换行
参数 3	数据转送信号	参数 14	换行填充
参数 4	空闲计时器	参数 15	编辑
参数 5	辅助设备控制	参数 16	字符删除
参数 6	PAD 服务信号控制	参数 17	行删除
参数 7	收到中止信号(Break)后 PAD 的操作	参数 18	行显示
参数 8	放弃输出	参数 19	编辑 PAD 服务信号
参数 9	回车之后的填充	参数 20	回送屏蔽
参数 10	折行	参数 21	奇偶处理
参数 11	二进制速率	参数 22	页等待

5.5.3 X.28 建议

X.28 规定了起止式 DTE 和 PAD 接口规程的四个过程:通路建立和拆除过程,业务初始化和字符交换过程,控制信息的交换过程,数据交换过程。

5.5.4 X.29 建议

X.29 是 PAD 和分组终端(PT)的接口以及 PAD 之间的接口。PAD 和 PT 通信的目的是传递二者之间的控制信息和用户数据。

PAD 通过轮廓值了解本地终端的一些特性和通信要求,并通过 PAD 告诉远端的 DTE 实施控制,必要时要修改本地 DTE 的 PAD 参数,使双方在协调一致的基础上开始两地 DTE 之间的数据交换。如果远端 DTE 也是一个 NPT,那么需要在本地 PAD 和远端 PAD 之间完成协调工作。因此,X.29 建议定义了在分组交换网中的两个 PAD 之间以及一个 PAD 和一个 PT 之间的交换控制信息和用户数据的过程。

X.29 定义的本地 PAD 和远端 PT(或 PAD)之间传送的 PAD 报文有:读写量 PAD 参数报文、参数指示 PAD 报文、差错 PAD 报文、指示中止 PAD 报文、清除虚电路 PAD 报文、重新选择 PAD 报文。X.29 规定了在交换网中传输的 PAD 报文必须使用 Q＝1 的数据分组,还规定了分组接口的细节和具体的 PAD 报文格式。X.29 是 X.25 的高层建议。

5.6 网络层协议

在 TCP/IP 网络中,IP 协议是最重要的协议,它是最直接和使用者打交道的协议,是整个 IP 协议族的核心协议,深入了解 IP 协议对于了解数据网络是非常重要的。在网络层,和 IP 协议密切相关的还有地址解析协议(ARP,Address Resolution Protocol)、逆地址解析协议(RARP,Reverse Address Resolution Protocol)、网际控制消息协议(ICMP,Internet Control Message Protocol)和网际组管理协议(IGMP,Internet Group Management Protocol)四个协议。

IP 协议在网络中的主要作用是在相互通信的设备上,彼此找到对方。IP 协议是一个无连接的协议,通信双方不需要进行握手、协商、连接等操作,这是 IP 通信技术的一个最重要的特点。由于不需要进行协商,信息从一点到另外一点进行传输就很难有保障,后来的许多技术都是为弥补 IP 协议的这个缺点而设计的。但在现代数据通信中,IP 协议传输不需要协商的特性简化了网络实现,具有很大的优越性和广泛的应用性。

5.6.1 IP 地址结构

1. 网络地址、主机地址和网关

连接在互联网上的计算机进行数据通信,首先要分析通信双方的 IP 地址。对这么多的 IP 地址笼统地进行分析,显然特别复杂,网络地址和主机地址概念的提出就是为了解决这个问题。

有同样多地址的还有电话号码,电话通信的解决方案是通过分级实现的。打一个国际长途电话需要先拨国家代码,然后是城市代码,最后是电话号码。国家代码决定了电话首先要路由到国际出口局,通过出口局到达目的国家,然后交给相应的城市,再根据电话号码的前几位决定路由到哪个交换机上,最后接通具体的电话。

解决 IP 地址的选路问题也可以采用类似的原理,但 IP 地址和电话号码的区别在于,IP 地址是和地理位置无关的,并且由于源和目的之间没有连接,每个数据报文要自己去找目的地。IP 地址通过划分网络地址和主机地址,使地址结构化更强,这就像电话号码的区号功能一样,若不拨"0"则说明是本地通话,若拨"0"则路由到长途局,IP 地址也采用了类似的方法。

目前所采用的 IP 协议版本为 IPv4,IP 地址共有 32 位、4 字节,由网络地址和主机地址组成。其中网络地址用于区分不同的网络,主机地址用于区分同一个网络中的不同主机。在 Windows 的网络属性中配置下列 IP 地址时,就实现了网络地址和主机地址。

- IP 地址: 10.110.158.75
- 子网掩码: 255.255.0.0
- 网关: 10.110.1.1

这表明,计算机的主机地址为 10.110.158.75,网络地址为 10.110.0.0,网络地址是通过主机地址和子网掩码按位进行"与"运算得到的。通过网络地址和主机地址的运用,IP 地址就成为了有层次的地址,网络设备在处理 IP 报文路由时就容易得多。在实际的网络中,网络地址一般由路由器处理,路由器把这个报文交给局域网,具体路由到哪一台计算机是局域网的内部事务,由局域网的机制实现处理。

网关的作用是为了实现网络地址和主机地址功能而派生出来的。以上面的地址为例,当你访问的设备地址为 10.110.X.X 时,由于网络地址是相同的,就在本网进行处理;当访问的网络地址前面两位不是 10.110 时,运算之后得到不同的网络地址,在本网中则无法找到这个设备,就把这个数据报文交给了网关。只有出网时才经过网关,在物理设备上,网关地址通常是出口路由器的端口地址。

2. IP 地址的分类

IP 地址共分为 A、B、C、D、E 五类。其中 D 类地址用于组播,E 类地址作为保留,还没有规定其用途;A、B、C 类是常用网络地址。通常,地址所属的类由前四位第一个"0"位的位置决定。

A 类地址首位为"0",有 7 位用于网络地址,24 位用于主机地址,最多可以拥有 2^{24} 个 IP 地址,适用于大型网络;B 类地址前两位为"10",14 位用于网络地址,16 位用于主机地址,最多可以拥有 2^{16} 个 IP 地址,适用于中型网络;C 类地址前三位为"110",有 21 位用于网络地址,8 位用于主机地址,最多可以拥有 256 个 IP 地址,适用于小型网络。

IP 地址分配中,有以下三个地址段被称为私有地址段:

$$10.0.0.0 \quad \text{——} \quad 10.255.255.255$$
$$172.16.0.0 \text{——} 172.31.255.255$$
$$192.168.0.0 \text{——} 192.168.255.255$$

私有地址段不能直接在 Internet 上进行路由,一般供企业内部组网时使用。若采用这种地址的计算机要访问 Internet,需要通过其他的方法,如地址转换、通过代理服务器等。私有地址的运用给网络建设者带来了极大的方便,因为它不需要向专门的机构申请,并且可以重复使用,非常有效地解决了公用 IP 地址空间比较小的问题。

3. 子网和掩码

由上述网络地址和主机地址的概念以及 IP 地址的分配可以发现:在 A 类地址中,每个网络中有多达 1 600 多万个主机地址,而在现实的网络中一个网络不可能这么大,也不可能有这么多台机器,因而这种方式是不合理的;同样,B 类地址和 C 类地址也存在这种情况。如果能更"精细"地划分网络,则 IP 地址利用率就会提高,网络地址的管理和设备处理就会更容易。

子网就是这种想法的具体体现,子网是大网中的小网。例如,一个公司可能是一个大网,每个办事处可能就是不同的子网。掩码是一个由连续 1 和连续 0 组成的 32 位二进制数,子网通过 IP 地址和掩码进行逐位"与"运算来实现。

从网络组织和路由的角度考虑,子网的引入增加了网络的数目,减少了主机的数目。以 B 类地址为例,前面的 16 位是网络地址,后面的 16 位是主机地址,可以将后面的 16 位主机地址"借"4 位给网络地址用,于是网络地址变成了 20 位,主机地址变成了 12 位,网络数目增加了,每个网络中主机的数目减少了。

根据对网络地址和主机地址概念的理解,网络地址的实现是一个 IP 地址和子网掩码"与"运算的结果。例如,一个 B 类地址可以通过与子网掩码相与的方法变成 C 类地址,这些 C 类地址就是子网。

对于 B 类地址 120.118.100.86,配置子网掩码 255.255.255.0,原本 IP 地址第 3 和第 4 个字节,不管是否相同都是在一个网络中,但现在子网掩码的第 3 个字节是 255,经过 IP 地址和掩码地址按位与运算后,第 3 个字节的差别也不能掩盖,一个 B 类的网络就被分割成为 256 个 C 类子网。

5.6.2 IP 数据包

传输层将数据交给 IP 协议后被打上 IP 包头,称为数据包,也叫做 IP 报文,是 IP 通信的基本单位。一个 IP 包头的固定部分正好 20 字节,图 5-39 描述了 IP 数据包的格式。

版本	报头长度	业务类型	总长度	标识	标记	段偏移	生存时间
协议	报头校验和	源地址	目的地址	IP选项	数据		

图 5-39　IP 数据包的格式

- 版本:版本号,目前使用的 IP 协议版本号为 4,将来有可能支持 IPv6。
- 报头长度:以 4 字节(32 位)为单位的报头长度。例如,IP 报头在没有选项的情况下其长度为 20 字节,则这个字段的值为 5;如果选项部分的长度不够 4 字节,则通过填充使其达到 4 字节的整数倍。报头长度的值永远为整数。
- 业务类型:总长度占 8 位。其中前面 3 位表示报文的优先级,000 表示最不重要,111 表示最重要;紧接着后面的 3 位分别表示延时、吞吐率和可靠性,如果为 100,则表示低延时、高吞吐率、高可靠性,这 3 个值只能有一个为 1,否则对于路由器来说就是相互矛盾的,无法进行处理;最后的 2 位没有定义。
- 总长度:表示 IP 报文的总长度,以字节为单位。
- 标识、标记、段偏移:这 3 个字段用于 IP 报文的分段和重组。IP 包要放在帧里面传输,但帧的大小不是随意的,每种帧有一个最大的值,叫做最大传输单元。如果 IP 包超过了帧所能承载的包的最大值,则需要将 IP 包进行分段,在目的地重新装配成为原来的报文,这就是分段与重组。分段之后除了第一个段,后面各段没有 IP 包头。在进行路由和重组时,需要这 3 个字段。
- 生存时间:为了防止 IP 报文在网络中无休止地传输而设置的字段。新生成的报文这个值为 255,每路由一次,这个值就减少"1",当这个值为"0"时,报文就被丢弃。通过生存时间可以防止循环转发报文。

- 协议:表示 IP 报文承载的上层协议的类型。
- 报头校验和:通过对头部的数据按 16 位相加,结果取反就得到校验和,IP 报文只提供了包头的校验,没有提供数据校验的方法。
- 源地址:发送者的 IP 地址。
- 目的地址:接收者的 IP 地址。
- IP 选项:用于网络测试、调试、保密等。

5.6.3　地址解析协议

数据的基本传输是数据链路层实现的,但数据路由的实现是在网络层完成的,那么层次之间是如何进行联系的就成为主要问题。要全面回答这个问题并不容易,因为不同的协议,不同的网络有不同的方法,但有一点是共同的,在网络中的路由信息必须转变成可被硬件地址区别的报文,具体的传送才能实现。以太网络中的地址解析协议和逆地址解析协议就是以太网中链路层和网络层沟通的工具。

地址解析协议(ARP,Address Resolution Protocol)完成的是 IP 地址到 MAC 地址的转换,MAC 地址是网卡的物理地址,在制造时被固化在网卡之中,计算机中每块网卡的 MAC 地址是不相同的,地址解析协议自动完成 IP 地址到网卡地址的转换。在计算机中将维持一个表格表明 IP 地址和 MAC 地址的对应关系,通信时通过查询这个表实现网络层和链路层的沟通。

ARP 是一个简单、实用的协议。当 IP 地址为 189.110.67.56 的主机在寻找 IP 地址为 189.110.58.69 主机时,第一步先通过发送广播包的方式,让所有的机器都听到它要找这台机器;第二步,189.110.58.69 告诉 189.110.67.56 对应的 MAC 地址是什么,在网络设备和机器中都将形成一个表记录所找到的结果;第三步,根据 MAC 地址和 IP 地址的对应关系进行数据封装,完成在链路层的通信。

5.6.4　逆地址解析协议

逆地址解析协议(RARP,Reverse Address Resolution Protocol)是一个和 ARP 过程正好相反的协议。ARP 是用 IP 地址找到 MAC 地址的过程,MAC 地址是物理存在的,但在通信中也有许多在初始化时没有 IP 地址的情况,这就需要用 RARP 进行工作。例如,在无盘工作站上,机器在启动时是通过 EPROM 从服务器上下载软件实现的,启动时没有 IP 地址。还有一种情况更为常用,就是在计算机中配置自动获得 IP 地址时,也可以使用 RARP。

尽管 ARP 和 RARP 是 MAC 层和 IP 层相互操作的两个相反的协议,但是在实现手段上却不能设计成完全相反的过程,在目的上也不是完全相反的,这反映出数据通信不同层次之间的职能和操作上的差别。

首先从目的上来说,ARP 是为了找到你要通信的目的地,RARP 则是为了得到 IP 地址。ARP 通过广播的方式被所有计算机听到,然后有一个计算机回答;RARP 要请求得到 IP 地址却不能向所有计算机发送,必须向特定的计算机进行请求,于是在 RARP 中必须有 RARP 服务器。

由上述可见,RARP 发送的请求帧和应答帧与 ARP 有基本相同的结构,不同的是在请求帧中 MAC 地址的目的地址不是广播地址而是 RARP 服务器的地址。其请求帧的 IP 包头源地址是空的，目的地址是 IP 层的广播地址，RARP 服务器在应答时则给出了 IP 地址。

5.6.5　控制报文协议

IP 数据报的传送不保证不丢失，也不能保证 IP 报文一定能够到达。万一到达不了或者出现什么问题时，需要一个机制告诉相应的设备。在网络层使用网际控制报文协议（ICMP，Internet Control Message Protocol）完成这项功能。ICMP 允许主机或路由器报告差错情况或提供有关异常情况的报告。但 ICMP 不是高层协议，它仍是网络层协议。ICMP 报文作为互连网层数据报的数据，加上数据报的首部，组成 IP 数据报文发送出去。IC-MP 报文的格式如图 5-40 所示。

类型	代码	校验和	数据区（可变长）

图 5-40　ICMP 报文格式

类型和代码的作用是标识 ICMP 报文起什么作用，以类型信息为主，代码信息解释原因。例如，在类型信息中标识这是一个目的地不可达的地方，代码部分就标识到底是哪个位置不可达，或者不可达的原因。常用的类型代码如表 5-12 所示。

表 5-12　常用类型代码

类型代码	说　　明
0	Echo（回送）回答
3	目的地不可达
4	源站抑制
5	改变路由
8	Echo 请求
11	数据报的时间超过
12	数据报的参数有问题
13	时间戳请求
14	时间戳回答
17	地址掩码请求
18	地址掩码回答

ICMP 在网络中的主要作用如下。

（1）差错报文：包括目的地不可达报告、超时报告和参数出错报告，路由器和通信终端通过这些 ICMP 报文给出的情况处理网络的差错。

（2）控制报文：主要控制网络的流量和对数据路由重定向。控制报文是必需的，例如在网络中，当某个速率较高的源主机向另一个速率较慢的目的主机（或路由器）发送一连串的数据报时，就有可能使速率较慢的目的主机产生拥塞，因而不得不丢弃一些数据报。通过高层协议，源主机得知丢失了一些数据报，就不断地重发这些数据报，这就使得本来就已经拥塞的目的主机更加拥塞。在这种情况下，目的主机就要向源主机发送 ICMP 源站控制报文，使源站暂停发送数据报，过一段时间再逐渐恢复正常。

（3）路由重定向报文：是主机和路由器之间交换信息的途径。当主机连接多个出口路由器时，哪条路是最佳路径，主机起初并不知晓，当路由器检测到数据包不是沿着最佳路径进行传输时，通过发送 ICMP 包重新定向报文。

（4）回应请求报文：常用的 Ping 命令检测网络是否连通，就是一个 ICMP 请求/应答报文。

本章小结

协议是网络进行数据交换而建立的规则、约定或标准。将网络结构模型和分层协议的集合定义为网络的体系结构。

分层是将从物理连接到具体应用的全部问题分成许多小模块来解决,自下而上分成若干层,每层都使用由较低层提供的有意义的服务,同时该层又为较高层提供所定义的服务,高层依靠低层交换数据。

OSI 是开放系统互连模型的简称,是国际标准化组织制定的正式标准。OSI 共分 7 层:物理层、数据链路层、网络层、传输层、会话层、表示层和应用层。

物理层是建立在通信传输介质基础上,实现系统与传输介质的物理连接接口,它为数据传输所需要的物理连接的建立、保持、释放提供机械、电气、功能和规程特性,连接是指 DTE 与 DCE 之间的连接。本章着重介绍了 V.24、X 系列及 G.703 建议等。

数据链路层又称链路层,该层的主要目的是将一条原始的、有差错的物理线路变为对网络层无差错的数据链路。常用的数据链路层协议有面向字符的链路控制规程和面向比特的链路控制规程。PPP 是近年来最常用的一种链路层协议,它由 LCP、NCP、PAP、CHAP 等协议组成。

对于面向字符的链路控制规程,本章主要介绍了基本型传输控制规程。它以字符作为传输信息的基本单位,其中规定了 10 个字符用于传输控制,并规定了数据传输格式。面向字符的链路控制规程存在许多局限性,它主要适用于中/低速率、半双工的异步/同步数据传输。

对于面向比特的链路传输控制规程,本章主要介绍了目前应用最为广泛的 HDLC。它的基本单位是比特,数据比特组成统一的帧格式进行传输。HDLC 规定了帧的结构,控制字段的格式和参数,以及 3 种操作和非操作方式,定义了各种命令和响应以及链路的操作过程。

X.25 建议是关于用专用电路连接到公用数据网上的 DTE 和 DCE 之间的接口标准。它实质上规定了用户终端和网络之间的协议,全面反映了分组网的外部特征。X.25 定义了三层通信协议:物理层、数据链路层和分组层。物理层采用 X.21 和 X.21bis 建议;数据链路层采用 HDLC 的子集——LAPB 规程;分组层采用不同的分组头,建立和释放虚呼叫以及传输数据。

PAD 是分组装拆设备,其作用是将非分组终端也能接入到分组网中,也即进行协议转换。PAD 相关建议有 X.3、X.28 和 X.29。

网络层协议是网络的核心协议,主要涉及 IP 地址结构、IP 数据包、地址解析、控制报文格式等内容。

思考与练习

5-1　试画出 OSI 参考模型,并简述各层功能。

5-2　试说明用户 A 与用户 B 进行数据交换时,从用户 A 应用层到用户 B 应用层的通信过程。

5-3　物理层的基本功能有哪些?

5-4　物理层协议中规定的物理接口的基本特性有哪些? 并说明其基本概念。

5-5　物理层协议有哪些?

5-6　什么是数据链路? 数据链路传输控制规程的功能有哪些?

5-7　叙述数据链路控制规程的分类方法。

5-8　试画出基本型传输控制规程中信息报文的基本格式。

5-9　在基本型控制规程中为了能透明传输,采用什么措施?

5-10　试画出 HDLC 的帧结构,并说明各字段的含义。

5-11　HDLC 中对一帧中的哪些字段要进行"0"比特插入后传送? 若已知 I 字段的内容为 01110111110111110011111100,试给出"0"比特插入后的比特序列。

5-12　与基本型控制规程比较,HDLC 的主要特点有哪些?

5-13　在图 5-25 中,若 B 站发送的序号为 3 的 I 帧(S=2)传送出错,试给出该差错的恢复过程。

5-14　X.25 建议分哪几层? 各层的协议是什么?

5-15　试画出 X.25 建议分组层中分组头的格式,并加以说明。

5-16　假设 DTE-A 与 DTE-B 之间经过交换机 A 和交换机 B 进行数据通信,试简要说明虚电路的建立和释放过程。

5-17　分组交换网中为什么要使用分组装拆设备(PAD)? PAD 有哪些建议? 它们各自包含什么内容?

5-18　什么是 X.3 建议?

5-19　什么是 X.28 建议?

5-20　什么是 X.29 建议?

5-21　PPP 由哪几个具体协议组成?

5-22　通常 IP 地址的格式是什么? 它一般分成几类?

5-23　画出 IP 数据包的格式。

5-24　什么是 ICMP? 其作用是什么?

第6章 数据信号的同步

数据信号的同步是指在数据通信系统收、发两端的信号间建立起时间上确定的关系。本章将对数据通信中同步的基本概念、基本原理以及技术进行讨论,使读者对位同步、群同步和网同步的原理与技术有基本的了解。

6.1 概述

6.1.1 同步的概念

在信息交互的通信中,各种数据信号的处理和传输都是在规定的时隙内进行的。为了使整个数据通信系统有序、准确、可靠地工作,收、发双方必须要有一个统一的时间标准。这个时间标准就是靠定时系统去完成收、发双方时间的一致性,即同步。

同步是实现信息传输的关键。同步性能的好坏将直接影响通信质量的好坏,甚至会影响通信能否正常进行。因此,在数据通信系统中,为了保证信息的可靠处理和传输,要求同步系统应有更高的可靠性。

6.1.2 不同功用的同步

按照同步的功用来区分,通信中有载波同步、位同步、群同步和网同步等4种。

1. 载波同步

在频带传输系统中,接收方若采用相干解调的方法,从接收的已调信号中恢复原发送信号,则需获取与发送方同频同相的载波,这个过程称为载波同步。可以说,载波同步是实现相干解调的先决条件。

2. 位同步

位同步又称比特同步、码元同步等。在数据通信系统中,数据信号最基本的单元是位(或码元),它们通常均具有相同的持续时间。发送端发送的一定速率的数据信号,经信道传输到接收端后,必然是混有噪声和干扰的失真了的波形,为了从该波形中恢复出原始的数据信号,就必须对它进行取样判决。因此,要在接收端产生一个"码元定时脉冲序列",其频率和相位要与接收码元一致,我们把接收端产生与接收码元的重复频率和相位一致的"定时脉冲序列"的过程称为位同步,"定时脉冲序列"被称为位同步脉冲。

3. 群同步

群同步又称帧同步。在数据传输系统中,为了有效地传递数据报文,通常还要对传输码元序列按一定长度进行分组、分帧或打信息包。这样,接收端要准确地恢复这些数据报文,就需要知道这些组、帧、包的起止时刻。接收端获得这些定时序列的过程,称为群同步。

4. 网同步

在数据通信网中,传送和交换的是一定传输速率的比特流,这就需要网内各种设备具有相同的频率,以相同的时标来处理比特流。这就是网同步的概念。所谓网同步,就是网中各设备的时钟同步。

在本章中,我们主要介绍位同步、群同步和网同步。

6.2 位同步

由前面讨论可知,位同步需要在接收端产生一个"码元定时脉冲序列",这个码元定时序列的重复频率和相位(位置)要与接收码元一致。具体来说,对位同步信号的要求有两点:

(1) 码元的重复频率要求与发送端码元速率相同;

(2) 码元的相位要求对准最佳接收时刻,也即最佳抽样判决时刻。

位同步的方法有插入导频法(外同步法)和自同步法,还可以用专门传递时钟的信道传输同步信号。

6.2.1 插入导频法

如果信道中传输的是不归零码,则在信号的频谱中是不含有离散定时频率分量或其谐波的,也就无法直接从信号中提取位定时信号。解决的办法之一是插入导频法。

插入导频法的基本思想是在被传输的数据信号频谱中插入位同步导频,接收端将其提取出来作为收端的位定时信号。例如,双极性码的功率谱密度如图 6-1(a)所示,此时可以在 f_b(码元的重复频率)处插入位定时导频。如果信号经过相关编码,则其频谱的第一个零点在 $f_b/2$ 处,插入导频也应在 $f_b/2$ 处,如图 6-1(b)所示。

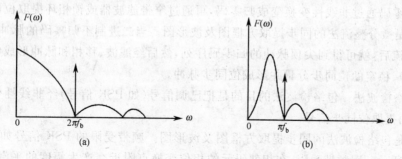

图 6-1　插入导频的功率谱密度

图 6-2 为位定时导频接收方框图。从这个方框图中可直接提取图 6-1(a)所示频谱中的位同步信号。对于图 6-1(b)所示的频谱,接收端提取出插入导频 $f_b/2$ 后,再进行二倍频即得到位同步信号。

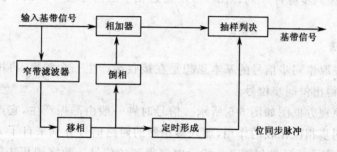

图 6-2　位定时导频接收方框图

为了避免导频对信号判决的影响,要求导频插入法的输入端对导频相位的安排有如下关系:当信号为正、负最大值(即取样判决时刻)时,导频正好为零点,输出端提取位定时信号时,通过图 6-2 中的倒相和相加器消除导频对信号判决的影响。

插入导频法的另一种形式,是使数据信号包络按位定时信号波形变化。在第 3 章讲到的 PSK 和 FSK 信号都是等幅波,因此可将导频调制在它们的包络上,接收端只要经过包络检波后,就可以形成位定时信号。

在一些数据通信系统中,也常采用时域插入位同步的方法来实现系统的位同步。位同步信号和数据信号分别被分配在不同的时间内传送。接收端用锁相环路提取定时信号并保持它,就可以对随即而来的数据信号进行处理。

6.2.2 直接法

直接法是发送端不用专门发送同步导频信号,接收端直接从所接收到的数据信号中提取位同步信号的位同步法,包括滤波法和数字锁相法。

1. 滤波法

如果传输的数据信号频谱中含有离散定时频率分量或其谐波,就可直接通过窄带滤波器提取。如果信号中无定时频率分量或其谐波,除用插入导频法提取载波外,还可对这类信号进行适当的非线性变换,使其出现离散的位同步分量,然后用窄带滤波器或锁相环提取,得到位同步信号。

(1) 微分整流法 一般归零码中含有离散定时频率分量或其谐波,因此微分整流法的目的是把不归零码通过非线性变换变成归零码,再通过窄带滤波器或锁相环提取位同步信号。

图 6-3 是微分整流法的同步提取方框图及波形图。当二进制不归零码的脉冲序列通过微分和全波整流后,就可得到尖顶脉冲的归零码序列,然后经滤波、移相和脉冲形成电路,滤除干扰,提取纯净、稳定的位同步分量并形成位同步脉冲。

(2) 包络检波法 包络检波法的目的是把已调信号(如 PSK 信号)经非线性变换后,变成归零码,从而提取位同步信号。

图 6-4 是包络检波法的同步提取方框图及波形图。频带受限的 PSK 信号如图 6-4(b)的第一个波形所示。因频带受限,在相邻码元的相位变换点附近会产生幅度的平滑"陷落"。经包络检波后,可得图 6-4(b)第二个波形。如果用一直流与这第二个波形相减就得到图 6-4(b)的第四个波形,它是个归零码,含有位同步信号,经滤波、脉冲形成后便得到位同步脉冲序列。

(3) 延迟相干法 延迟相干法的目的是经延迟 τ 的两路 PSK 相乘后,通过基带提取得到归零码,从而获得位同步脉冲序列。图 6-5 是延迟相干法的原理方框图和波形图。其中要求 $\tau < T_b (T_b = 1/f_b)$。

2. 数字锁相法

数字锁相法提取位同步信号的基本思想是在接收端产生一个频率,再用接收到的码元对它进行校准,最后得出位同步位号。

数字锁相法原理方框图如图 6-6 所示。信号时钟一般由晶振产生,它产生 nf_b 频率。鉴相器起到一个位同步相位比较的作用,加入鉴相器的两路信号分别来自于 n 分频器和输入数字信号,输入数字信号是经类似图 6-3 所示电路得到的信号。数字锁相法的具体工作过程可用图 6-7 所示的波形图加以说明。每当控制器输出 n 个脉冲时,分频器就输出一个脉冲加到

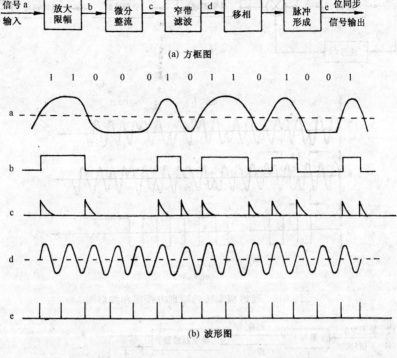

图 6-3　微分整流法的同步提取方框图及波形图

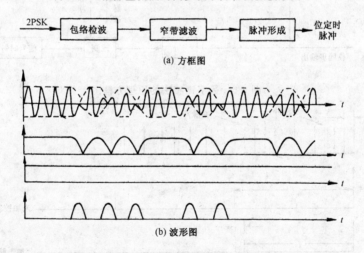

图 6-4　包络检波法的同步提取方框图及波形图

鉴相器并作为位同步输出。如果位同步相位与输入数字信号的相位在误差范围内,就认为此时分频器输出的就是位同步信号;如果鉴相器相位比较结果是分频器输出序列相位滞后输入数字信号相位,则控制电路会在信号时钟输出脉冲序列之间加入一个脉冲,使通过 n 分频后输出前移;若鉴相器比较结果是超前,则控制电路会把信号时钟脉冲减去 1 个,使 n 分频输出后移。前移或后移的调整可能要进行多次,直到鉴相器输出在相位误差范围内。图 6-6 中数字滤波器的作用是滤除噪声对环路工作的影响,提高环路的抗干扰能力,使相位校正的准确性更高。

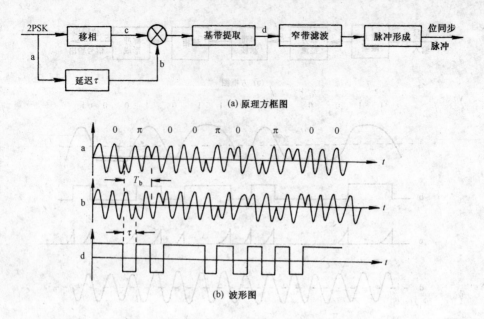

(a) 原理方框图

(b) 波形图

图 6-5　延迟相干法的原理方框图和波形图

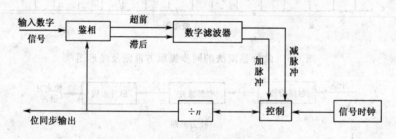

图 6-6　数字锁相法的原理方框图

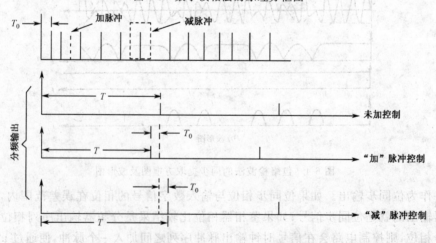

图 6-7　数字锁相法的工作过程

6.2.3　位同步的性能指标

位同步信号的性能指标有相位误差、同步建立时间、同步保持时间和同步带宽。对位同步信号的要求是相位误差尽量小,同步建立时间尽量短,同步保持时间尽量长和同步带宽满足一定的范围。

6.3 群同步

6.3.1 群同步的帧格式

位同步是对接收信号码元到达时刻进行估计的问题,是群同步和网同步的基础。群同步是对接收的数据信号进行正确的分组,也即要知道一群(或一帧、一组)信号头尾位置,它一般是通过数据格式的特殊设计来完成的。前面提到的同步传输方式和异步传输方式都是群同步。

在采用同步通信方式的数据通信系统中,群同步是采用插入一些特殊字符或比特组合来区分一群数据信号的,其主要方法有利用规定的字符建立群同步和利用规定的比特组合建立群同步。利用规定的字符建立群同步与第 1 章所讲同步传输方式相同。利用规定的比特组合建立群同步的群结构与 HDLC 的帧结构相同,一个特殊的比特组合标志着一个群的开始和结束,数据字段长度不定,通常是 8 比特的整数倍。在 HDLC 中标志序列为 01111110。

6.3.2 群同步的工作过程

群同步的工作过程包括同步建立和同步保持,同步建立又称同步搜捕。传统的同步搜捕方法有逐位调整法和预置启动法。

逐位调整法的工作过程如下:

(1) 接收端的本地帧状态停顿一个节拍,使本地帧相对于接收帧延迟一步。

(2) 检查本地帧相对于接收帧状态相位的关系。若相位关系被确认,搜捕结束,进入同步保持状态;若相位关系不符合要求,再重复(1)。如此重复,直至达到同步状态为止。

预置启动法的工作过程如下:

(1) 在失步状态下,帧定位信号识别器监视接收信号,如果识别出接收信号中有帧定时信号码型,立即输出一个帧标志脉冲去启动产生本地帧结构。

(2) 随后在一个确定检验周期内,检查本地帧状态与接收帧状态的相位关系。若相位符合要求,结束搜捕,进入保持状态;若不符合相位关系的要求,重复上一步。如此重复,直至同步状态为止。

逐位调整法与预置启动法比较,前者适合于误码较严重的场合,此时平均搜捕时间短;后者适合于误码不太严重的场合,平均搜捕时间要比前者较短。

6.3.3 群同步的性能指标

群同步的性能指标有漏同步概率 P_1、假同步概率 P_2 和群同步平均建立时间 t_s。假同步是指在数据信号中,可能出现与要识别的帧定时码型相同的码组,而被误认为同步的现象。漏同步是指由于干扰影响而使帧定时码型组中一些码元发生错误,而使漏识别帧同步的现象。在群同步系统中,要求 P_1 和 P_2 应尽量小,平均建立时间 t_s 尽量短。

6.3.4 群同步系统的抗干扰设计

为了减小 P_1 和 P_2,群同步应设计具有抗干扰的群同步状态保护电路。群同步保护电路工作时分为两个状态:同步建立和同步保持。在同步建立过程中,P_2 较大,此时保护电路需连续接收到规定次数的帧定时码组且与本地群码一致,才认为同步建立。同步建立后,转入同步保持状态,为防止漏同步,只有当保护电路连续接收不到规定次数的帧定时码组时,才认为失步,转入同步建立状态。这样使得 P_1、P_2 减小,提高了同步的可靠性,增加了群同步系统的抗干扰能力。

6.4　网同步

对数字、数据通信网来说,要保证各节点之间可靠地通信,必须在网内建立一个统一的时间标准,称为网同步。或者说,网同步的任务是保证通信网中各个站都有共同的时钟信号。

网同步的方法主要有两大类:全网同步系统和准同步系统。全网同步系统是使网内各站的时钟频率和相位都相同,即在网内各站的时钟彼此同步。实现这类网同步的主要方法有主从同步法和相互同步法。准同步系统又称独立时钟法,它是在各站均采用相互独立的高稳定性时钟,只要网中各数据支路比特流速率的偏差在一定的容许范围内,就可以用交接设备来调整各支路数据流的速率,使它们变为相互同步的数据流。实现这类网同步的主要方法有码速调整法和水库法。

6.4.1　全网同步系统

全网同步系统是通过频率控制系统去控制各交换站的时钟而使它们达到同步的,同步的各站在频率和相位上都保持一致。

1. 主从同步法

主从同步法是在通信网内设立一个主站,装备有高稳定度的时钟,产生网内的主基准时钟频率,再将该频率逐站传送至网内的各个站。

主从同步网主要由产生主基准时钟的主站 M、传送同步信号的链路及从站 $S_i(i=1,2,\cdots,6)$ 组成,如图 6-8 所示。各站的时钟频率都直接或间接地来自主基准时钟源,所以网内的时钟频率相同。各从站的时钟频率通过各自的时钟调整电路来保持与主站的时钟频率一致。各从站还设有为补偿主基准时钟传输时延的时延调整电路,这样各站的频率相位可以始终保持一致。

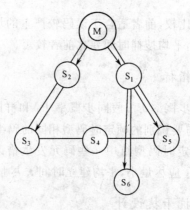

图 6-8　主从结构时钟

还有一种主从同步方式,称为等级主从同步方式,如图 6-9 所示。它与图 6-8 所不同的是,全网所有的交换站都按等级分类,其时钟都按照其所处的地位水平分配一个等级。

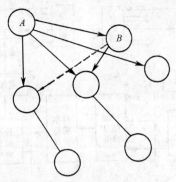

图 6-9　等级主从结构时钟

主从同步方式的优点是容易实现,设备简单。但对于图 6-8 来说,只要主站主基准时钟频率源发生故障,全网各从站将逐渐失去同步而无法工作;同样,当某一中间站发生故障时,其后面的站也将无法工作。而图 6-9 所示的等级主从方式可以部分地改善这种情况,当主站的时钟源发生故障时,可由副时钟源替代,通过图 6-9 中虚线所示通路供给时钟,但电路较复杂。

2. 互控同步法

互控同步法在全网中不设特定的主站和时钟基准,网内每一个站的本地时钟都通过锁相环路受所有收到的外来信号流中的定时信息共同加权控制。由于全网各站时钟的相互作用和相互影响,只要网络参数选择合适,就可将各站的时钟频率都调整到一个稳定的网络频率上去,实现全网的同步。

互控同步法的主要优点有:

(1) 当网中某站发生故障时,受相互控制的作用,网络频率将平滑地过渡到一个新的值,提高网络灵活性和可靠性;

(2) 设备费用低,主要是免去了高频率稳定度的时钟;

(3) 能较好地适应分布网络结构。

互控同步法的主要缺点是每一站的设备都比较复杂。

6.4.2　准同步系统

1. 码速调整法

码速调整法是准同步系统方法的一种,它是在系统中的各站分别使用高稳定度的时钟,不受其他站的控制,它们之间的时钟频率允许有一定容差;送到各站的信码流首先进行码速调整,使它们变成相互同步的数码流。

码速调整可分为正码速调整、负码速调整和正/负码速调整三种。其中正码速调整应用最为广泛,其含义是使调整后的速率比任一支路可能出现的最高速率还要高。由于它是通过对每一支路塞入无信息脉冲的方法来提高码速的,故又称塞入脉冲法。

一个支路的正码速调整的原理方框图如图 6-10 所示。

在图 6-10 中,发端将支路数码流调高到支路标准速率,具体做法是:支路数码流以 f_i 的速率写入缓冲寄存器,缓冲寄存器以合群器提供的标准时钟速率 f 读出。f 与 f_i 之间满足 $f = f_{imax} + \Delta f$,即 $f > f_i$,在缓冲存储器上表现出写入慢、读出快的现象。为防止缓冲存储器被

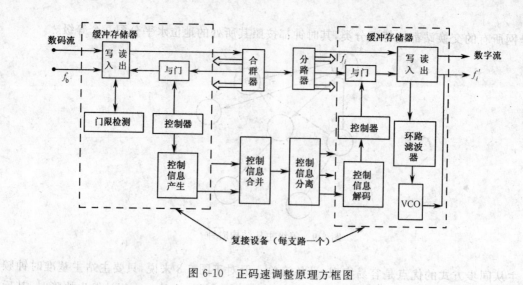

图 6-10 正码速调整原理方框图

"取空",设置了一个门限检测器,在临近"取空"之前,由门限检测器发出码速调整请求信号给控制器,控制器产生控制指令,使此时不输出读出数码并由与门电路输出来补充(塞入)。当各支路都经以上所述调整后,它们的速率和相位就达到一致了,从而实现同步。接收端实现发送端的逆过程,将支路标准速率还原成原支路速率。具体做法是每一支路信码以 f_b 速率写入接收端的缓冲存储器,每当收到发送端发送过来的塞入控制指令,通过控制器禁止脉冲,使各支路塞入脉冲不再写入缓冲存储器,这样就能以 f_i 读出码流,从而恢复原支路信息。

负码速调整的原理与正码速调整类似,但调整后的速率 f_i 比各支路可能出现的最小速率 f_{imin} 小。由于缓冲存储器写入快、读出慢,就造成输入脉冲序列中来不及输出脉冲暂存在缓冲存储器中,随着时间推移,缓冲存储器就会有"溢出"的危险。为防止溢出,在负码速调整器中,也会有控制器并产生控制指令,使缓冲存储器暂停输入 1 位,而接收端在收到控制指令时就会送一个脉冲输入到脉码序列中去,恢复原有的速率。

正/负码速调整法是上述两种方法的混合使用,缓冲存储器的输出(读出)速率 f 取各支路输入速率 f_i 的算术平均值。这样,对速率高的支路,采用正码速调整法;对于速率低的支路,采用负码速调整法。

码速调整法的主要优点是网络各站可以工作于准同步状态,各自时钟之间相互独立,不需要统一的时钟,也不需要时钟间的互控和传递,所以使用灵活、方便。这对大型通信网有着重要的实用价值。码速调整法的主要缺点是有相位抖动,必须采取克服措施,否则会影响传输质量。

2. 水库法

水库法通过在网络各站中设置极高稳定度的时钟源和大容量的缓冲存储器,使得很长时间间隔内不会发生"取空"或"溢出"现象。因为容量足够大的缓冲存储器就像水库一样,很难抽干或灌满,因此这种方法又称水库法。

水库法进行计算的基本公式如下:

$$Tf = \frac{n}{S} \tag{6-1}$$

式中,T 表示缓冲存储器发生一次"取空"或"溢出"现象的时间间隔,n 表示缓冲存储器的位数,f 是缓冲存储器的读出频率,S 为相对频稳度。举例说明:设 $f = 512\,\mathrm{kb/s}$,$S = 10^{-9}$,$T = 24$ h,则利用式(6-1)得

$$n = STf = 10^{-9} \times 24 \times 3\,600 \times 512\,000 \approx 45$$

这么大容量的设备并不难实现。如果采用更高稳定度的时钟源，就可在更高速率的数字通信网中采用水库法进行网同步。采用水库法要求每隔时间 T 对同步系统进行一次校准。

本章小结

数据信号的同步是指在数据通信中收、发两端的信号间建立起时间上确立的关系。同步可分为载波同步、位同步、群同步和网同步。

位同步是指在接收端产生一个与接收码元序列在重复频率和相位上一致的"码元定时脉冲序列"的过程，其主要方法有插入导频法和直接法。

群同步是指在接收端产生与"组"、"帧"或"信息包"的起止时刻相一致的定时脉冲序列的过程。群同步在异步传输方式中采用起止式，在同步传输中利用规定的字符建立群同步和利用规定的比特组合建立群同步。

网同步是网内建立统一时间标准的过程。实现网同步的方法有全网同步和准同步。全网同步系统中有主从同步法和互控同步法，准同步系统中有码速调整法和水库法。

思考与练习

6-1 为什么在数据传输系统中要采用同步技术？

6-2 什么是位同步？说明在数据通信系统中实现位同步的必要性。

6-3 在数据通信中，除了位同步外，为什么还需要群同步和网同步？

6-4 试述同步传输方式和异步传输方式之间的区别以及各自的优缺点。

6-5 若采用串行传输、起止式同步方式，起始位 1 位，停止位 1 位，数据位 8 位，画出 A（ASCII 编码为 41H）、B（ASCII 编码为 42H）的波形图。

6-6 简述位同步的方法及应用场合。

6-7 对位同步的两个基本要求是什么？

6-8 用插入导频法进行位同步，发端相位怎样确定？收端怎样防止位定时导频对信号的干扰？

6-9 设有如图 T6-1 所示的基带信号，经过一个带限滤波器后会变成带限信号，试完成以下工作：

（1）画出从该带限基带信号中提取位同步信号的原理方框图；

（2）解释该电路的工作原理；

（3）画出电路各主要点的信号波形图。

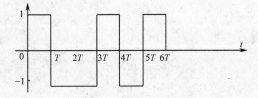

图 T6-1

6-10 简述同步传输方式中群同步的方法,画出两种群同步的帧结构示意图。

6-11 如何改善群同步系统的可靠性,使假同步概率和漏同步概率尽量小?

6-12 试述本章介绍的几种网同步的主要优缺点。

6-13 设一个数字通信系统采用"水库法"进行码速调整,已知数据率为 8.192 Mb/s,缓冲存储器 $n=100$,时钟频稳度为 10^{-10},计算应隔多长时间校正一次同步系统。

第7章 数据通信设备

数据通信系统或网络要完成数据的传输,必须有一系列相对应的硬件设备。本章主要从功能、类型及标准等方面对数据通信的终端设备、网络设备及传输设备进行介绍。

7.1 终端设备

终端设备是指能够向数据传输网络发送和接收数据的硬件设备,通常也称为通信终端或终端,也就是通常所说的 DTE。终端设备通常与用户直接打交道,是用户接触和使用最多的设备。数据通信中最常见的终端设备就是计算机,它既可以发送数据,又可以接收数据。

7.1.1 终端设备输入信息的方式

人们在进行数据传输时,首先要通过终端设备把要传输的数据输入到传输系统中去。输入信息的方式一般有以下 3 种方式。

(1) 直接输入:即使用者直接通过操作键盘、光笔、鼠标、按钮、受话器、电传打字机等设备来输入信息。直接输入方式是人们在传送较少数据量时常用的一种形式,如在向某人发送简要的电子邮件或在网上聊天时,可以直接通过计算机键盘键入信息。

(2) 通过中间媒介输入:即先将要传送的数据记录(存储)在纸带、纸张、穿孔卡、纸卡片、磁卡、磁带、磁盘等媒介上,然后借助于纸带输入机、传真机、卡片输入机、磁卡阅读器、磁带机、磁盘机、扫描仪等设备把信息再输入到网络中去的一种方式。当要传送的信息较多时,常常采用此方式。

(3) 通过检测装置输入:即通过各种传感器件、光敏/热敏器件、各种模数转换(A/D)装置,以及遥控遥测设备等,检测某些物理量,再经过采样、量化、数据处理等过程而形成数据,最后送入传输系统。例如在远程遥测遥控系统中,通过各种传感器件和检测器件可以检测出温度、压力、流量、位移、方向、速度等物理量。

无论是通过中间媒介输入信息,还是通过检测装置输入信息,都属于间接输入信息的方法。在数据通信系统中,信息的输出形式与输入形式相似,也有三种输出形式:直接输出,如通过显示器、语音设备等直接向操作者的视觉或听觉器官输出信息;通过磁盘机、打印机等设备把信息存储在媒介中;通过一系列处理与变换,使输入信息转换成为相应的物理量,由控制执行机构对原物理量实行控制。

7.1.2 终端设备的组成和功能

终端设备通常由与用户接口的输入输出设备、设备控制器和传输控制器组成,如图 7-1 所示。在简单的终端设备中,设备控制与传输控制两部分常常合为一体;而在一些复杂的智能终端中,它们之间通过规定的标准相互连接,传输控制部分具有程序控制和处理功能。

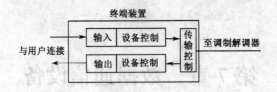

图 7-1 终端设备的组成

归纳起来,终端设备的主要功能如下:

(1) 完成信息的输入和输出;

(2) 进行线路连接;

(3) 进行传输控制;

(4) 对信息进行编码和译码;

(5) 进行差错控制及校验;

(6) 对信息进行缓冲和存储。

7.1.3 终端设备的分类

随着信息社会的不断发展,终端设备越来越多。高速化、多功能化、智能化、小型化和专用化成为终端设备的发展趋势。常见的终端设备有以下几种。

1. 通用终端

通用终端按其用途可分为打印类终端、显示类终端和识别类终端。由于这些设备在日常生活中被广泛使用,仅简要归纳如下:

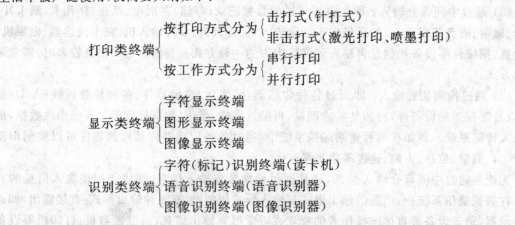

2. 复合终端

复合终端是一种面向某种应用业务,能按需配置输入/输出设备,而且终端本身还可以进行相关信息处理的设备。面向应用的复合终端种类繁多,如销售终端、信贷终端、票务终端、银行事务终端、仿真终端、远程批作业终端等。

3. 智能终端

智能终端是一种带有微处理器的高级终端,它不仅可以输入、输出信息,还可以具有存储、处理、控制数据信息的功能。

智能终端的一般结构框图如图 7-2 所示。在图 7-2 中,微处理器单元(MPU)是智能终端的核心,它具有算术/逻辑运算、中断控制、直接存储器访问(DMA)等功能。MPU 通常由固化在只读存储器(ROM)中的程序来进行控制与管理。用户程序及随机数据放置在随机存储器(RAM)中。FIO为高速输入输出设备,它与系统的连接是采用DMA的工作方式。输入/输出接口(IOA)是用来连接低速输入/输出设备的,这些设备的型号和规格与所面向的业务有关。CMA是通信接口,通常它是可编程的。

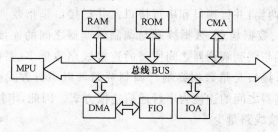

图7-2 智能终端的结构

智能终端通常都具有人机交互功能,以及本机数据处理与存储功能,还具有与多种通信网络互相兼容的能力以及自诊断能力。

4. 虚拟终端

所谓虚拟终端,是指计算机支持各种各样实际终端的过渡终端或标准终端,它的原理方框图如图7-3表示。由图7-3可知,虚拟终端要与计算机相连接,一般采用标准接口;而虚拟终端与实际终端相连接时,需将实际终端映像到虚拟终端,这种标准虚拟终端可用一种典型的应用程序来实现。显然,各种各样的实际终端一旦经过这种映像处理,对网络来说就都成为统一标准的终端了。这样就解决了一个计算机通信网无法支持各式各样终端的问题。有了虚拟终端和计算机系统能支持这种虚拟终端的应用程序,可使数据终端设备与网络的连接变得更加方便和简化。

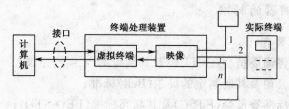

图7-3 虚拟终端的原理方框图

7.2 调制解调器

调制解调器(Modulator and Demodulator,即Modem)是数据通信系统中一种常见的设备。在利用模拟信道进行数据通信时,必须在数据终端设备与信道之间接一个Modem。

调制解调器的原理在第3章已经进行了介绍,下面仅从Modem的功能、标准、分类、选择及新技术方面加以介绍。

7.2.1 调制解调器的功能

调制解调器(Modem)的硬件由数据终端接口、线路接口和调制解调部件三部分组成。

数据终端接口的主要功能是完成数据终端与调制解调器之间的连接。这种连接包括两部分:一是数据终端与调制解调器之间的电气连接,指数据终端与调制解调器之间连接的电路类型(电位信号或脉冲沿信号)和信号特点(脉冲占空比、电平大小、脉冲前沿或脉冲后沿);二是数据终端与调制解调器之间的逻辑连接,指数据终端与调制解调器之间各种信号的功能定义及相互之间的逻辑关系,通过这种逻辑连接,使调制解调器在数据终端的控制下,完成相应的逻辑功能。

数据终端接口分为两类:并行接口和串行接口。并行接口是指数据终端与调制解调器以并行方式变换控制信息、数据信息,数据终端与调制解调器之间的连接为总线连接方式。因此,并行接口在数据终端与调制解调器之间所需的连接线路数量多(需要连接控制总线、地址总线和数据总线)。串行接口是指数据终端与调制解调器以串行方式交换控制信息、数据信息,数据终端与调制解调器之间的连接为串行通信连接方式。因此,串行接口在数据终端与调制解调器之间所需的连接线路量少。

调制解调部件是调制解调器的核心,其主要功能是完成数据信号和模拟信号之间的转换。数据终端内部处理的信息均为数据信号,数据信号不能直接在类似电话型线路上直接传输,需要转成模拟信号,再送入线路中传输,这一过程称为调制。在接收端,沿线路传过来的模拟信号,不能直接送给数据终端处理,需要转换成数据信号,再交数据终端处理,这一过程称为解调。调制解调部件除完成数据信号和模拟信号之间的转换外,还要完成扰码、解扰码、信道分割、线路均衡、指示工作状态等功能。

线路接口的主要功能是完成调制解调器与线路之间的转换。以电话型线路为例,其接口的功能包括调制解调器内部不平衡电路与平衡型电话线路之间的转换,调制解调器内部四线电话线路与二线电话线路之间的转换,识别沿电话线路传来的振铃信号。在工作时,线路接口能为电话线路提供约 $600\,\Omega$ 的直流负载;拨号时,能产生符合规定的脉冲串和双音多频信号,并将电话线路按需分配给调制解调器或电话机。

7.2.2 调制解调器的标准

调制解调器标准主要有:
(1) 国际电报电话咨询委员会(CCITT)及其制定的 V 系列建议;
(2) 美国贝尔通信公司及其所制定的贝尔(Bell)标准;
(3) 美国联邦电信标准委员会(FTSC)及其联邦标准(FED-STD);
(4) 美国国家军用标准(MTL-STD)及其他地域和国家标准等。
CCITT 制定的 V 系列建议是最为常用的一个系列标准。

7.2.3 调制解调器的速率标准

CCITT 提出了 V.5 和 V.6 两个 Modem 数据传输速率的标准建议。V.5 建议在公用交换网中同步数据传输的数据速率为 600,1 200,2 400,4 800 和 9 600 b/s。V.6 建议在租用电路上同步数据传输速率为 $600N\,b/s(N=1,2,\cdots,24)$,其中优先选用的速率为 600,1 200,2 400,4 800,9 600,14 400 b/s 以及 3 000,6 000,7 200,12 000 b/s。

表 7-1 给出了 V.22,V.23,V.26,V.27,V.29 和 V.32 建议的传输速率和一些基本调制参数。

表 7-1　话带 Modem 的基本调制参数表

CCITT 建议号	调制方式	比特率 /(b/s)	调制速率 /B	频带宽度 /Hz	特征频率 /Hz	频率范围 /Hz	传输方式	适用场合
V. 22	4PSK	1 200/600	600	600	1 200	900～1 500	异/同步,全双工	二线专线、电话
V. 22bis	QAM	2 400/1 200	600	600	1 200	2 100～2 700	异/同步,全双工	二线专线、电话
V. 23	2FSK	600	600	900	1 500	1 050～1 950	异/同步,半双工	二线专线、电话
V. 23bis	2FSK	1 200	600	1 800	1 700	800～2 600	异/同步,半双工	二线专线、电话
V. 26bis	2DPSK	1 200	1 200	1 200	1 800	1 200～2 400	同步,半双工	二线专线、电话
V. 26	4PSK	2 400	1 200	1 200	1 800	1 200～2 400	异/同步,全双	四线专线
V. 27	8DPSK	4 800	1 600	1 600	1 800	1 000～2 600	同步,半双工	四线专线
V. 29	4PSK	4 800	2 400	2 400	1 700	500～2 900	同步,全双工	四线专线
V. 29	8DPSK	7 200	2 400	2 400	1 700	500～2 900	同步,全双工	四线专线
V. 29	16APK	9 600	2 400	2 400	1 700	500～2 900	同步,全双工	四线专线
V. 32	16QAM	9 600	2 400	2 400	1 800	500～2 900	异步 全双工	四线专线
V. 32	32TCM	9 600	2 400	2 400	1 800	500～2 900	异步 全双工	四线专线

7.2.4　调制解调器的分类

(1) 调制解调器(Modem)按传输速率可以分为：

- 低速 Modem(300～1 200 b/s)；
- 中速 Modem(1 200～2 400 b/s)；
- 高速 Modem(2 400 b/s 以上)。

一般 Modem 产品大都支持两种以上的数据传输速率。

(2) Modem 按调制技术可以分为：

- PSK Modem；
- FSK Modem；
- QAM Modem；
- TCM Modem；
- APK Modem。

(3) Modem 按传输方式可以分为：

- 全双工 Modem；
- 半双工 Modem。

(4) Modem 按线路连接方式可以分为：

- 二线制 Modem；
- 四线制 Modem。

(5) Modem 按其外形及用途可以分为：

- 台式 Modem；
- 卡式 Modem；

- 内插式 Modem；
- 外接式 Modem；
- 袖珍式 Modem；
- 无线式 Modem 等。

（6）Modem 按其功能可以分为：
- 只传输计算机数据的 Modem；
- 具有传真功能的 Modem；
- 多功能 Modem。

（7）Modem 按实现方式可以分为：
- 硬件 Modem；
- 软件 Modem。

（8）Modem 按线路型式可以分为：
- 按号线 Modem；
- 专线 Modem。

7.2.5　调制解调器的选择

在选购调制解调器（Modem）产品时，除注意产品的质量外，在技术指标方面，通常要考虑 Modem 的工作速率、工作方式、均衡方式等。

选择调制解调器的工作速率时，必须使其与应用环境相适应。一般来说，低速的调制解调器价格低，高速的调制解调器价格也高。低速调制解调器一般用于异步传输方式；中速调制解调器用于同步或异步公用交换网；高速调制解调器一般用于四线或专线，它适合信息量较大的场合。另外，绝大多数调制解调器的传输速率是向下兼容的。

同步工作方式或异步工作方式都要求必须与所连接的终端设备的工作方式一致，同时还应考虑到同步信号时钟是从哪一设备中提取（终端或调制解调器）的。在安装时，同步传输的调制解调器要比异步传输的调制解调器复杂一些。

在线路上有着许多干扰传输数据信号的因素，造成信号的衰减甚至畸变，这样就使线路的传输质量下降，造成误码，这时选择均衡方式就显得非常必要。

7.2.6　几种 Modem 简介

1. V.29 建议的调制解调器

V.29 建议规定了数据传输速率为 9 600 b/s 的调制解调器的技术要求，它采用同步传输方式，适用于四线专用电路，其主要特性如下：

（1）标准速率为 9 600 b/s，可降速率为 7 200 b/s 和 4 800 b/s；

（2）能够用连续或受控的载频以双工或半双工方式进行工作；

（3）采用幅度和相位相结合的调制方式（APK），采用同步工作方式；

（4）具有一个自适应均衡器；

（5）可选用一个兼容 7 200 b/s，4 800 b/s 和 2 400 b/s 数据速率的多路复用器。

V.29 调制解调器的线路信号载波频率为（1 700±1）Hz。当数据传输速率为 9 600 b/s 时，要发送的数据流经扰码后，被分成 4 个连续比特为一组的 4 bit 码元组。每个 4 bit 码元组的第一个比特 Q_1 用来确定要发送的信号码元的幅度；后面三个比特 Q_2，Q_3，Q_4 用来控制信号码元的相位变化,其相位变化编码如表 7-2 所示。V.29 调制解调器发送信号码元的相对幅度,由 4 bit 码元组第一个比特 Q_1 和该信号码元的绝对相位来确定,具体幅度数值如表 7-3 所示。

表 7-2　V.29 调制解调器的相位变化编码

Q_2	Q_3	Q_4	相位变化
0	0	1	0°
0	0	0	45°
0	1	0	90°
0	1	1	135°
1	1	1	180°
1	1	0	225°
1	0	0	270°
1	0	1	315°

表 7-3　V.29 调制解调器的幅度编码

绝对相位	Q_1	相对信号码元幅度
0°,90°,180°,270°	0	3
	1	5
45°,135°,225°,315°	0	$\sqrt{2}$
	1	$3\sqrt{2}$

　　V.29 建议的调制方式为 16APK,它是 4 个电平调制的 8 种相位变化的系统。其系统原理方框图如图 7-4 所示,其中图(a)是调制原理方框图(发送端),图(b)是解调原理方框图(接收端),发送端从扰码器到加法器,接收端从幅度解调器到解扰器,都是由大规模集成电路进行数字处理来完成的。发送端串/并变换输出的 4 bit 并行信号还要通过格雷码到自然二进码的转换,再由累加器进行相位分量的累加计算,使输出信号的相位分量成为差分相位。然后按表 7-2 和表 7-3 规定的 16 个矢量中选择一个与具体的 4 bit 码元组相对应的矢量,产生 x 轴(0°)和 y 轴(90°)分量的振幅,再由滚降滤波器进行波形形成的处理,然后由频率为 1 700 Hz 的 2 个正交载波进行幅度调制,最后再将 x,y 信号相加,获得所要求的调幅调相信号。接收端各部分作用与发送端相对应。

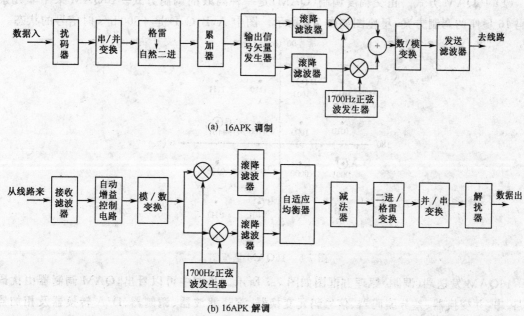

(a) 16APK 调制

(b) 16APK 解调

图 7-4　V.29 9 600 b/s Modem 系统原理方框图

图 7-5(a)和(b)分别给出了当数据传输速率为 9 600 b/s 和 7 200 b/s 时 APK 的信号空间图(星座图)。当传输速率降为 7 200 b/s 使用时,将输入数据流按 3 bit 分组。为了便于实现,此时的 3 bit 码元组与 9 600 b/s 时的 4 bit 码元组的 Q_2、Q_3、Q_4 相对应,Q_1 则均为 0。这样,发送信号码元的相位仍为 8 种取值,而幅度取值则只有 3 和 $\sqrt{2}$ 两种选择。

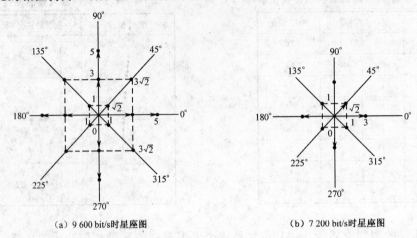

(a) 9 600 bit/s 时星座图　　　　　　(b) 7 200 bit/s 时星座图

图 7-5　16APK 信号空间图

V. 29 标准中还规定了速率降为 4 800 b/s 时的信号空间图。

2. V. 32 建议的调制解调器

CCITT 在 V. 32 建议中,规定数据传输速率为 9 600 b/s,调制速率为 2 400 B,适用于普通电话网和二线专用电路,采用全双工传输方式,具有回波抵消技术,载波频率为 1 800 Hz,可降速使用。

V. 32 建议中提出了采用两种调制方式:16QAM 方式和 32TCM 方式。

(1) 16QAM 方式　正交幅度调制(QAM)是一种高效的调制方式。16QAM 采用非冗余编码 16 星座的调制方案,星座图如图 7-6 所示。图中 A,B,C,D 是 4 800 b/s 时信号的状态。

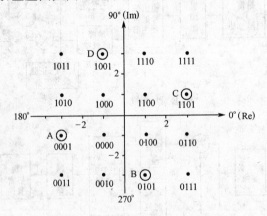

图 7-6　16QAM 星座图

16QAM 发送端(调制)原理方框图如图 7-7 所示。从图中可以看出,QAM 调制器由扰码电路、串/并变换器、差分编码器、信号码元变换器、滚降滤波器、调制器、D/A 转换器及相加器等组成。QAM 发送端的工作原理是:速率为 9 600 b/s 的数据信号首先经过扰码后,再经过

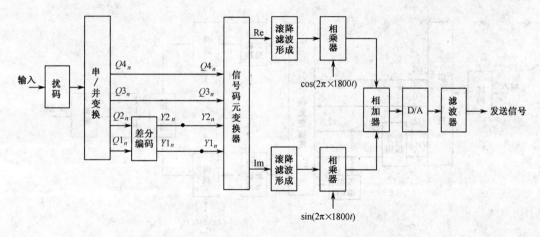

图 7-7　V.32 的 16QAM 发端原理方框图

串/并转换电路,将串行数据变成为 4 bit 码元组,即 $Q1_n$,$Q2_n$,$Q3_n$,$Q4_n$,4 bit 码元组的速率为 2 400 B。每组的前两个比特 $Q1_n$ 和 $Q2_n$ 先按表 7-4 进行差分编码得 $Y1_n$,$Y2_n$,然后按图 7-6 所示的信号点空间图,把 $Y1_n$,$Y2_n$,$Q3_n$,$Q4_n$ 变换为发送的信号码元的坐标值,由此产生的 Re(0°)和 Im(90°)分量的振幅,分别经滚降滤波器进行波形形成,再送到相互正交的 1 800 Hz 载波进行幅度调制(相乘),然后相加就得到所要求的调制信号。

表 7-4　V.32 Modem 的差分编码表

输	入	前一时刻输出		相位象	输	出	4 800 b/s
$Q1_n$	$Q2_n$	$Y1_{n-1}$	$Y2_{n-2}$	限变化	$Y1_n$	$Y2_n$	信号状态
0	0	0	0		0	1	B
0	0	0	1		1	1	C
0	0	1	0	90°	0	0	A
0	0	1	1		1	0	D
0	1	0	0		1	0	A
0	1	0	1		0	0	B
0	1	1	0	0°	1	1	D
0	1	1	1		1	1	C
1	0	0	0		1	1	C
1	0	0	1		1	0	D
1	0	1	0	180°	0	1	B
1	0	1	1		0	0	A
1	1	0	0		1	0	D
1	1	0	1		0	1	A
1	1	1	0	270°	1	1	C
1	1	1	1		0	1	B

　　(2) 32TCM 方式　CCITT 在 V.32 建议中提出的另一种调制方案是采用 32TCM 方式。TCM 方式是把调制与编码合二为一进行变换的一种调制方式,其实现原理方框如图 7-8 所示。数据信号(9 600 b/s)经扰码输出的 9 600 b/s 发送数据经串/并变换后按 4 bit 分组,即 4 bit 码元组 $Q1_n$,$Q2_n$,$Q3_n$,$Q4_n$;每 4 bit 码元组的前两个比特 $Q1_n$,$Q2_n$ 按表 7-5 进行差分编码编成 $Y1_n$,$Y2_n$,然后将 $Y1_n$,$Y2_n$ 送入卷积编码器,产生 1 bit 的冗余码位 $Y0_n$;$Y0_n$ 与 4 个信息

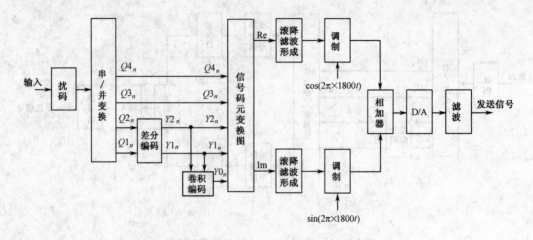

图 7-8　V.32 的 32TCM 发端原理方框图

比特 $Y1_n$, $Y2_n$, $Q3_n$, $Q4_n$ 一起, 按图 7-9 所示信号点空间图变换成要发送的信号码元坐标值; 再按表 7-6 产生同相(Re)和正交(Im)分量振幅, 经形成滤波器形成后分别对相互正交的 1 800 Hz 载波进行调制, 将其输出合成即可得所要求的调制信号; 最后通过 D/A 转换器和发送滤波器传送出去。

表 7-5　V.32 建议 32TCM 方案的差分编码

输	入	前一时刻输出		输	出
$Q1_n$	$Q2_n$	$Y1_{n-1}$	$Y2_{n-2}$	$Y1_n$	$Y2_n$
0	0	0	0	0	0
0	0	0	1	0	1
0	0	1	0	1	0
0	0	1	1	1	1
0	1	0	0	0	1
0	1	0	1	0	0
0	1	1	0	1	1
0	1	1	1	1	0
1	0	0	0	1	0
1	0	0	1	1	1
1	0	1	0	0	0
1	0	1	1	0	1
1	1	0	0	1	1
1	1	0	1	1	0
1	1	1	0	0	1
1	1	1	1	0	1

表 7-6　V.32 Modem 9 600 b/s 速率的信号状态变换

编码输入					16QAM 方式		32TCM 方式	
Y0	Y1	Y2	Q3	Q4	R_e	I_m	R_e	I_m
0	0	0	0	0	-1	-1	-4	1
0	0	0	0	1	-3	-1	0	-3
0	0	0	1	0	-1	-3	0	1
0	0	0	1	1	-3	-3	4	1
0	0	1	0	0	-1	-1	4	-1
0	0	1	0	1	1	-3	0	3
0	0	1	1	0	3	-1	0	-1
0	0	1	1	1	3	-3	-1	-4
0	1	0	0	0	-1	1	-2	3
0	1	0	0	1	-1	3	-2	-1
0	1	0	1	0	-3	1	2	3
0	1	0	1	1	-3	3	2	-1
0	1	1	0	0	1	1	2	-3
0	1	1	0	1	3	1	2	1
0	1	1	1	0	1	3	-2	-3
0	1	1	1	1	3	3	-2	1
1	0	0	0	0			-3	-2
1	0	0	0	1			1	0
1	0	0	1	0			-3	2
1	0	0	1	1			1	2
1	0	1	0	0			3	2
1	0	1	0	1			-1	2
1	0	1	1	0			3	-2
1	0	1	1	1			-1	-2
1	1	0	0	0			1	4
1	1	0	0	1			-3	0
1	1	0	1	0			1	-4
1	1	0	1	1			-1	-4
1	1	1	0	0			-1	-4
1	1	1	0	1			3	0
1	1	1	1	0			-1	0
1	1	1	1	1			-1	4

3. V.33 建议的调制解调器

CCITT 在 V.33 建议中,规定数据信号速率为 $14\,400\,b/s$,调制速率为 $2\,400\,B$,适用于点对点四线专用电话电路。采用的调制方式为 128TCM,128TCM 编码器的原理组成方框如图 7-10 所示。简单工作过程是:速率为 $14\,400\,b/s$ 的数据信号首先经过扰码处理,再进入串/并变换器(图 7-10 中未画出扰码和串/并变换过程)后被分成 6 bit 码元组,用 $Q1_n,Q2_n,Q3_n,Q4_n,Q5_n,Q6_n$ 表示,其中输出 $Q1_n$ 和 $Q2_n$ 经过差分编码器转换为 $Y1_n$ 和 $Y2_n$。$Y1_n$ 和 $Y2_n$ 作为卷

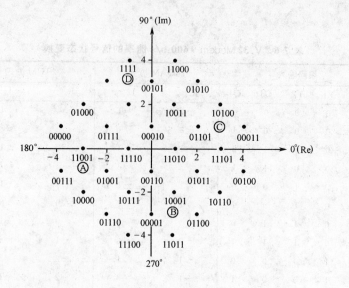

图 7-9　32TCM 星座图

积编码器的输入数据,通过卷积编码后,产生了一位冗余 $Y0_n$,则送入信号码元变换电路的输入数据为 $Y0_n$,$Y1_n$,$Y2_n$,$Q3_n$,$Q4_n$,$Q5_n$,$Q6_n$。这 7 bit 的组合共有 $2^7 = 128$ 个信号点,128TCM 信号星座图与 32TCM 较相似,这里不再给出。在图 7-10 中,"T"表示 1 bit 迟延器;"$\oplus$"表示模 2 加法运算。

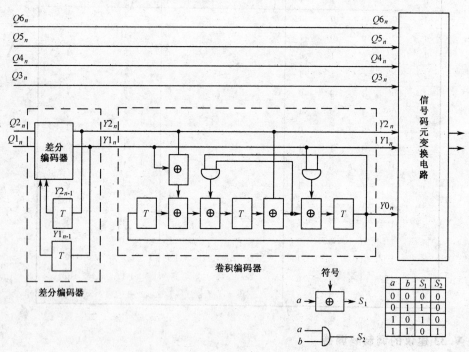

图 7-10　V.33 建议的 128TCM 编码器方框图

4. V.36 建议的调制解调器

CCITT 在 V.36 建议中给出的调制解调器(Modem),其数据速率为 48 kb/s(建议在国际线路上采用)、56 kb/s 和 72 kb/s(其他应用场合),属于宽带调制解调器。它可以在专用电路用户之间进行数据传输，也可以传送来自公用数据网、电信网及不同路径的数据信号经多路复用而集合的比特流，还可以在模拟设备上扩展一个 64 kb/s 的 PCM 信道等。其调制方式采用单边带调制，为使信道能较易分割出一个边带信号，基带处理采用二进制的第 IV 类部分响应编码形成。信道信号传送下边频、载频取 100 kHz，单边带频谱是正弦形。其原理框图如图 7-11 所示。输入数据信号经扰乱后进行第 IV 类部分响应变换，与 100 kHz 的载频进行调制，产生双边带信号，再经信道形成的发送滤波器形成单边带信号。收端采用相干解调法进行解调后，由低通取出基带信号进行全波整流判决，恢复出基带信号，再解扰后即是数据信息。接口电路的机械特性为 37 针连接器(ISO4902 标准)，电气特性符合 V.10 或 V.11 建议。

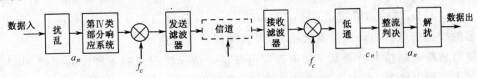

图 7-11　V.36 建议的调制解调器原理框图

5. ADSL 调制解调器

ADSL(非对称数字用户线)调制解调器，主要为 ADSL 提供调制数据和解调数据，最高支持下行 8 Mb/s 和上行 1 Mb/s 的速率，抗干扰能力强，适于普通家庭用户使用。

ADSL 根据接入互联网方式的不同，所使用的协议也略有不同，但都是基于 TCP/IP 这个最基本的协议，并且支持所有 TCP/IP 程序应用。以下是 ADSL 使用中常见协议。

(1) IPoA　IPoA(IP over ATM)是在 ATM 网上传送 IP 数据包的一种技术。它规定了网络在 ATM 终端间建立连接，特别是建立交换型虚连接进行 IP 数据通信的规范。IPoA 主要有地址解析和数据封装两个功能。

(2) PPPoE　PPPoE 的全称是 Point to Point Protocol over Ethernet(基于以太网的点对点协议)，这个协议是为了满足越来越多的宽带上网设备和越来越快的网络之间的通信而制定开发的，它基于局域网协议和点对点拨号协议，利用以太网的工作机理，实现 PPP 的动态接入。对于最终用户来说，不需要了解比较深的局域网技术；对于服务商来说，在现有局域网基础上不需要花费巨资来进行大面积改造，这就使得 PPPoE 在宽带接入服务中比其他协议更具有优势，因此逐渐成为宽带上网的最佳选择，成为当前 ADSL 宽带接入的主流接入协议。PPPoE的实质是以太网和拨号网络之间的一个中继协议，它继承了以太网的快速，PPP 拨号的简单、用户验证快和 IP 优化分配等优势。

(3) PPPoA　PPPoA(PPP over ATM，基于 ATM 的点对点协议)由 PC 终端直接发起 PPP 呼叫，用户在收到上层的 PPP 包后，根据 RFC2364(Request for Comments Document)封装标准对 PPP 包进行封装处理形成 ATM 信元流。ATM 信元透过 ADSL 调制解调器传送到网络侧的宽带接入服务器上，完成授权、认证、分配 IP 地址和计费等一系列接入过程。从实现上看，ADSL 调制解调器也是仅仅作为 ATM 信元传送的一个端点；同时，要实现 PPPoA 的接入，用户仍然要使用 ATM25 网卡，这就要求网卡供应商也必须提供相应的专用 PPPoA 驱动程序。在实现多用户同时接入方面，PPPoA 的接入方式也因 ATM25 网卡的自身局限性而无法实现。因此，PPPoA 虽然成功地解决了动态 IP 地址分配和计费等方面一系列宽带接入问题，但是由于用户终端仍需要额外的网络设备和相应的驱动程序，事实上 PPPoA 这种宽带接入形式并没有得到大规模的推广应用。

7.2.7 调制解调器新技术

随着数字调制技术的不断发展,调制解调器(Modem)中应用了许多新技术与新方法,如带宽自适应调制技术、成形技术、预编码技术等。新技术的不断采用,使 Modem 的传输速率越来越高,可靠性越来越好。

1. 带宽自适应调制技术

众所周知,信道的带宽是决定数据传输速率大小的关键因素。在一般的话带 Modem 中,通常认为信道带宽为 2 400 Hz,频率范围在 600~3 000 Hz。但有些高质量电话信道的高端频率已超过 3 500 Hz,则信道带宽可达 3 000 Hz 左右,这样就可以充分利用这些较宽的频带资源传输更多的数据信息。当信道带宽较窄时,可自动降低传输速率。

带宽自适应调制技术就是基于信道带宽可变这一情况提出来的一种智能化的 Modem 方案。其基本实现方法是:在正式数据传输之前,由发送端的 Modem 发送一定的前向探测信号,接收端根据收到的信号,通过一定的处理以确定出此信道的有效宽度,然后通过反向信道将这些信息送到发送端,发送端根据这些信息最佳地利用信道带宽,使其调制速率和传输速率达到最大,从而可以达到最高的频带利用率。

2. 成形技术

在 TCM 系统中,采用超球形边界的星座比采用超立方体边界的星座可获得极限为 1.53 dB 的信噪比,即成形增益。我们把实现成形增益的技术称为成形技术。成形技术选择传输信号点的方法是:在多维信号星座的子星座中尽量选择能量最小的信号点。这样就可使得传输信号空间中的信号点呈高斯分布,而不是原来的均匀分布,从而使信号点更靠近坐标原点。在信号传输时,平均能量就可以降低,进而使系统的传输容量更接近信道容量。

CCITT 在 V.34 建议中采用了成形技术。采用不太复杂的成形技术可以得到 1 dB 左右的信噪比增益。

3. 预编码技术

为了消除码间串扰,抵消信道干扰,传统的办法是采用均衡技术,常用的方法是采用判决反馈均衡器(DFE)。由于在 TCM 方案中要采用 Viterbi 译码,不能使用 DFE 方法,因此人们提出了一种预编码技术来达到均衡的目的。预编码技术既保持了与 DFE 相同的均衡特性,又解决了在接收端进行逐符号判决与 Viterbi 译码的矛盾。CCITT 在 V.34 建议中采用了预编码技术,V.34 Modem 可使数据速率达到 28.8 kb/s,当采用 4:1 压缩比进行压缩时,数据传输速率可达到 115.2 kb/s。

7.3 多路复用器

多路复用器是将多个终端的数据加到一条通信线路上进行传输的设备。多路复用技术在第 2 章已经介绍过,本节仅从应用的角度加以介绍。

7.3.1 分类

多路复用器根据复用技术可以分为:

(1) 频分复用器;

（2）时分复用器；

（3）统计时分复用器等。

7.3.2 复用器的标准

CCITT 关于时分复用的建议有 R.101，R.111，X.50，X.50bis，X.51 和 X.51bis 等，下面介绍 R.111 和 X.50，X.51 建议的主要内容。

1. R.111 建议

CCITT 在 R.111 建议中，对应用于电报和非同步数据信号的时分复用（TDM），分为主复用器和子复用器两种。主复用器的复合速率为 64 kb/s；子复用器的复合速率低于 64 kb/s，有 2.4 kb/s、4.8 kb/s 和 9.6 kb/s 三种速率。它们都采用跃变编码法的方法进行速率适配，采用比特交织进行复用。R.111 建议的主要特性参数如表 7-7 所示。

表 7-7　R.111 特性参数

标准调制速率 f_d/B	最大等时失真/%	最高调制速率理论值/B	信道传输速率 f_t/(b/s)	传输效率 f_d/f_t	复合信号为下列值时系统的最大信道数			
					64kb/s	9.6kb/s	4.8kb/s	2.4kb/s
50	5	883	250	0.2	240	32	16	8
	2.5	167	500	0.1	120	16	8	4
100	5	167	500	0.2	120	16	8	4
	2.5	333	1000	0.1	60	8	4	2
200	5	333	1000	0.2	60	8	4	2
300	7.5	333	1000	0.3	60	8	4	2
600	7.5	666	2000	0.3	30	4	2	—
1200	7.5	1333	4000	0.3	15	2	—	—

2. X.50 和 X.51 建议

X.50 建议和 X.51 建议用于把同步的数据信号复合成 64 kb/s 的复用信号，二者之间的不同点是：X.50 采用（6＋2）包封格式，而 X.51 采用（8＋2）包封格式。其中 F 比特（或 A 比特）用于成帧时帧同步之用，它们都属于分散插入方式。S 比特为状态比特，用于指明对应的比特组属于数据信息还是其他呼叫信息。在 X.51 建议中采用（8＋2）包封形式，对于传递以字符或字节为单位的数据信息是十分有利的，而 X.50 建议的（6＋2）包封则显得有些缺陷。为此，X.50 建议采用了 4 个（6＋2）包封构成一个群（如图 7-12 所示），在每一群内总共包含了 24 个信息比特，可以用来表示 3 个 8bit 字符或三个字节，其中 S_A、S_B 和 S_C 三个状态比特分别与 P、Q、R 三个字符或字节相对应，表示它们的对应状态，S_D 用于对这 4 个包封组成的群进行同步。对于加入复用器的每一路同步的数据信号，均采用上述方式来编组。在用于 PCM 传输系统时，由于每个时隙为 8 bit，它与（6＋2）包封则是一致的，所以（6＋2）包封格式非常有利于 PCM 实现。因此（6＋2）包封形式是常见的一种应用形式之一。

8bit 包封 A	F	P_1	P_2	P_3	P_4	P_5	P_6	S_A
8bit 包封 B	F	P_7	P_8	Q_1	Q_2	Q_3	Q_4	S_B
8bit 包封 C	F	Q_5	Q_6	Q_7	Q_8	R_1	R_2	S_C
8bit 包封 D	F	R_3	R_3	R_5	R_6	R_7	R_8	S_D

图 7-12　4 个（6＋2）包封构成一个群

通常 1 帧由 20 个（6＋2）包封组成，这样一帧共有 $8 \times 20 = 160$ bit。帧结构如图 7-13 所示。

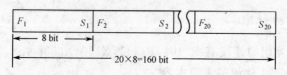

图 7-13　帧的结构

20 个包封的 F 比特构成的帧同步序列为 A11010010000101011110，其中 A 为第一包封的 F 比特。帧同步序列是采用分散插入的方法，在每一个包封开始处插入。A 用于向对方传送本地的告警信息。当 A＝1 时，表示正常状态；A＝0 时，表示告警。

7.3.3　复用器介绍

1. 3620 2 Mb/s 复用器

3620 2 Mb/s 复用器具有如下功能：

（1）有两个 E1/T1 中继线接口；

（2）最多可提供 31 个话音终端接口，或者 31 个 38.4 kb/s 的 V.24 接口，或者 31 个 64 kb/s 同向数字接口；

（3）有 8 个电话会议桥，24 路会议电话，每个电话桥最多可接 12 个会议电话；

（4）网络管理信息通过 RS-232 接口，用 CPSS 系统接口与网管通信；

（5）具有双 V.24/RS-232 接口，单 V.35/X.21 接口；

（6）双同向 64 kb/s G.703 接口；

（7）具有 V.35，X.21 和 V.24/RS-232 数据终接单元；

（8）有 2 个或 8 个数据终接单元口，同步速率为 64 kb/s，异步速率为 38.4 kb/s。

2. 3612 复用器

3612 复用器的容量为 512 kb/s，适用于用户接入节点。3612 的特点是可用 ISDN 接入，有 HCV 话音压缩，支持帧中继功能。

（1）中继接口。最多有 4 个中继接口插槽，支持 V.35、X.21 的部分 E1，也支持 ISDN 的 S/T BRI(2B＋D)接口。还有 75 Ω 和 120 Ω 的 G.703 部分 E1 接口，最高速率为 512 kb/s。

（2）数据支路接口。包括以下几种接口：

- V.35，X.21，RS-232 接口；

- ISDN 的 BRI(2B＋D)接口；

- 支持 2600DTU 的 DNIC(128 kb/s)。

（3）支路接口数目最多有 12 个。

（4）话音支路接口。双线信道的 E8LM(2/4 线)；LGS，ISDN 的(2B＋D)BRI、部分 E1、G3 传真(9.6，7.2，4.8 kb/s)，支持 PBX。

（5）语音压缩功能。专用 HCV 16.8 kb/s；数字 PBX 的 ST－HCV；支持带转换信令的标准 32 kb/s ADPCM。支持 CAS、CCS、DTMF 和 AC－15 类型的 A，D 信令。

（6）帧中继业务功能。帧中继符合 Q.933 标准附录的 G，F 的透明 HDLC 包封。帧中继格式符合 I.122、I.123、Q.922 的要求。最多可支持 120 个 DLCI。

（7）数据终接单元。可支持 2600DTU（同步最大速率为 128 kb/s，异步最大速率为 38.4kb/s）。

3. 3606 复用器

3606 复用器具有以下特点：

（1）容量为 256 kb/s；

（2）中继接口为一个 X.21/V.35 接口；

（3）具有 4 个同步/异步 V.24/RS-232 支路接口，传输速率最高为 38.4 kb/s；

（4）有 2 个 V.24/RS-232 接口，或者具有 1 个 X.21/V.35 接口，或者具有 2 个话音接口；

（5）具有 HCV 话音压缩。

7.4 集中器

集中器是一种将 m 条输入线汇总成 n 条输出线的传输控制设备（$m>n$），集中器的连接如图 7-14 所示。

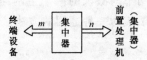

图 7-14 集中器的连接

1. 集中器功能

集中器具有以下功能：

（1）将多条（路）输入的大量低、中速数据进行合并，再经一条或几条高速线路送到另一个集中器或者前置处理机；

（2）在纯争用的情况下，可作为可编程的交换设备（称为端口选择器）；

（3）可完成报文交换功能或存储-转发报文功能；

（4）具有进行远程网络处理的功能。

2. 集中器的技术

集中器的技术具有以下几种：

（1）争用。集中器一般都采用这一技术，该技术就是让多个终端或输入信道去争用为数不多的输出信道。集中器的输出总比特率低于多个低速输入信道的合成比特率，这样全部终端可以同时访问集中器，但不能同时输出发送数据，需要竞争，通过排队等待按一定规则输出。

（2）轮询。集中器可以代表主机完成对终端的轮询操作，从而使输入争用的激烈程度降至最低，集中器可以依次询问各终端是否需要发送数据，也可以按照特定的次序进行轮询，甚至频繁地择优轮询一些终端。借助轮询技术，集中器可对终端与主机之间的数据进行控制，并减少排队等待现象的发生。

（3）存储-转发。当所有终端都同时向集中器传送数据时，由于输出信道容量的限制，不能同时向主机发送出去，因此需要在集中器内设置缓冲或存储区域来暂存待发送的数据。

（4）排队。对暂存在缓冲区或存储区内的数据进行排队处理，一般情况下按先进先出（FIFO）的原则，也有按优先权级别排队的。

7.5　协议转换器

由于数据通信网络是由很多终端和其他设备组成的,各种设备使用的协议可能有所不同,因此在不同协议的设备之间,应该加上一个起翻译作用的协议转换器。协议转换器有以下三种类型:

第一种是用于两台特定设备数据转换的硬件设备,这种设备既可以放在本地又可以放在远处。硬件转换器用于处理来自很多种终端的电话呼叫,呼叫者拨完电话号码后协议转换器就为其找到空闲的端口,并进行数据转换,这样呼叫者就与主机接通了。

第二种类型的协议转换器可以用软件进行转换。主机内安装有一个软件包,以便大多数类型的终端使用计算机。使用这种协议转换器的一个主要不同点,是要求主机为协议转换器承担一些处理任务,而硬件转换器没有这种要求。

第三种类型的协议转换器是主要用于局域网络的网间连接器。网间连接器用于不同网络的两台设备之间的通信。网间连接器可用于使用不同协议的两个局域网络之间,或者一个局域网络与一个主网络之间,以及使用不同协议的两个主网络之间的连接。由于局域网络得到广泛使用,因而使用网间连接器逐渐成为一种通用的方法。

7.6　网络适配器

网络适配器也称为网络控制器、网络接口卡(简称网卡),是 PC 或各种计算机连接到网络上的关键接口部件。网卡通常是一块插件板。

1. 网络适配器的作用

网络适配器主要具有以下几方面的功能。

(1)提供网络物理层接口功能。它可以提供标准网络收发器兼容的驱动信号,AUI、MII等接口;提供相应的收发器电路和连接通信媒体的连接器;有的还提供有线/无线 Modem。

(2)实现和计算机系统总线信号之间的连接和通信。

(3)实现网络协议中的数据链路层的大部分功能,如数据包的发送与接收,数据包的格式化,数据的差错校验。

(4)支持桌面管理接口(DMI)和连线化管理。

(5)可进行自动远程管理和对网上 PC 进行远程控制。

(6)可以进行开机、关机、存取及系统维护等。

以上(4)~(6)是一些新型网卡特设的功能。

2. 网络适配器的分类

(1)非智能型网卡:在这种实现方法中,是把通信软件作为主机操作系统下的一个任务来运行,通信软件与用户其他任务共享主机资源。

(2)智能网卡:采用专用处理器来运行通信软件,通信软件可以脱离主机的影响和干扰,并与用户的其他用户软件并行执行。

7.7 前端处理器

前端处理器实际上是功能具体化的通信处理机，它是计算机主机与通信设施之间的设备，主要作用是为了减轻主机处理数据的负担。各终端发送来的数据通过通信线路，首先进入前端处理器，前端处理器对其进行预处理，如纠检错处理、转换各终端数据代码、信息分段和重组等，这样可以支援与辅助主机工作，让主机更好、更快地集中能力处理数据。

1. 前端处理器类型

前端处理器根据实现的方法可以分为可编程前端处理器和不可编程前端处理器。所谓不可编程前端处理器，是指用硬连线实现的，可以完成特定通信功能的硬件设备。随着通信网络的不断发展，这种前端处理器的功能越来越多，类型也不断多样化。不可编程前端处理器的缺点是适应性差。当网络的一些配置发生变化或终端变化时，它的线路不能及时方便地变化，这样就可能导致出现问题。

可编程前端处理器是指具有操作系统和通信控制程序的设备，它能够及时适应网络配置的变化，可以方便地改变设置和重新装入。前端处理器运行的通信控制程序包含有网络中所有终端的详细资料，如终端类型、连接线路、终端可用的应用程序、终端地址及终端物理属性等。可编程前端处理器具有添加、删除、改变描述终端的资料，重新生成网络控制程序，关闭网络等功能。可编程前端处理器是一个应用前景广阔的设备，通常它由一台小型计算机或微型计算机组成。

2. 前端处理器的功能

通过上面的描述，前端处理器的功能归纳如下：

(1) 可以进行字符和信息的分段和重组；

(2) 对公用电话网中的信息进行自动应答；

(3) 编辑网上的统计资料；

(4) 对数据进行预处理；

(5) 转换各种终端的数据代码；

(6) 进行错误检测和纠正；

(7) 控制数据流动，防止终端过载；

(8) 格式化数据，以便主机更容易地处理数据；

(9) 询问终端，确定终端是否传送数据；

(10) 为不同终端提供协议支持服务；

(11) 为终端交换信息，使数据不必通过主机；

(12) 具有集中器的功能。

当前端处理器的功能进一步扩展时，它就成为一个通信控制处理机（简称通信处理机）。通信处理机是指完成"通信控制"功能的设备。随着对通信设备要求的不断提高，通信控制的定义已经描述成：在通信网络中，通常使计算机主机内的用户程序在人们未意识到是否在进行通信的情况下，就能与远方信息源进行信息交换，这种功能叫"通信控制"。

7.8 网络设备

数据通信已经与网络密不可分,本节概要地介绍一下有关网络设备。实际上,前几节介绍的网络适配器、前端处理器等就是网络设备。

7.8.1 网络设备的分类

根据网络设备所工作的协议层次可以分为以下几类。

1. 物理层网络设备

物理层网络设备主要解决数据终端设备(DTE)与数据通信设备(DCE)之间的接口问题。主要设备有:中继器、网络收发器、网络传输媒体转换设备等。中继器除用于扩展局域网的长度外,在连接网络及其设备时常有不同的名称,分别是:

(1)多路复用器。用于增加通信传输媒介的有效性,提高利用率。

(2)令牌环网中继器。用于在 MAU(多站点访问单元)之间,或工作站与 MAU 之间扩展距离。

(3)以太网中继器。用于连接多个以太网段,包括传统的以太网和快速以太网中继器等。

(4)集线器(也称为 Hub)。本质上就是多口的中继器。

(5)FDDI 集中器。集中器是一种数据传输中的功能部件,它将多个数据流的数据汇集到相对较少的物理传输媒介中,以提高线路利用率。

2. 数据链路层网络设备

这类设备为网络提供建立/拆除数据链路、帧传输、差错与流量控制、数据链路管理等功能。主要设备有:

(1)网络适配器(网卡)。

(2)网桥。用于把一个较大的 LAN 分割为多个网段,或将两个以上的 LAN 互接为一个逻辑上的 LAN。网桥具体可以分为:透明网桥,源路由网桥,源路由透明网桥,封装网桥,翻译网桥等。

(3)网络交换机。主要进行信息包的接收、暂时存储、发送、交换等,可以分为帧交换机和信元交换机(ATM 交换机)两大类。

3. 网络层网络设备

网络层设备的主要功能是将逻辑地址翻译成物理地址,使传输层可以使用逻辑地址,确定路由,进行分组交换、拥塞控制和流量控制。主要设备有:

(1)路由器。为网络互连提供各种类型、各种速率的链路或通信子网接口,完成路由算法,提供路由信息,参与网络管理。

(2)第三层交换机(路由交换机)。它是完成路由器功能的交换机。

4. 传输层之上的网络设备

传输层设备主要功能是将消息重新打包,发送端将长消息解封为数据包,收端将小数据包解封为大数据包,接收确认,进行流量控制,进行错误处理等。工作在 OSI 传输层之上的网络设备通常称为应用层网关,简称网关。

网关(Gateway)是一种可以把具有不同网络体系结构的两个或多个计算机网络连接起来

的设备。从广义上讲,网关是在网络不同层次之间传递数据,并进行相应的协议转换的一种设备或程序。网关按其服务类型不同具体包括:电子邮件网关,视频系统网关(V-Gate),应用代理网关,公共网关(作为 Web 服务器与数据库之间连接的桥梁),Web Ariver 网关,用于安全传输的 VPN 网关等。

网关主要由计算机软件实现。

7.8.2 中继器

由于数据信号在网络介质上传输时,会随着传输距离的增加而衰减,中继器(Relay)的主要作用之一就是解决信号的衰减问题。中继器从一个网络段上接收到信号后,将其处理、放大,重新定时后再传送到另一个网络段上。这样就克服了因传输距离长或连接设备多而造成的信号衰减。图 7-15 所示是连接 2 个网段的中继器。

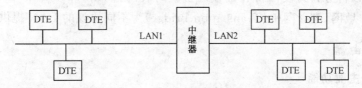

图 7-15　中继器的连接

7.8.3 网桥

网桥是运行在数据链路层上的网络设备,它可将一个较大的 LAN 分割为多个网段,或者将两个以上的 LAN 互连为一个逻辑上的 LAN。网桥的主要功能,一是用于连接网段,增大网络范围;二是进行寻址和路径选择;三是具有某些网络管理功能。网桥与中继器相比,具有如下优点:

(1) 使用网桥进行网段互连,能使构成 LAN 上的站点总数和 LAN 网段数方便地扩充;

(2) 网桥具有存储和转发功能,能够连接两个使用媒体访问控制(MAC)协议的 LAN 段,从而形成混合网络环境;

(3) 网桥的中继功能仅仅依赖于 MAC 帧中的目的地址,因此对高层协议是透明的;

(4) 网桥的分段作用,有利于改善网络的可靠性、可用性和安全性。

但是,网桥时延大,不提供流时控制,这是其不足。

网桥通常由端口管理软件、网桥协议实体、转发数据基、MAC 芯片、缓冲区及端口组成,如图 7-16 所示。在图 7-16 中,端口是网桥与 LAN 段相连接的接口,基本网桥有两个端口,而多口网桥有多个端口,能同时连接多个 LAN 段。网桥的每个端口都是由与 LAN 类型相一致的 MAC 协议集成电路芯片以及相关端口管理软件组成的。管理软件负责对 MAC 芯片的初始化。网桥缓冲区用来暂时存放数据帧,并负责将空闲缓冲区指针信息传递给相应的接收电路芯片,以便准备好接收帧。转发数据基用来存放站地址与端口号的对应表。

网桥的主要技术参数有网络端口数、网络类型、转发速率、MAC 地址数(地址表大小)和缓冲区大小等。

网桥可以根据其连接 LAN 的类型或互连子层(分 MAC 层和 LLC 子层)的不同分为 MAC 子层网桥和 LLC 子层网桥。通常 MAC 子层产品只能连接相同的 LAN,而 LLC 子层产品可以连接不同的 LAN。

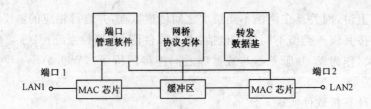

图 7-16 网桥的组成原理

MAC 网桥可以再分为透明网桥、源路由网桥和源路由透明网桥三种。透明网桥(TB,Transparent Bridge)对所连的任何网站点来说,用户感觉不到它的存在;源路由网桥(SRB,Source Route Bridge)主要用于互连令牌网;源路由透明网桥(SRTB,Source Route Transparent Bridge)组合了 TB 和 SRB 的标准。

LLC 网桥可以再分为封装网桥和翻译网桥。封装网桥(Encapsulation Bridge)用于连接 FDDI 主干网或广域网,翻译网桥(Translation Bridge)为不同协议的 LAN 提供连接。

7.8.4 路由器

1. 路由器的主要功能

路由器是网络层的互连设备,是网络的基本组成部分。路由器的主要功能有:

(1) 连接 LAN,可以连接 Ethernet、Token Ring、FDDI、Fast Ethernet、ATM 和 Gigabit Ethernet 等;

(2) 连接 WAN,如 ISDN、帧中继、卫星链路、微波线路等;

(3) 进行数据过滤、转发、优先级设定、复用、加密和压缩等处理;

(4) 具有路由选择功能;

(5) 对数据包进行拆包、处理和打包;

(6) 进行协议转换,对不同网络(包括 LAN 和 WAN)间网络协议进行转换,以及路由协议处理;

(7) 具有管理功能,包括路由器的配置管理、容错管理、均衡负载性能管理、防火墙安全管理以及支持 SNMP 管理等。

2. 路由器分类

路由器可以按协议功能、作用及价格等进行分类。

按协议功能可以分为以下两种。

(1) 单协议路由器:只能应用于特定的协议环境中;

(2) 多协议路由器:能支持多种协议并提供一种管理手段来支持/禁止某些特定协议,能提供灵活的选择。

按路由器在网络中的作用可以分为以下几种。

(1) 主干路由器(用于主干网络);

(2) 中央路由器;

(3) 边界路由器;

(4) 访问路由器(拨号路由器);

(5) 安全路由器等。

按性能价格可以分为以下几种。

（1）低端路由器，典型产品有 Cisco 500cs、Cisco 1000 系列、Cisco 2500 系列、3Com OC142 路由器等。

（2）中档路由器，典型产品有 Cisco 4000 系列、3Com Net-Builder、Bay ASN 等。

（3）高档路由器，典型产品有 Cisco7000，Cisco7513，Bay Networks 的 BLN/BCN 路由器等。

低端路由器用于小规模的 LAN 互连，转发能力为几千 PPS（包每秒），如 5 kPPS；中档路由器用做中等规模的主干网路由设备，转发能力一般为几万 PPS；高档路由器可支持多于 50 个局域网或广域网端口，转发能力为几十万 PPS 以上。

三种路由器的主要性能比较如表 7-8 所示。

表 7-8　高、中、低档路由器比较

	低档路由器	中档路由器	高档路由器
用途	小规模 LAN 互连、边界路由器	中等规模主干网、大中型企业网	广域网
转发能力/(b/s)	几千	几万	几十万以上
接口数	几个	<50	>50
支持的协议	支持基本路由协议和网络协议	支持常用的路由协议和网络协议	支持所有的路由协议和网络协议
支持服务	帧中继、电话拨号、PPP 等	帧中继、SMDS、T1、X.25 等	HDLC、PPP、X.25、DDN、SMDS、ATM、帧中继等
代表性产品	Cisco1720 3Com OC NET B 142 路由器	Cisco 4000 系列，Bay ASN	Cisco7513，Bay BLN/BCN

7.8.5　网络交换机

网络交换机是一种能够在源端口和目标端口之间提供直接、快速、及时的点到点连接和数据传递的设备。

1. 分类

根据交换机所交换的分组长度形式可以分为分组长度可变的帧交换机与分组长度固定为 53 字节的信元交换机（ATM 交换机）。

根据交换机涉及的技术可以分为：

（1）以太网交换机；

（2）快速以太网交换机；

（3）多功能交换机；

（4）FDDI 交换机；

（5）ATM 交换机；

（6）路由交换机（第三层交换机）等。

根据交换机的应用规模可以分为：

（1）企业级网络交换机；

（2）部门级网络交换机；

（3）工作组级网络交换机。

交换机有时也分为主干交换机和边缘交换机等。

根据交换机结构可以分为独立型网络交换机与模块化/机架式网络交换机。

2. 交换机的重要技术指标

交换机的技术指标因类型不同有所区别，下面以帧交换机为例来说明其主要技术指标。

（1）端口类型：常见的有 10BaseT、10BaseF、100BaseTX、100BaseT4、100BaseFX、10/100BaseTX 自适应型、1000BaseLX、1000BaseSX 等；

（2）端口速率：常见的有 10 Mb/s、100 Mb/s、10/100 Mb/s、1000 Mb/s 等；

（3）缓冲器的缓冲能力：如 192 KB/端口、4 MB（公用），缓冲器越大，缓冲能力越好；

（4）端口数目及类型；

（5）每端口的地址数：指交换机中要保持一张与该端口外接的所有节点地址（MAC）表的大小，数量从十几个到上万个，甚至几十万个 MAC 地址；

（6）接口灵活性和可适应性等。

3. 吉位以太网交换机

以 Cabletron 公司的 SSR2000 交换式路由器为例，基本配置为 16 个 10/100 Mb/s 端口和 2 个扩展槽，可选的 2 端口吉位以太网模块，8 端口 10/100BaseT 或 FX 模块，支持 PPP 和帧中继。主要技术参数为：具有 8 Gb/s 的无阻塞交换能力；含有 18 万个 MAC 地址、1.6 万个路由、12.8 万个第四层数据流和 2 000 个访问控制表项；支持多种协议，如 RIP、OSPF、BGP、DVMRP 和 PIM 等；每秒 600 万包 IP/IPX 线路速率。

7.8.6 网关

网关是一种能把两个网络互连起来，并把分组从一个网络传到另一个网络的计算机或功能装置。用网关可以连接独立的局域网，连接 LAN 与远程网，或者连接两个不同的远程网等。

网关根据其服务类型可以分为电子邮件网关、VIP 网关、视频网关、应用代理网关、公共网关、Web Ariver 网关等，这些都是工作在应用层上的网关。把工作在网络上的网关通常称为路由器。

用网关把不同类型的网络连接起来，一般要通过媒体转换、低层协议转换、应用层协议转换三个层次的连接来实现。

本章小结

本章主要从功能、分类、用途等方面介绍了数据通信与网络的设备。在数据终端设备中介绍了通用终端、复合终端、智能终端及虚拟终端。还介绍了 Modem 的功能、组成、标准、分类和选择等，通过举例的方式分别介绍了 V.29 建议、V.32 建议、V.33 建议和 V.36 建议的 Modem 中的调制解调技术、系统组成及原理，以及 ADSL 调制解调器中常见的几种协议，并介绍了 Modem 的新技术——带宽自适应调制技术、成形技术和预编码技术。多路复用器是将多个终端的数据汇聚到一个通信线路端口上的设备。集中器是一种将 m 条数据输入口汇总成 n 条数据口的设备，当 $n=1$ 时集中器就是多路复用器。协议转换器主要完成各种类型协议之间的相互转换。网络适配器、前端处理器、中继器、网桥、路由器、网络交换机、网关等都是网络中的主要设备,这些设备有些在功能上具有一定的通用性。本章从网络层次角度对网络设备进行了分类,对有些网络设备给出了典型产品的主要技术性能和参数。

思考与练习

7-1　举例说明终端设备输入信息的方式有哪些。

7-2　数据终端设备是如何进行分类的?

7-3　调制解调器通常由哪几部分组成? 各部分有何功能?

7-4　Modem 有哪几种分类方法?

7-5　V.29 建议的调制解调器的主要技术特性有哪些?

7-6　简述 V.32 建议的 Modem 采用 16QAM 方式的工作原理,并画出 16QAM 的信号空间图(星座图)。

7-7　画出 32TCM 的星座图。

7-8　简要说明调制解调器新技术的基本思想。

7-9　什么是多路复用器? X.50 和 X.51 建议中采用的包封格式是什么?

7-10　何谓集中器? 集中器有哪些功能?

7-11　集中器中采用的技术有哪些?

7-12　协议转换器有哪几种类型?

7-13　网络适配器有哪些作用? 它是如何分类的?

7-14　什么是前端处理器? 它有哪些类型?

7-15　物理层网络设备主要有哪些?

7-16　数据链路层网络设备有哪些?

7-17　网络层和传输层的网络设备有哪些?

7-18　什么是中继器? 什么是网桥? 它们各自有何特点?

7-19　网桥的技术参数有哪些?

7-20　网桥是如何进行分类的?

7-21　路由器的主要功能有哪些?

7-22　根据路由器在网络中的作用不同,路由器可以分为那几种?

7-23　试说明低、中、高档路由器的区别。

7-24　试举例说明网络交换机有哪些常见技术指标。

7-25　交换机根据其实现技术可以分为哪几种?

7-26　吉位以太网交换机的主要技术参数是什么?

7-27　什么是网关?

7-28　V.32、V.36、V.29 建议中 Modem 的传输速率、调制方式各是什么?

第8章　数据通信网介绍

数据通信网是进行数据传输和交换的网络,它应该使各用户终端共享网络的硬件和软件资源。本章将在介绍数据通信网一般概念的基础上,介绍分组交换网、帧中继网及数字数据网的组成、结构、应用等。

8.1　概述

8.1.1　数据通信网的组成和分类

数据通信网是一个由分布在各地的数据终端设备、数据交换设备和数据传输链路所构成的网络,其功能是在网络协议的支持下,实现数据终端间的数据传输和交换。数据通信网的一般示意图参见图1-4,其各部分功能可参阅有关章节。

数据通信网可以从网络拓扑结构和传输技术两个角度分类。按网络拓扑结构分,数据通信网可分为网状网、星状网、树状网和环状网;按传输技术分,数据通信网可分为交换网和广播网。有关上述各种网的说明及示意图,已在第1章讲过,这里不再重复。

8.1.2　数据通信网的性能指标

数据通信网的主要性能指标有时延(D)和吞吐量(T),它们反映了网络的能力和质量。

1. 时延(D)

时延包括从用户终端到用户终端之间传输1位数据的平均时延和最大时延。网络的时延由传输时延、交换时延、接入时延和排队时延组成。传输时延是指数据通过传输媒体所需的时间,交换时延是网络中的交换机、集成器、路由器等电子设备引入的时延,接入时延是在共享信道的网络中的接入等待时间,排队时延是在包交换中存储转发包排队的时延。

2. 吞吐量(T)

吞吐量是指数据通过网络传送的速率,即单位时间内通过网络的数据量。

3. 时延(D)与吞吐量(T)的关系

在数据通信网中,时延与吞吐量之间是相互关联的。当网络使用量增加时,时延将增加;当网络的使用量接近吞吐量时,将会有很大的时延。空闲时网络时延小,而拥塞时网络时延大。时延和吞吐量乘积($D \cdot T$)表示网络上存在的数据量。

8.2　分组交换网

分组交换网是采用分组交换方式的数据通信网,它所提供的网络功能相当于 ISO/OSI 参考模型低三层(即物理层、数据链路层和网络层)的功能。

8.2.1 分组交换网的构成

1. 基本结构

公用分组交换网的基本结构如图 8-1 所示,通常采用两级分层结构,根据业务需求、业务流量在不同的地区分别设立一级和二级交换节点(中心)。

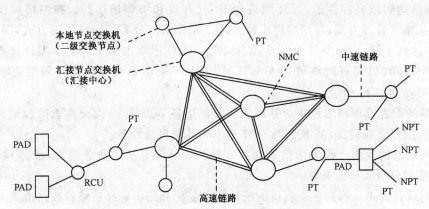

图 8-1 公用分组交换网基本结构

一级交换节点作为汇接中心,和传输信道组成数据通信骨干网。一级交换节点使用中转分组交换机或中转和本地合一的分组交换机,通常设置在业务流向较多及业务量较大的地点,如大、中城市,一般由高速数据链路构成网状网和网格型网。二级交换节点组成本地网或区域网,并与骨干网相连。二级交换节点通常分布在有一定数据业务需求的地点,如中小城市,在一些业务量较少的地点设置集中器,一级交换节点与二级交换节点之间用中速数据链路构成星状网,必要时也可以组成网格型网。

2. 网中的设备及功能

分组交换网中建立网络管理中心(NMC,Network Management Center),网中主要设备有分组交换机、远程集中器(RCU,Remote Collecting Unit)、分组装拆设备(Packet Assembler/Disassembler,PAD)、DTE 和传输线路设备等。

(1) 分组交换机 分组交换机是分组交换网的枢纽,根据它在网中所处的地位,可分为中转交换机和本地交换机。中转交换机所有的端口都用于和其他交换机互连,它具有较强的路由选择功能和流量控制能力。本地交换机中只有几个中继端口和其他交换机互连,大部分端口都是用户终端接口,它具有本地交换能力和简单的路由选择功能。无论何种交换机均具有以下主要功能:

- 为网络基本的虚呼叫、永久虚电路和其他可选业务提供支持;
- 进行路由选择和流量控制;
- 实现 X.25、X.75 等多种协议互连;
- 完成局部的维护、运行管理、故障报告及诊断、计费及网络统计等功能。

(2) 用户终端(DTE) 数据终端包括分组终端(PT)和非分组终端(NPT)两种。PT 是具有 X.25 接口能力的终端设备总称,一般是智能终端,或者在 PC 上扩展一块通信接口板并安装 X.25 软件,它可以建立多条虚电路,发出具有不同目的地的数据分组。NPT 是不能直接和 X.25 网接口的终端设备,如字符终端、以 RS-232 通信的异步 PC 等,它要通过分组装拆设备

(PAD)才能接入到分组交换网。

(3) 远程集中器(RCU)　远程集中器可以将离分组交换机较远地区的低速数据终端的数据集中起来,然后通过一条中高速电路送往分组交换机,以提高电路利用率。远程集中器的功能介于分组交换机和 PAD 之间,可以认为它是 PAD 的功能扩充。

(4) 网络管理中心(NMC)　NMC 的主要任务是进行网络管理、网络监督和运行记录等,目的是使网络达到较高的性能,保证网络能安全、有效和协调地运行。在网络规模较小时,NMC 采用集中式管理方式;在网络规模较大时,NMC 采用分布式网络管理方式,即把全网分割成若干个区域子网,在每个子网内设置 NMC。NMC 通常由两个以上小型计算机组成,一个主用,一个备用,以保证网络管理安全可靠。NMC 采用永久虚电路与网络交换机连接。NMC 的主要功能如下:

• 网络的配置管理和用户注册管理。主要包括各节点量、节点交换机的容量、线路速率和设备参数,用户终端类型,基本业务、工作速率和其他可选业务。

• 全网信息的收集。收集的信息包括交换机、PAD 等基本业务情况,线路和设备的故障,通信拥塞和分组大量丢失等。

• 路由选择管理。根据各交换机的统计信息变化和路由选择策略修改路由表。

• 网络管理中心对交换机等主要网络设备进行远程参数修改和软件更新。

• 网络监测、网络状态显示和故障告警。

• 网络安全管理。

• 计费管理。

(5) 传输线路　传输线路可以说是整个分组交换网的神经系统。目前分组交换网的中继传输线路主要有模拟和数字两种形式。模拟信道利用调制解调器可以转换成数字信道,速率为 9 600 b/s、48 kb/s 和 64 kb/s,而 PCM 数字信道的速率为 64 kb/s、128 kb/s 和 2 Mb/s。用户线路也有两种形式,即利用数字电路或利用电话线路加装调制解调器去实现,速率为 1 200 b/s～64 kb/s。

(6) PAD 设备　PAD 完成异步用户终端接入分组网的协议转换工作,主要有规程转换功能和数据集中功能。规程转换功能是指对 NPT 的接口规程与 X.25 协议的相互转换工作。数据集中功能是指 PAD 可以将多个终端的数据流组成分组后,在 PAD 至交换机之间的中、高速率线路上交织复用,有效利用了传输线路,同时扩充了 NPT 接入的端口数。

8.2.2　分组交换网的主要技术原理简介

在第 4 章数据交换中,已对分组交换的原理进行了介绍,其中包括分组的形成、分组交换方式等。在第 5 章数据通信协议中,又从分层的角度介绍了分组交换网所使用的 X.25 建议。因此,本节主要简单介绍分组交换网的路由选择和流量控制技术及原理。

1. 路由选择

不论虚电路方式还是数据报方式,都存在着路由选择问题。路由选择就是选择分组从源终端用户到目的终端用户的最佳传输路径。

路由选择是通过路由算法来实现的,路由算法是指交换机收到一个分组后,决定下一个转发的中继节点是哪一个,通过哪一条输出链路传送所使用的策略。在构造路由算法时,要综合考虑的因素有:

• 分组通过网络的时延的长短;

- 网内业务量平衡能力的强弱;
- 通信资源综合利用程度的高低;
- 网络拓扑结构的适应能力大小等。

此外,还应考虑网络的要求来选择路由算法,不同要求的网络有不同侧重点:有些网络侧重于高可靠性;有些网络侧重于通信资源的高利用率,以提高经济效益;有些网络则要求实时性好、响应快。因此,各网络的路由算法也不相同。

路由算法分为非自适应型和自适应型路由算法。非自适应型路由算法是根据网络结构、线路传输速率以及流量分布等因素预先计算出各个交换机节点的路由表,并在路由表中指出路由的多种选择顺序。这种算法可在较长的时间内保持不变,比较适合规模较小、流量分布较稳定的专用分组交换网。非自适应型路由选择算法的优点是实现起来比较简单,缺点是可靠性较差,效率较低。自适应型路由算法是指在路由选择过程中所使用的路由表,要考虑到网内当前业务量情况、线路畅通情况、交换机处理能力、网络拓扑结构等实时情况,并将这些因素的变化情况不断地通知各个相关的交换机,从而计算出能适应新情况的新路由。这种算法的优点是效率高、可靠性高、应变能力强,缺点是实现难度大和开销多,主要适用于大规模的公用分组交换网。自适应型路由选择算法有孤立式、集中式和分布式等,详细内容可参阅相关参考资料。

2. 流量控制

若报文无限制地进入通信网内,那么通信网将会发生拥塞和死锁现象。这是因为用户终端发送数据的时间和数量具有随机性,而网络中交换机的存储容量和各种线路的传输容量总是有限的。如果传输而来的数据量超过节点交换机的处理和存储能力,或超过线路的传输能力,就会导致网络拥塞,使分组传输时延明显增大,吞吐量明显下降。拥塞严重时,会使分组停止流动,造成分组无法输入输出的死锁现象。

流量控制就是为防止网络拥塞和死锁而提出的。流量控制限制了节点缓冲器中分组队列的长度,来维持全网或网中一个区域内的分组数目低于某一水平,使分组的到达率低于分组的传送率。

流量控制是通过对网上的数据采用某种控制的算法来实现的。流量控制的算法有多种,如窗口法、缓存器预定算法、分配缓存器算法、许可证算法、阻塞包算法、限制使用输入缓存器算法等,它们从不同的角度实现对通信网的流量控制。

X.25 协议是采用窗口法作为流量控制的基础。窗口法通过对接收端所发响应进行分组来控制数据流量的。这是因为发送方在发送完分组后要等待接收方的响应分组,然后再发送新的分组,因此接收方可通过暂缓发送响应分组来控制发送方的发送分组速度,从而达到流量控制的目的。窗口法设置包括控制分组和控制窗口尺寸两种方法,控制分组包括 RR(接收准备好)分组、RNR(接收未准备好)分组和 REJ(拒收)分组。窗口尺寸是指每个方向允许连续发送未响应分组的最大数目。窗口的起止点分别称为窗口上限和窗口下限。发送开始时窗口尺寸为 0,每发送一个分组,窗口上限便向前滑动一格(即加 1)。当窗口上下限之间的距离达到窗口最大尺寸时,表示包含在窗口内各个分组均已发送出去,尚未收到对方响应分组,这时发送端不再发送新的分组,而是等待对方响应。每当收到 RR 分组时,窗口下限便向前滑动一格,这时,发送端又可以发送新的分组。接收端还可根据情况,发送 RNR 分组或 REJ 分组,表示暂缓接收或拒绝接收分组。窗口法在公用分组网中应用广泛。

缓存器预定法是向目的地预约接收分组所需的缓冲区。如果接收方能分配足够的缓冲区,则可发送分组,否则暂停发送。

许可证法的目的是要限定流入网内的分组总数。这种方法是在网内规定确定数目的许可证,每当有分组需要传送时,必须先得到许可证,否则不准入网。当分组被接收方无误地接收后,交还许可证,以备其他分组使用。采用这种方法可能产生额外的等待时延。当网络负载不重时,分组很容易得到许可证,等待时延也可较小。

8.2.3 中国公用分组交换网(CHINAPAC)

CHINAPAC 由前邮电部统一组建,引进加拿大北方电信公司的 DPN-100 分组交换系统。全网由 31 个省市中心城市的 32 台交换机组成(其中北京 2 台)。北京、上海、南京、武汉、西安、成都、广州、沈阳等 8 座城市为汇接中心,各汇接中心采用网状结构,其他中心之间采用网格型结构,但每台交换机至少有两条以上中继路由,并逐步向网状网过渡。北京为国际出入口局,上海也按国际出入口局配置,广州为港、澳出入口局。

CHINAPAC 与公用电话网、用户电报网、DDN、VSAT、CHINANET,以及各省市的地区网、各大企事业单位的局域网均可实现互连,并与世界上几十个国家和地区的公用分组交换网互连,使得国内任何一终端都可通过 CHINAPAC 与国际间进行数据传输。CHINAPAC 的优点是规模大、覆盖面广、端口容量大、通信速率高、支持通信规程多、处理能力强、网络时延低等。

1. 用户类别和入网方式

用户接入 CHINAPAC 的示意图如图 8-2 所示。用户终端有 PT、NPT 和 SNA/SDLC 三类,可根据不同的用户终端来划分用户业务类别,提供不同速率的数据通信业务。

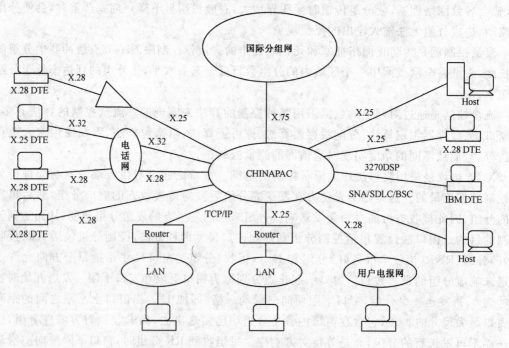

图 8-2 用户接入 CHINAPAC 的示意图

分组型终端(PT)采用同步工作方式。当 PT 通过专线电路接入网络时,可使用 X.25 接口规程,可提供 2 400 b/s、4 800 b/s、9 600 b/s、19.2 kb/s、48 kb/s、和 64 kb/s 等速率的数据通信业务。当 PT 通过公用电话交换网接入分组网时,使用 X.32 规程,可提供2 400 b/s、4 800 b/s、9 600 b/s 等速率的数据通信业务。

非分组型终端(NPT)采用起止式异步工作方式。当 NPT 通过用户电报网接入分组网时,使用 TEL/X.28 接口规程,可提供 50 b/s 速率的数据通信业务。当通过公用电话交换网接入分组网时,使用 X.28 规程,可提供 300 b/s、1 200 b/s、2 400 b/s、4 800 b/s、9 600 b/s、19.2 kb/s、等速率的数据通信业务。

SNA/SDLC 终端是遵循 IBM 公司 SAN/SDLC 规程的同步终端,它在 DTE 和 DCE 之间使用 SNA/SDLC 规程。SNA/SDLC 同步终端经专线电路接入分组网的用户,可以提供2 400 b/s、4 800 b/s、9 600 b/s、19.2 kb/s、64 kb/s 等速率的数据通信业务。

2. CHINAPAC 业务功能

CHINAPAC 向用户提供的主要业务功能有基本业务功能、用户任选业务功能、新业务功能及增值业务功能等。

基本业务功能包括交换虚电路(SVC)和永久虚电路(PVC)。

用户任选业务功能包括以下几种:

(1)速率、分组长度、流量控制等参数的协商和选用,使用户可根据信息量的大小灵活处理,提高效率。

(2)呼叫封阻,提供了用户选择来电和去电,可阻止无关人员的打扰。

(3)闭合用户群。闭合用户群是指由若干个用户组成的封闭的通信群体,群体内用户间可以相互呼叫,但不允许群内用户呼出和群外用户呼入,这项业务方便了要求通信保密的用户。

(4)反向计费及反向计费认可。反向计费是指由被呼叫方计费。要求被呼叫方计费的主呼方,在呼叫开始时向网络申请该业务,而被呼叫方接收此项功能(即反向计费认可),网络才向被呼叫方收取费用。

(5)计费信息显示。选择该业务的用户,在每次通话结束时可收到网络的有关计费信息。

(6)网络用户识别。这是一项提高网络通信安全性的功能,只有呼叫方向网络输入自己的网络用户标识字并正确有效时,呼叫请求才被网络接受。

(7)呼叫转移。这是网络将呼叫接通至用户事先规定的另一个终端地址的业务。

(8)用户连选组。用户连选组由若干个用户终端组成一个搜索群组,群组中每个用户不仅有自己的地址,还有群组的专用代号,当某主叫用户向连选组用户发起呼叫后,网络将在该群组中选择一个空闭的、有能力接收的终端与主叫用户连通,并告知主叫用户该终端的地址。

(9)直接呼叫。该功能使得用户在开机后即能与另一个事先指明的用户终端连通。

新业务功能包括虚拟专用网、广播功能、快速选择业务、SNA 网络环境、令牌环网智能网桥功能、异步轮询接口功能等。

增值业务功能包括电子函件业务、电子数据交换业务、传真存储-转发业务、可视图文业务、银行信用卡业务、电子银行业务、电子购物业务和家庭教学业务等。

8.3 数字数据网(DDN)

8.3.1 数字数据网概述

分组交换网的主要问题是节点机对所传信息的存储-转发和通信协议的处理,使得处理速度慢、网络时延大,无法满足高速、实时的要求。本节将介绍的数字数据通信网可解决速度慢和时延大的问题。

数字数据网(DDN,Digital Data Network)是利用数字信道提供半永久性连接电路传输数据信号的数字传输网络。其中数字信道是指 PCM 信道,半永久性连接是介于永久性连接和交换式连接之间的一种连接方式。确切地说,DDN 是以满足开放系统互连(OSI)数据通信环境为基本需要,采用数字交叉连接技术和数字传输系统,以提供高速数据传输业务的数字数据传输网。

DDN 的主要用途包括向用户提供专用的数字数据信道,为公用数据交换网提供交换节点间的数据传输信道,提供将用户接入公用数据交换网的接入信道和进行局域网间的互连。目前,由于 DDN 把数据通信技术与数字通信技术、光纤通信技术、数字交叉连接技术和计算机技术有机地结合起来,使得 DDN 正在逐步取代调制解调和复用器而成为数据传输的主要手段。

1. DDN 的网络结构

网络结构是以网络可以正常运行,且具有最佳效益为基础设计的。实践证明,图 8-3 所示的 DDN 网络结构是较好的,它分为一级干线网、二级干线网和本地网三级。从网络层次上看,DDN 可分为核心层、接入层和用户网。

一级干线网是全国的骨干网,其节点是直辖市和省会城市,节点连接采用网状形式,主要提供省际长途 DDN 业务和国际 DDN 业务。

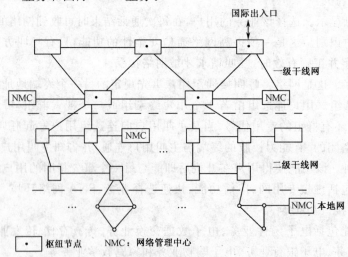

图 8-3 DDN 网络结构

二级干线网由设置在省内的各节点组成,节点之间采用不完全的网状连接。二级干线和一级干线之间采用星状连接方式。二级干线网提供省内长途及出入省的 DDN 业务。

本地网是城市(地区)范围内的网络,它可由多层次网络组成,其小容量的节点可设置在室内。本地网采用不完全网状网连接,与二级骨干网采用星状连接。本地网主要提供本地和长途 DDN 业务。

2. DDN 的基本功能

DDN 的主要功能是为用户提供端到端的高速率、低时延、高质量的数据传输通道。在这个信道中传输带宽可按 $N\times64\,kb/s(N=1\sim31)$ 任意设定。DDN 的基本功能是:

(1) 提供高质量的数字数据电路。其中包括提供点到点或一点到多点的数据、图像和语音电路;提供帧中继数据链路;提供虚拟专用网(VPN)所需的数据链路;提供 $N\times64\,kb/s\sim2.048\,Mb/s$ 半永久性连接的数字电路。

(2) 数据信道带宽管理功能。其中包括提供全透明的 2.4,4.8,9.6,19.2,$N\times64\,kb/s$ ($N=1\sim31$)的时分复用(TDM)电路连接;提供 $N\times64\,kb/s(N=1\sim31)$ 速率的帧中继永久虚电路(PVC)连接;提供 8,16,32 kb/s 速率的压缩语音、传真,并且有信令传输功能的电路连接。

(3) DDN 的骨干网能提供国际专线电路。

(4) DDN 对所有要求较高的电路具有自动倒换功能。

3. DDN 的特点

DDN 在网内局间中继、长途干线和终端与终端传输数据中均采用数字传输技术以及半永久性交叉连接技术。它具有以下主要特点:

(1) 信息传输速率高、网络传输时延小。这是因为 DDN 采用 PCM 数字信道,信息按 PCM 时分复用形式排列,在传输转接过程中,各转接节点只需进行信息时隙的识别,就可将数据信息准确地传送到目的地。而检错纠错等功能转移到智能化程度较高的数据终端设备来完成。

(2) 传输质量好。DDN 在进行数据信息中继传输的过程中,虽然不具有传输校验、纠错重发等功能,但由于 DDN 一般都采用光纤传输手段,可保证较高的传输质量。

(3) 传输距离远。因为 PCM 传输采用再生中继方式,可延长通信距离。

(4) 传输安全可靠。由于 DDN 通常采用网状网拓扑结构,使得当中继传输中任一节点发生故障时,只要不是最终一段用户线,节点均会自动迂回改道,把数据安全可靠地传输到目的终端用户。

(5) 透明传输。DDN 是一个任何通信规程都可以支持、不受任何约束的全透明数据传输网。因此,DDN 在数据、语音、传真、图像等多种业务中,都已成为十分重要的传输手段之一。

(6) DDN 网络运行管理简便。由于检、纠错等功能都由智能化程度较高的终端完成,使得网络运行中间环节的管理、监控内容等项目简化,并且操作方便。在必要和允许的情况下,用户还可部分地参与网络管理。

4. DDN 主要技术指标及要求

DDN 的主要技术指标有数据传输差错率、TDM 连接数据传送时延、主/备用电路倒换时间和帧中继业务服务质量。

(1) 数据传输差错率。要求数据传输速率为 64 kb/s 的长期平均比特差错率低于 1×10^{-6}。当连续 10 s 监测的比特差错率为 10^{-4} 时,达到告警门限;当比特差错率为 10^{-3} 时,达到故障门限。

（2）TDM 连接数据传输时延。要求 TDM 连接电路在不计入卫星电路传输时延的情况下，数据时延小于 100 ms。当 TDM 连接电路上有卫星电路段时，则每条卫星电路增加 300 ms 时延。

（3）主/备用电路倒换时间。要求电路故障判定时间为 10 s，电路业务中断判定时限或开始启用备用电路时限为 20 s，备用电路启动过程时限为 0.5 s。

（4）帧中继业务服务质量。暂定中继线容量按 4∶1 考虑，数据传送差错率如表 8-1 所示。

表 8-1　高速率信息对误码性能的要求

高速率信息		BER 要求值	备　　注
数　　据	传输速率 387～614 kb/s	～10^{-7}	95%的传输效率
视频业务	线性编码 PCM	～10^{-7}	可察觉到恶化，但还不反感
	DPCM(32 Mb/s)	～10^{-7}	
	视频编译码(15 Mb/s)	10^{-10}～10^{-9}	

8.3.2　数字数据网的组成与原理

DDN 的组成原理图如图 8-4 所示，其中包括本地传输系统、复用/交叉连接系统、局间传输系统、网同步系统和网络管理系统五大部分。

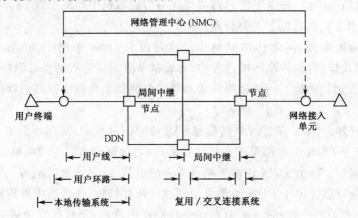

图 8-4　DDN 的组成原理图

1. 本地传输系统

（1）组成　本地传输系统由用户设备、用户环路组成。用户设备一般包括数据终端设备（DTE）、电话机、传真机、个人计算机以及用户自选的其他用户终端设备，也可以是计算机局域网。用户环路包括用户线和用户接入单元，其中用户线是一般的市话用户电缆；用户接入单元类型较多，对数据通信来说，主要有基带型或频带型单路或多路复用传输设备。

根据用户所选用的用户设备不同，用户发出的原始信号形式也不一定相同，有模拟信号，也有数字信号和数据信号。这些信号虽然适合在用户设备中处理，但不适合在用户线中传输。用户接入单元在用户端把这些原始信号转换成适合在用户线上传输的信号形式，并在可能的情况下，将几个用户设备的信号实现复用。

（2）用户接入　用户接入是指用户设备经用户环路与节点相连接的设备、连接方式及业务种类。

用户接入分类可用图 8-5 说明。用户接入设备可以是成对或单独使用的网络接入单元（NAU），也可以是直接与用户终端相连接的接口。

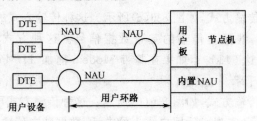

图 8-5　用户接入分类

用户入网的基本连接方式如图 8-6 所示。

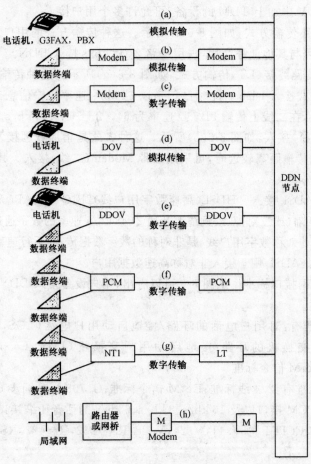

图 8-6　DDN 用户入网的基本连接方式

• 二线模拟传输方式，如图 8-6(a)所示。这种传输方式支持模拟用户入网，适合于近距离情况下使用。

• 二线（或四线）话路频带型 Modem 传输方式，如图 8-6(b)所示。这种传输方式支持的用户速率，由线路长度、Modem 的型号、Modem 的工作方式等决定。在线路使用方面，四线比二线传输距离大，其原因是四线完成全双工通信是用线对把收、发信道分开，而二线完成全双工通信必须通过频率分割、回波抵消等技术来实现，从而限制了传输速度和距离。在 Modem

使用方面,由于型号不同的 Modem 采用不同的调制、编码、压缩等技术,所以在传输速率上差别很大。

- 二线(四线)基带传输方式,如图 8-6(c)所示。这种传输方式的用户入网是通过基本传输设备(即基带 Modem),线路上传输的基带数据信号。这种方式的二线全双工速率可达 19.2 kb/s,四线全双工可达 64 kb/s,如果在基带 Modem 前加 TDM 设备,可允许多个用户同时接入,传输距离可达数千米。

- 话音和数据复用传输方式,如图 8-6(d)所示。这种传输方式可通过频分复用型话上数据(DOV,Data Over Voice)实现市话用户线上的电话/数据独立传输。

实现电话/数据独立传输也可用时分复用基带型的话上数据(DDOV,Digital Data Over Voice)实现,如图 8-6(e)所示。

在 DOV 和 DDOV 中加上 TDM 的设备,可允许多个用户接入。

- PCM 数字线路传输方式,如图 8-6(f)所示。这种传输方式的用户设备通过用户光缆、数字微波高次群等,可与其他业务合用,占用一路 2 048 kb/s 接入 DDN。

- 2B+D 速率线路终接(LT)传输方式,如图 8-6(g)所示。这种传输方式的用户设备以 ISDN 的 2B+D 的方式接入 DDN。此时 B 信道以 64 kb/s 速率传输信息,D 信道以 16 kb/s 速率传输网络控制信息,在二线上传输 2B+D 速率为 $64 \times 2 + 16 = 144$ kb/s。

- 路由器(或网桥)接入,如图 8-6(h)所示。这种方式是指局域网接入 DDN 时要通过路由器或网桥实现。当传输距离较远时,可采用话带 Modem(二线)接入。其速率的取值范围是 9.6 kb/s~$N \times 64$ kb/s。

- 利用 HDSL、ADSL 接入。HDSL(高速数字用户线)2B1Q 或 CAP(无载波调幅/调相)线路编码技术,可在两对(或三对)双绞铜缆上开通 2 048 kb/s 速率的数字通道。HDSL 适合于高速用户接入。ADSL(非对称数字用户线)是非对称的数字数据传输,下行速率为 1.544~6 Mb/s,上行速率为 576 kb/s。ADSL 用于接入非对称高速数据用户。

(3)用户设备入网接口标准　从图 8-6 可以看出,用户设备接入 DDN 的接口分为模拟接口和数字接口两大类。

模拟接口的标准有:对用户电话的环路/接地启动用户电话(LGS,Loop/Ground Start Subscriber);对用户交换机的环路/接地启动用户交换机(LGE,Loop/Ground Start Exchange);2/4 线和 E&M 信令标准。

数字话音接口标准有:2/4 线标准;E&M 信令标准;G.703 标准同步 64 kb/s 接口;G.721 标准 32 kb/s 的 ADPCM 接口以及 16 kb/s、8 kb/s、6 kb/s 的话音压缩接口等。

数据接口标准有 CCITT 的 V.11,V.24,V.28,RS-232,R-422,RS-423,X.21,X.50,X.58 等标准。

(4)用户线　用户线是指用户端或网络接入单元(NAU)至节点之间的物理传输线路。它的主要性能和要求是:线路是不加感的,且环路电阻小于 20 kΩ;线间绝缘电阻大于 20 kΩ,电容小于 0.7 μF;在定时信号频率下测试,要求数据信号速率小于 19.2 kb/s 时,衰减小于 3.5 dB,数据信号速率等于 32 kb/s 和 64 kb/s 时,衰减小于 30 dB;对于线径要求是在 20 kHz、频率衰减不大于 48 dB 的线路上,开通 19.2 kb/s 全双工的各种线径的理想传输距离,0.4 mm 线径为 7 km,0.6 mm 线径为 12 km,0.8 mm 线径为 19 km;在采用 QDPSK 技术、开通 19.2 kb/s 全双工时,要求对 100 kHz 信号衰减不大于 40 dB,此时不同线径的传输距离,0.4 mm 线径为 4 km,0.6 mm 线径为 6.5 km,0.8 mm 线径为 9 km;当用户信号传输速率小于 20 kb/s 时,应使用 CCITT V.24(RS-232C)

的接口标准,当用户信号传输速率小于 10 Mb/s 时,应使用 CCITT X.21 接口标准。

2. 复用/交叉连接系统

复用和交叉连接是 DDN 节点设备的基本功能。复用的目的是多路信号合用一条信道,交叉连接的目的是实现信道半永久性连接或再连接。

(1) 复用 典型的复用有频分复用(FDM)和时分复用(TDM)。时分复用又有 PCM 帧复用、超速率复用和子速率复用。

• PCM 帧复用。这种复用是将 32 条 64 kb/s 的 PCM 信道复用在一条 2 048 kb/s 信道上,其帧结构按 CCITT G.723 建议标准,如图 8-7 所示。

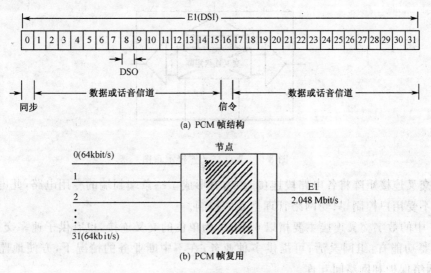

图 8-7 PCM 帧复用及 PCM 帧结构

• 超速率复用。这种复用是将多个 64 kb/s 信道合并在一起,提供传输容量大于 64 kb/s 的复用方法。它能把 N 个 64 kb/s 的信道合($N=1\sim31$)并在一起。图 8-8 是一个超速率复用的示意图。各路被安排在同一个 2 048 kb/s 的信道上,在 256 bit 的帧中,1~8 bit 按 CRC(循环冗余校验)复帧、子复帧等规定执行,9~256 bit 中每 8 bit 为一条 64 kb/s 电路,传送用户数据,并编号为 1~31。DDN 为方便对 $N\times64$ kb/s 电路调度,要求在 2 048 kb/s 信道上按顺序向后合并时隙的开放。例如,要开放 384 kb/s 时,若指定时隙位置为 1,则应合并时隙位置 1~6,开通 384 kb/s 电路。这种复用又称分数复用 FE1 或 FT1。

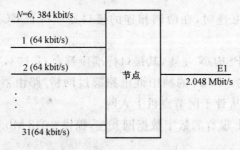

图 8-8 超速率复用示意图

• 子速率复用。在 DDN 中的信息速率小于 64 kb/s 时,称为子速率;将多个子速率信息复用到一条 64 kb/s 数字信道上,称为子速率复用。子速率复用的标准有 CCITT X.50,

X. 51，X. 48，R. 111，V. 110 等。其中 X. 50 最为常用，X. 58 推荐使用。

（2）交叉连接　交叉连接通常在数字信号下完成，因此称数字交叉连接（DXC，Digital Cross Connect）。数字交叉连接是由相当于一个电子配线架或一个静态交换机的交叉连接矩阵来完成，如图 8-9 所示。来自各中继电路的合路信号，经复用器分用出各个用户信号，分用出的各用户信号同本节点的用户信号一起进入交叉连接矩阵；交叉连接矩阵根据网管系统配置命令等，对进入其内的相同速率的用户电路进行连接，从而实现用户信号的插入、落地和分流（旁路）。

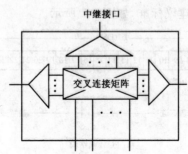

图 8-9　节点交叉连接示意图

通过交叉连接矩阵将各电路段连接起来，就形成了一条端到端的专用电路，此电路的建立和拆除等不受用户控制，只受网络管理指令的控制。

DDN 中的数字交叉连接主要指以 64 kb/s 为单位的交叉连接，也有供子速率交叉的设备。它们的主要功能有：组网灵活；可提供多种业务；在不中断业务的情况下，方便地监视性能指标，进行网络保护和网络间互连。

3. 局间传输与网间互连

（1）局间传输　局间传输是指节点间的数字信道以及由各节点通过与数字信道的各种连接方式组成的网络拓扑。在这里，信道是指基群（2 Mb/s）信道，网络拓扑的结构要根据网络中各节点的信息流流向，并考虑到网络安全而组建。网络安全是要求网络中的任一节点在出现故障或与其相邻的数字信道发生故障时，有自动启动与另一节点相连的数字信道进行迂回，保证原通信不中断的功能。

（2）网间互连　网间互连是指不同制式的 DDN 之间的互连及与 PSPDN、LAN 等互连。网间互连有如下要求：

• 不同制式的 DDN 互连时，在两网相连的接口处应符合 CCITT G. 703，G. 704，G. 732 等建议。

• DDN 的骨干网与 PSPDN 互连，其接口标准应符合 G. 703，V. 24，V. 35，X. 21 等标准。

• DDN 与 LAN 互连。DDN 的帧中继电路通过网桥/路由器连接 LAN，骨干网中允许帧中继 PVC 连接的用户，从骨干网节点机上入网。

• DDN 应能与国际上现有的数字数据网互连，提供 2 048 Mb/s 和 1.544 Mb/s 两种电路之间的转换。

4. 网同步系统

DDN 工作在网同步状态下，全网的设备必须保持同步，其主要原理及技术可参阅本书 6.4 节"网同步"。一般来说，国内 DDN 节点间采用主从等级同步方式，国际间采用准同步方式。

5. 网络管理系统

网络管理是网络正常运行和发挥其性能的必要条件。网络管理系统负责对 DDN 全网正常运行的监视、调度、控制，并对网络运行状况进行统计等，它的主要功能包括网络配置、网络运行实时监视、网络维护测试、网络信息的收集和统计报告等。

（1）网络配置功能　网络配置功能包括结构配置和业务配置。网络结构配置应包括网络节点、中继线的增、减和复用，节点部件、端口和冗余结构配置，节点识别码的设置、节点访问口令的设置和改变。网络业务配置包括：根据业务需要生成专用电路，并能在遇到故障时自动生成或重新建立电路；开放专用电路端口，建立电路时隙连接表；建立帧中继路由表；对故障/阻塞检测门限进行设置和改变；网络出现故障时，对高等级专用电路优先重新配置。

（2）网络运行实时监视功能　网络运行实时监视功能包括：显示网络结构网络节点和中继线的配置和利用情况，监视网络节点关键部件的故障和利用率；监视中继电路的误码性能和故障；监视节点端口故障。

（3）网络维护测试功能　网络维护测试功能包括：在不同的位置设置相应的维护测试环路；在中断或非中断业务的情况下对网络上任一专用电路进行监视或检测；设置节点维护测试端口，对网络进行测试。

（4）网络信息的收集和统计报告功能　网络信息的收集和统计报告功能包括：网络用户记录；网络节点中继线资源记录；网络告警统计报告；专用电路业务中断统计报告；帧中继业务统计报告。

8.3.3　专用数字数据网举例

图 8-10 是某航天试验任务的数字数据网。它有三个中心并互有数据交换，各测控站（船）之间无数据交换，传输数据的方向是从中心到测控站（船）时，数据量小，但从测控站（船）到中心时数据量大，具有不对称性。信道主要有光纤和卫星。全网同步采用主从方式。网络管理中心（NMC，Network Management Center）配置在航天指挥中心，负责全网管理；两个网络管理终端（NMT，Network Management Terminal）配置在发射控制中心和备用指挥中心，除负责本地区管理外，还作为 NMC 的备份。

8.4　帧中继网（FRN）

帧中继的基本工作原理及特点等在 4.5 节曾介绍过，这里仅对帧中继网的组成和用户接入，帧中继网的服务质量指标及要求，帧中继网的管理，以及帧中继网的业务应用进行简单的介绍。

8.4.1　帧中继网的组成和用户接入

帧中继网也采用分级结构，即全网采用三级：国家骨干网、省级网和本地网，如图 8-11 所示。全网主要由帧中继接入设备、帧中继交换设备和公用帧中继业务构成。

帧中继接入设备是用户住宅设备，它包括主机、桥接器/路由器、分组交换机和帧中继 PAD。

帧中继交换设备类型有：T1/E1（1.544/2.048 Mb/s）一次群复用器、分组交换机、专门设

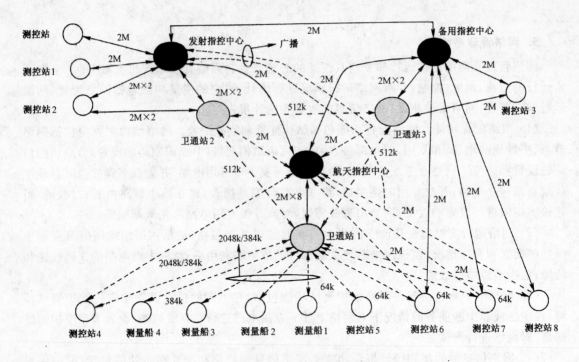

注:图中2M表示2048 kb/s,k表示 kb/s

图 8-10　某航天试验任务数字数据网网络拓扑结构

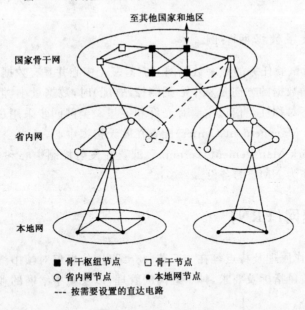

■ 骨干枢纽节点　　□ 骨干节点
○ 省内网节点　　● 本地网节点
--- 按需要设置的直达电路

图 8-11　帧中继业务网网络组织结构示意图

计的帧中继交换设备。这些设备的共同点是为用户提供标准帧中继接口。

公用帧中继业务的提供者通过公用帧中继网络提供业务。帧中继接入设备与专用帧中继设备可通过标准帧中继接口与公用帧中继网相连。用户住宅设备、传输设备和帧中继网络是访问帧中继业务的三要素。用户住宅设备可以是任何类型的接入设备,它通常采用 56/64 kb/s 链路入网,电路两端的传输设备速率可以不同。用户设备接入帧中继网时,必须通过用户设备与网络之间的接口,即用户–网络接口(UNI),如图 8-12 所示。

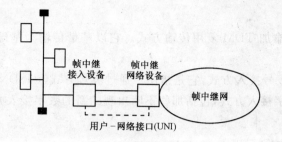

图 8-12 帧中继的用户-网络接口示意图

1. 用户接入规程

（1）DTE/DCE 的物理描述：X.21 接口、X.21bis 接口、V.11 或 V.35 接口、G.703 接口，以及 I 系列接口。用户可根据需要选用相应的接口。

（2）帧中继数据传送业务描述：给出了帧中继传送业务的一般概念、复用及所提供的业务。

（3）业务参数和业务质量：I.370,Q.933 的 A.51，主要描述了为保证业务质量要求和进行阻塞控制所需的参数。

（4）数据链路传输控制：与 Q.922 的附件 A 中相关部分基本相同，包括结构、寻址方式和传输方式的规定。

（5）PVC 管理规程：取自 Q.933 的附件 A。

（6）阻塞控制：I.370 和 Q.922 的附件 A。

（7）多协议封装：Q.933 的附件 F。

2. 用户接入电路

大部分用户采用直通电路接入帧中继网，如图 8-13 所示。

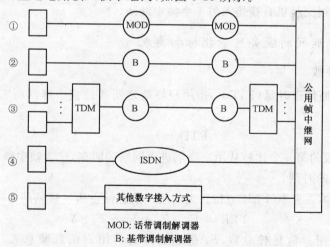

MOD: 话带调制解调器
B: 基带调制解调器

图 8-13 用户电路构成

方式①是二线（或四线）话带调制解调传输方式，支持的用户速率由线路长度、Modem 的型号决定，适合于速率较低（如 9.6 kb/s、32 kb/s、19.2 kb/s）、距离帧中继设备较近的用户，工作方式为全双工。

方式②是基带传输方式，用户速率通常为 9.6 kb/s、19.2 kb/s 和 $N\times64$ kb/s，采用二线或四全双工方式。

方式③是基带传输加 TDM 复用传输方式。它以基带传输为基础,再加上 TDM,可为多个用户提供接入。

方式④是 ISDN 拨号接入方式,它是指用户通过拨号方式经 ISDN 接入到帧中继网。

方式⑤为其他数字接入方式,包括那些不断出现的新的数字接入方式,如高速数字用户线(HDSL)。

3. 用户接入网络形式

用户接入帧中继网的形式如图 8-14 所示。

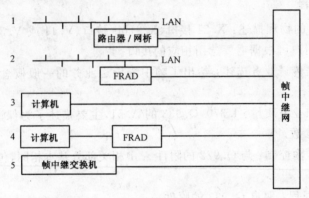

图 8-14　用户设备接入帧中继网的形式

局域网(LAN)接入帧中继网是通过路由器/网桥或帧中继接入设备(FRAD)接入帧中继网的。

终端可直接接入帧中继网,具有非标准接口规程的终端,通过 FRAD 接入帧中继网。

帧中继网可通过交换机直接接入另一个帧中继网。

8.4.2　帧中继网的服务质量指标和要求

1. 服务质量参数

(1) 用户信息帧传送时延(FTD):指用户终端之间通过帧中继网所需的时间,可用下式计算:

$$\text{FTD} = t_2 - t_1 \tag{8-1}$$

式中,t_1 为帧地址段的第一个比特从用户终端进入网络的时刻,t_2 为帧中继的最后一个比特从网络进入用户终端的时刻。

(2) 用户信息帧丢失率(FLR):指丢失的用户信息帧占所发送帧的比率,其计算公式为:

$$\text{FLR} = F_L/(F_L + F_S + F_E) \tag{8-2}$$

式中,F_L 是丢失的用户信息帧总数,F_S 是成功传送的用户信息帧总数,F_E 是残余错误帧总数。

FLR 包括承诺的用户信息帧丢失率(FLR$_c$)和超过的用户信息帧丢失率(FLR$_e$)。若设帧中继网为每个帧中继用户分配有承诺突发量(B_c)、超过突发量(B_e)和承诺信息速率(CIR)(其中 B_c 是承诺速率在测量间隔 T_c 内,一个用户向网络发送的最大数据总量;B_e 是在 T_c 内允许用户超过 B_c 部分发送的最大数据总量;CIR 是网络和用户给定的信息速率),则当用户信息传送速率不超过 CIR 时,对所有 DE=0(关于 DE,请参考 4.5 节)的帧的传送丢失率即为承诺的用户信息帧丢失率(FLR_c),要求 $FLR_c < 10^{-8}$;当用户信息速率超过 CIR,且 T_c 内 DE=0 的帧的数据量不超过 B_c,DE=1 的数据量不超过 B_e 时,对 DE=1 的帧的传送丢失率即为超过的 FLR(FLR_e)。

(3) 残余错帧率(RFER):指残余错误帧占所有接收帧的比率,计算公式为

$$RFER = F_E/(F_E + F_S) \qquad (8\text{-}3)$$

要求 $RFER \leqslant 10^{-1}$。

(4) 额外帧率(EFR):额外帧是指在一条虚电路上收到非发送端发送的帧。EFR 为单位时间内收到的额外帧率。

2. 传输质量

用户线误码率 $\leqslant 10^{-7}$,中继线误码率 $\leqslant 10^{-8}$,端到端误码率 $\leqslant 10^{-6}$。

3. 可用性指标

(1) 网络可用性指标用网络提供无故障服务的时间占运行时间的百分比表示,要求这一百分比达 99.99%。

(2) 虚电路可用性指标用虚电路上 FLR_c,FLR_e,RFER 和 EFR 是否满足规定状态来衡量,若几项指标均满足规定状态,则称为可用状态;若有一项或几项不满足规定状态,则称为不可用状态。要求不可用状态的时间在一条虚电路上要相隔至少 300 h。

8.4.3 帧中继网的管理系统

帧中继网的网络管理系统由 NMC 和 NMT 组成,根据我国对帧中继网技术体制的规定,NMC 和 NMT 应能够对帧中继网进行配置管理、性能管理、故障(或维修)管理、计费管理和安全管理。

1. 配置管理

配置管理主要包括网络结构配置和网络业务配置两方面的功能。网络管理包括:网络节点、中继的增减变动,网络节点部件、端口和冗余结构的配置,网络节点访问口令的设置和改变。网络业务的配置包括:PVC 的优先级,存在网络失效时是否重新选路,承诺信息速率(CIR),承诺的突发量(B_c),超过的突发量(B_e)。

2. 性能管理

NMC 实时连续地收集网络运行的相关数据,监视网络拥塞、设备失效的情况,用图形方式显示网络运行状态,在需要时发送命令到各节点,进行网络控制。

3. 故障(维护)管理

NMC 能够对网络的故障进行监测、显示和统计,并对网内各节点和中继线进行各种环测。

4. 计费管理

NMC 应能够实时地收集网络资源的利用信息,并对其信息进行处理和存储,形成计费报告。

5. 安全管理

安全管理可避免非法入网,控制接入级别,设置用户口令、识别符以及登录操作员的查询

命令等。

8.4.4 帧中继业务的应用

常用的帧中继业务有 LAN 互连、块交互型通信、文件传输和虚拟专用网等。

利用帧中继网络进行 LAN 互连是帧中继业务最典型的一种应用。帧中继网可为互连的 LAN 用户提供高速率、低时延、适合突发性数据传送并能有效防止拥塞的数据传输业务。

帧中继可为高分辨率可视图文、计算机辅助设计(CAD)等需要传送高分辨率图形数据的用户提供高吞吐量、低时延的数据传送业务。

帧中继可为大用户提供虚拟专用网业务。

本章小结

数据通信网是由分布在各地的数据终端设备、数据交换设备和数据传输链路按照某一种结构组成的,它的目的是要在网络协议的支持下实现数据终端间的数据传输和交换。

数据通信网可按照网络的拓扑结构和传输技术分类,按网络拓扑结构分为网状网、不完全网状网(网格型网)、星状网、树状网和环状网,按传输技术分为交换网和广播网。

分组交换网是一种采用分组交换方式的数据通信网,它所提供的网络功能相当于 ISO/OSI 参考模型的低三层。CCITT 的 X.25 建议是针对分组交换网而制定的国际标准。

分组交换网主要由分组交换机、用户接入设备和传输线路组成。分组交换机是分组交换网的枢纽,现在的分组交换机大都采用功能分担或负载分担的多处理器模块结构来实现,具有可靠性高、可扩充性强、服务性能好等特点。用户接入设备指用户终端,分为分组型终端和非分组型终端,非分组终端要通过 PAD 接入分组交换网。传输线路是整个网的神经系统,中继传输线路有模拟和数字两种形式。

分组交换网的路由选择就是选择分组从源用户端到目的用户端的传输路径。路由选择的算法有多种,总的要求是使分组传输时延短、算法简单、各节点的工作量均衡,有自适应及对所有用户都平等。路由算法分为非自适应型和自适应型两大类。

分组交换网的流量控制是为防止网络拥塞和死锁现象的发生而对网络内的数据流动进行必要的控制的技术。流量控制主要是限制节点缓冲器中分组队列的长度,它是依据网络通信协议来实现的,一般采用窗口法实现。

数字数据网(DDN)是利用数字信道来传送数据信号的数据传输网。DDN 具有传输速率高、网络时延小、传输质量好、传输距离远、传输安全可靠等特点。DDN 的网络结构分为一级干线网、二级干线网和本地网三级。DDN 由本地传输系统、复用/变叉连接系统、局间传输系统、网同步系统和网管理系统组成。

本地传输系统由用户设备、用户环路组成。用户入网的方式主要有:二线模拟传输方式、二线(或四线)话路频带型 Modem 传输方式、二线(或四线)基带传输方式、模拟或数字话音和数据复用传输方式、PCM 数字线路传输方式、2B+D 速率线路终接(LT)传输方式等。复用/交叉连接系统的复用和交叉连接是 DDN 节点的基本功能,其中数字信道的半永久性连接和再连接是通过数字交叉连接设备实现的。局间传输是指节点间的数字信道,以及由各节点通过与数字信道的各种连接方式组成的网络拓扑。关于 DDN 的网同步方式,国际间采用准同步方式,国内 DDN 节点间采用主从等级同步方式,DDN 用户入网同步方式应首选的是网络提供的时钟。网络管理系统负责全网结构的建立和调整,以及日常网络运行的监视、调度、控制和统计等,它是由网络管理中心、网络管理终端和节点管理维护终端组成。

帧中继网是采用帧中继技术的网络。帧中继实质上是由 X.25 分组交换技术演变而来的,它继承了 X.25 的优点,如提供统计复用功能、PVC 和 SVC 等,将用于保证数据可靠性的流量控制和差错控制委托给用户终端或本地节点机来完成,使得网络时延大大减小。帧中继网络主要由用户设备和网络设置组成,其网络结构分为国家骨干网、省内网和本地网。帧中继网的主要业务应用有局域网互连、虚拟专用网以及作为分组交换网节点机之间的中继传输。

思考与练习

8-1 什么是数据通信网? 其主要功能是什么?

8-2 数据通信网按网络拓扑结构分类有哪几种?

8-3 分组交换网的设备组成有哪些?

8-4 分组交换网中的路由选择要求是什么? 主要算法有哪些?

8-5 流量控制的目的是什么?

8-6 DDN 的特点有哪些?

8-7 DDN 的网络业务主要是什么?

8-8 DDN 的用户入网方式有哪些?

8-9 简述数字交叉连接设备的功能。

8-10 帧中继的特点有哪些?

8-11 帧中继的应用有哪些?

8-12 帧中继网络分哪几层?

8-13 帧中继用户接入设备有哪几种? FRAD 的作用是什么?

附录 A 数据通信常用技术标准

1. CCITT V 系列建议(电话网数据通信标准)

V.1	二进制符号与双态代码之间的对等关系
V.2	电话线路上数据传输的功率电平
V.3	国际 5 号电码表
V.4	公共电话网上数据传输用的国际 5 号电码信号的一般结构
V.5	公共交换电话网中同步数据传输的数据信令速率标准化
V.6	租用电话型电路上同步数据传输的数据信令速率标准化
V.7	关于电话网上数据通信术语的定义
V.10	数据通信中使用集成电路设备的非平衡双流接口电路的电气特性
V.11	数据通信中使用集成电路设备的平衡双流接口电路的电气特性
V.13	模拟载波控制
V.14	起止式字符在同步载体信道上的传输
V.15	使用声耦合进行数据传输
V.16	医用模拟数据传输调制解调器
V.19	使用电话信号频率的并行数据传输调制解调器
V.20	用于公共交换电话网的并行数据传输调制解调器
V.21	用于公共交换电话网的 300 bps 双工调制解调器
V.22	用于公共交换电话网和租用线路的 1 200 bps 双工调制解调器
V.22bis	用于公共交换电话网和点对点二线租用线路采用频分技术实现的 2 400 bps 双工调制解调器
V.23	用于公共交换电话网的 600/1200 波特调制解调器
V.23bis	用于公共交换电话网和租用线路的标准化双工调制解调器
V.24	DTE 和 DCE 间的接口电路定义表
V.25	公共交换电话网上的自动呼叫/应答设备,包括在人工建立的呼叫中停用回声抑制器
V.25bis	公共交换电话网上采用 100 系列接口电路的自动呼叫/应答设备
V.26	用于四线租用线路的 2 400 bps 调制解调器
V.26bis	用于公共交换电话网的 2400/1200 bps 调制解调器
V.27	用于租用线路的 4 800 bps 带手动均衡器的调制解调器
V.27bis	用于租用线路的 4800/2400 bps 带自动均衡器的调制解调器
V.27ter	用于交换电话网的 4800/2400 bps 调制解调器
V.28	非平衡型双流接口电路的电气特性
V.29	用于点对点四线租用线路的 9 600 bps 调制解调器
V.31	使用触点闭合控制的单流接口电路的电气特性

2. CCITT X 系列建议 (公共数据网数据通信标准)

3. ISO 数据通信标准

ISO4902	数据通信——37 针和 9 针 DTE/DCE 接口的接插件及插针分配
ISO4903	数据通信——15 针 DTE/DCE 接口的接插件及插针分配
ISO6159	数据通信——HDLC 非平衡型规程
ISO6256	数据通信——HDLC 平衡型规程
ISO7809	数据通信——高级链路控制规程——规程类型
ISO7478	多链路规程
ISO7480	DTE－DCE 接口的起/止传输信号质量
ISO7776	与 X.25 LAPB 兼容的 DTE 数据链路规程描述
ISO8480	使用 23 插针连接器的 DTE－DCE 接口备用控制操作
ISO8481	使用 X.24 互换电路由 DTE 提供定时的 DTE－DCE 物理连接
ISO8482	双绞线多点互连
ISO8877	用于参考点 S 和 T 处的 ISDN 基本访问接口的接口连接器和触点分配
ISO9067	使用回路测试的自动故障隔离过程
ISO9314	光纤分布式数据接口
ISO9543	DTE－DCE 接口的同步传输信号质量

4. EIA 数据传输标准

RS-232-C	采用二进制数据交换的 DTE 和 DCE 之间的接口
RS-269-B	数据传输的同步信号速率
RS-334-A	用于串行数据传输的 DTE 和同步数据通信设备之间接口的信号质量
RS-363	在与非同步数据通信设备的接口处,使用串行数据传输的发送和接收数据终端设备的信号质量
RS-366-A	DTE 和数据通信自动呼叫设备之间的接口
RS-404	DTE 和非同步 DCE 之间起止信号的质量
RS-410	A 类闭合接口电路的电气特性
RS-422-A	平衡电压数字接口电路的电气特性
RS-423-A	非平衡电压数字接口电路的电气特性
RS-449	用于串行二进制数据交换的 DTE/DCE 接口 37 针和 9 针接插件及插针分配

附录 B　缩略语英汉对照表

AAL	ATM 适配层	BIP	宽带智能外设
ABM	异步平衡方式	BIP	位交叉奇偶校验
AC	访问控制	B-ISDN	宽带综合业务数字网
AC-3	声音编码 3 型	BISUP	宽带综合业务数字网用户部分
ACE	自动呼叫器	BLER	块出错率
ACF	访问控制字段	BOM	报文开始
ACF	鉴权控制功能	BRI	基本速率接口
ACK	确认	BS	基站
ACSE	相关控制服务单元	BSC	基站控制器
ADCCP	先进数据通信控制规程	BSS	基站系统
ADM	分插复用(器)	BSSAP	基站系统应用部分
ADM	异步断开方式	BTS	基站
ADPCM	自适应差分脉冲编码调制	C/R	命令/响应位
ADSL	非对称数字用户线	C/S	会聚业务/分段与重装业务
AFI	规范格式识别符	CAD	计算机辅助设计
AIN	高级智能网	CAP	CAMEL 应用部分
AMPS	先进移动电话系统	CAP	无载波幅度/相位调制
AMVSB	残留边带调幅	CATV	广播电视与共用天线系统
ANM	应答消息	CBR	恒定比特率
ANSI	美国国家标准协会	CCAF	增强呼叫控制代理功能
APDU	应用层协议数据单元	CCF	呼叫控制功能
APK	幅度相位键控	CCH	控制信道
APS	自动保护倒换	CCITT	国际电报电话咨询委员会
ARM	异步响应方式	CCS	公共信令信道;中央计算机系统
ARP	地址解析协议	CDMA	码分多址复用
ARQ	自动重发请求	CDPD	蜂窝数字数据分组系统规范
ASE	应用服务单元	CELP	码激励线性预测编译码器
ASK	振幅键控	CEPID	连接端点标识符
ATM	异步传送模式	CES	电路仿真业务
BCH	博斯-乔赫里-霍克文黑姆码,	CF	控制字段
	BCH 码	CHAP	盘问握手授权协议
BCM	基本呼叫模型	CIB	循环冗余校验码 32 个指示位
BECN	后向显式拥塞通知	CIF	通用中介格式
BER	位出错率	CIR	承诺信息速率
BGP	边界网关协议	CLLM	综合链路层管理

CLNP	无连接网络层协议	DDOV	话上数字数据
CLNS	无连接网络业务	DE	可丢弃标识符
CLP	信元丢弃优先级	DECT	欧洲数字无绳通信
CMIP	公共管理信息协议	DFB	分布反馈激光器
CMISE	公共管理信息服务单元	DFE	判决反馈均衡器
CNM	客户网络管理	DFI	域特定部分标识符
CO	中心局	DFP	分布功能平面
COCF	面向连接的会聚功能	DHCP	动态主机配置协议
COM	报文持续	DL	数据链路
COTS	面向连接的传输业务	DLCI	数据链路连接标识符
CP	公共部分	DMA	直接存储器访问
CPCS	公共部分会聚子层	DMI	桌面管理接口
CPCS-UU	公共部分会聚子层-用户到用户的指示	DMPDU	衍生的媒体访问控制协议数据单元
CPE	用户驻地设备	DMT	离散多音频调制
CPI	公共部分指示符	DNS	域名系统
CPL	呼叫处理逻辑	DNSL	域名服务系统
CPU	中央处理器	DOV	话上数据
CRC	循环冗余校验	DP	检测点
CRS	信元中继业务	DPCM	差分脉冲编码调制
CS	会聚子层	DPDU	数据链路层协议数据单元
CSDN	电路交换数据网	DPSK	差分相移键控
CSMA/CD	载波侦听多路访问/冲突检测	DQDB	分布队列双总线
CSS	蜂窝位置交换	DS	数字信号
CSU	信道服务单元	DSF	色散位移光纤
CT	无绳电话	DSI	数字话音插空
CT2	无绳电话技术版本 2	DSP	域特定部分
DA	目的地址	DSS	数字用户信令系统
DAS	双连接站	DSU	数据业务单元
DC	终端控制	DTE	数据终端设备
DCA	终端控制代理	DTMF	双音多频
DCC	数据国家代码	DTV	直播电视
DCE	数据电路终接设备	DVMRP	距离矢量多目标广播协议
DCF	色散位移光纤	DWDM	密集波分复用技术
DCN	数据通信网	DXC	数字交叉连接
DCS	数字交叉连接系统	E/O	电/光
DCS1800	数字蜂窝系统 1800	EA	扩展地址
DCT	离散余弦变换	EAB	扩展地址位
DDD	长途直拨	EC	边控制
DDN	数字数据网	ECMA	欧洲计算机制造商协会

ED	结束定界符	GCRA	通用信元速率算法
EDFA	参铒光纤放大器	GFC	一般流量控制
EDI	电子数据交换	GFP	全局功能平面
EFR	额外帧率	GIF	渐变型多模光纤
EFT	电子资金转账	GIO	一般操作接口
EIA	美国电子工业协会	GSM	全球移动通信系统
EIR	超出信息速率	GSMC	入口移动交换机
EIR	设备标识寄存器	HCS	报文检验序列
EOM	报文结束	HDLC	高级数据链路控制
ES	端系统	HDR EXT	头部扩展
ESI	端系统标识符	HDSL	高速数字用户线
FC	帧控制	HDTV	高清晰度电视
FCS	帧检验序列	HDWDM	高密集波分复用技术
FDCT	正向离散余弦变换	HDX	半双工
FDDI	分布式光纤接口	HEC	信头差错控制
FDM	频分复用	HEL	报头扩展长度
FDW	频分复用技术	HFC	混合光纤/同轴电缆
FDX	全双工协议	HFCoax	混合光纤同轴电缆
FEC	前向纠错	HFCop	混合光纤铜线
FECN	前向显式拥塞通知	HLPI	高层协议识别号
F-ES	固定端系统	HLR	归属位置寄存器
FFP	光纤法布里-珀罗无源滤波器	HTML	超文本标记语言
FIFO	先进先出	HTTP	超文本传输协议
FISU	填充信号单元	IA	实施协定
FLR	帧丢失率	IAM	起始地址消息
FNS	FDDI 网络服务	IC	交换运营商
FPS	快速分组交换	ICD	国际代码指示符
FPLMTS	未来公众陆地移动通信系统	ICF	同步会聚功能
FR	帧中继	ICI	交换运营商接口
FRAD	帧中继接入设备	ICIP	ICI 协议
FRF	帧中继论坛	ICMP	网际控制消息协议
FRS	帧中继业务	IDI	初始域标识符
FS	全状态	IDN	综合数字网
FS	帧状态	IDP	初始域部分
FSK	频移键控	IEEE	电器与电子工程师学会
FTD	帧传送时延	IGMP	网际组管理协议
FTP	文件传输协议	ILMI	临时局部管理接口
FTSC	联邦电信标准委员会	IM	初始化方式
FTTC	光纤到路边	IMDD	强度直接调制直接检波
FTTH	光纤到家庭	IMP	接口报文处理机

IMPDU	初始媒体访问控制协议数据单元	LI	长度指示符
IN	智能网络	LLC	逻辑链路控制
INAP	智能网应用协议	LMDS	本地多点分配业务
INSI	内部网络交换接口	LME	层管理实体
IP	网际协议	LMI	局部管理接口
IP	智能外部设备	LRF	位置登记功能
IPI	初始协议表识符	LSB	最低有效位
IPoA	基于 ATM 的网际协议	LSSU	链路状态信号单元
IPS	每秒钟执行的指令数	LT	线路终端
IPSC	IP 交换控制器	MAC	媒体访问控制
IPv4	互联网版本协议 4	MAI	多址干扰
IPv6	互联网版本协议 6	MAN	城域网
IS	中间系统	MAP	移动应用部分
ISDN	综合业务数字网	MAU	多站点访问单元
ISO	国际标准化组织	MBS	最大突发长度
ISP	因特网服务供应商	MC	多点控制器
ISSI	交换系统间接口	MC	机器拥塞
ISUP	ISDN 用户部分	MCF	媒体访问控制会聚功能
ITU	国际电信联盟	MCF	移动控制功能
ITU-T	国际电信联盟电信标准部	MCU	多点控制单元
IVDS	交互式视频和数据业务	MDIS	移动数据中间系统
IWF	互连功能	MELP	混合激励线性预测等编译码器
IXC	交换运营商	MHF	移动归属功能
JPEG	联合专家组	MIB	管理信息库
LAN	局域网	MID	报文标识符
LAP	链路访问规程	MLP	多链路规程
LAPB	平衡型链路访问规程	MMDS	多点多信道分配业务
LAPD	D 信道链路访问规程	MOSPF	多目标广播开放最短路径优先协议
LAPM	调制解调器链路访问规程	MP	多点处理器
LATA	本地访问与传输区域	MPEG	活动图像专家组
LC	连接控制	MPEG2	活动图像专家组 2
LCA	连接控制代理	Mplane	管理平面
LCN	逻辑信道号	MPU	微处理器单元
LCP	链路控制协议	MRRC	移动无线资源控制
LCT	最后一致时间	MRTR	移动无线频率发射和接收
LD	半导体激光器	MS	移动台
LEC	本地交换运营商	MSB	最高有效位
LED	半导体发光二极管	MSC	移动交换中心
LEX	本地交换机	MSCP	移动业务控制部分

MSDP	移动业务数字部分	OSPF	开放式最短路径优先
MSF	移动服务功能	OSS	话务员服务系统
MSS	城域网交换系统	OT	开始门限
MSU	消息信号单元	OUI	机构的惟一标识符
MT	移动终端	PA	预先判优
MTA	主要贸易区	PAD	分组装拆设备
MTBSO	平均服务中断间隔时间	PAP	口令授权协议
MTP	消息传输部分	PC	个人计算机
MTTR	平均恢复时间	PC	有效负载循环冗余校验
MTTSR	平均业务恢复时间	PCI	协议控制信息
MTU	最大传输单元	PCM	脉冲编码调制
NAK	否定应答	PCS	个人计算机系统
NAP	网络接入点	PD	传播延迟
NAU	网络接入单元	PDH	准同步数字(复接)系列
NCP	网络控制协议	PDN	公共数据网
NDM	正常断开方式	PDU	协议数据单元
NEI	网络实体标识符	PHY	物理层
NIC	网络接口控制器	PI	协议标识
NIC	网络接口卡	PIC	呼叫中的点
N-ISDN	窄带综合业务数字网	PID	协议标识符
NIU	网络接口单元	PIN	光电二极管
NLPID	网络级协议标识符	PL	填充长度
NMC	网络管理中心	PL	有效负载长度
NMT	网络管理终端	PLCP	物理层会聚长度
NNI	网络-节点接口	PLP	分组层步骤
NNI	网络-网络接口	PMD	物理媒体相关子层
NPT	非分组终端	POH	路径开销
NRM	正常响应方式	POP	出现点
NSAP	网络业务访问点	POTS	简单的老式电话业务
NVT	网络虚拟终端	PP	物理平面
NW	网络层	PPP	点对点协议
OAM	运行、管理和维护	PPPoA	基于 ATM 的点对点协议
OC	光载波	PPPoE	基于以太网的点对点协议
OCDMA	光码分多址复用	PPS	路径保护倒换
OCM	始发呼叫模型	PRI	基群速率接口
ODR	光激励机和接受机	PSDN	分组交换数据网
OMAP	操作、维护和管理部分	PSK	相移链控
OS	操作系统	PSPDN	分组交换公用数据网
OS/NE	操作系统/网络元素	PSR	前时隙读
OSI/RM	开放系统互连参考模型	PSTN	公用交换电话网

PSU	峰值同时使用率	SAAL	信令 ATM 适配层
PT	净荷类型；分组终端	SACF	业务访问控制功能
PTI	净荷类型标识符	SAP	服务访问点
PVC	永久虚电路	SAPI	服务访问点标识符
PVN	专用虚拟网	SAR	分段和重装
QA	排队仲载	SAS	单连接站
QAM	正交幅度调制	SBC	子带编码
QCIF	1/4 CIF 屏格式	SD	交换延迟
QD	排队延迟	SD	开始定界符
QMF	正交镜像滤波器	SDDI	屏蔽双绞线规范
QOS	服务质量	SDF	业务数据功能
QPSK	正交相移键控	SDH	同步数字系列
QPSX	排队分组同步交换	SDLC	同步数据链路控制
R&D	研发	SDT	结构化数据传输
RACF	无线接入控制功能	SDU	业务数据单元
RAM	随机存储器	SDV	交换数字视频
RARP	逆向地址解析协议	SE	状态查询
RAS	注册/准入/状态	SEFS	严重出错组帧秒
RCF	无线控制功能	SEL	选择器
RCU	远程集中器	SH	段头
RD	路由选择域	SHR	自愈环
REQ	请求	SIP	交换多兆位数据业务接口协议
RER	漏检出错率	SIR	持续信息速率
RF	射频	SMAF	业务管理接入功能
RFC	请求注解	SMDS	交换多兆位数据业务
RFER	残余错帧率	SMF	单模光纤
RFTR	无线频率发射和接收	SMF	业务管理功能
RIP	路由信息协议	SMS	业务管理系统
RLE	可选长度编码	SMT	站管理
RNR	接收未就绪	SMTP	简单邮件传输协议
ROM	只读存储器	SN	顺序号
ROSE	远端操作服务单元	SN	业务节点
RPC	远端过程调用	SNAP	子网访问协议
RPE	等间隔脉冲激励编译码器	SNI	用户网络接口
RR	接收就绪	SNMP	简单网络管理协议
RRC	无线资源控制	SNP	顺序号保护
RSVP	资源保留协议	SNP	子网访问协议
RTCP	实时控制协议	SNR	特殊网络资源
RTF	无线终端功能	SOA	半导体光放大器
RTP	实时传输协议	SONET	同步光纤网
SA	源地址	SP	业务平面

SPE	同步有效负载包络	TE1	终端类型 1
API	后续协议标识符	TEI	终端端点标识符
SPVC	半永久虚电路	TEX	传输交换机
SRB	源路由网桥	TIMF	终端身份管理功能
SRF	特殊资源功能	TMMI	传输监视机
SRTB	源路由透明网桥	TOS	业务类型
SS	交换系统;信令系统	TPDU	运输层协议数据单元
SSCF	业务特定协调功能	TS	时隙交换机
SSCOP	业务特定面向连接的协议	TTL	生存时间
SSCP	信令连接控制部分	TU	支路单元
SSCS	业务特定会聚子层	TUG	TU 组
SSF	业务交换功能	TUP	电话用户部分
SSM	单段报文	UDP	用户数据包协议
SSP	业务交换点	UDP	用户数据报协议
SSP	业务特定部分	UDT	无结构数据传输
ST	采用带键的卡口式锁紧机构的连接器	UI	未编号信息
		UIMF	用户身份管理功能
ST	段类型;时隙类型	ULP	高层协议
STDM	统计时分复用器	UMTS	通用移动通信系统
STM	同步传输模块	UNI	用户-网络接口
STP	屏蔽双绞线	UP	用户部分
STP	信令传输点	USHR	单向自愈环
STS	同步传输信号	UTP	无屏蔽双绞线
SU	信号单元	VADSL	甚高 ADSL
SVC	交换虚电路	VBR	可变比特率
SVC	交换虚呼叫	VC	虚电路;虚信道
TA	终端适配器	VCC	虚信道连接
TACAF	终端接入控制代理功能	VCI	虚电路标识符
TACF	终端访问控制功能	VCI	虚信道标识符
TACS	全接入通信系统	VLR	拜访位置寄存器
TAG	技术特别小组	VOD	视频点播
TAT	理论到达时间	VP	虚路径
TB	透明网桥	VPC	虚路径连接
TC	终端处理器	VPI	虚路径标识符
TCAP	事务能力应用部分	VPN	虚拟专用网
TCH	业务信道	VT	虚支路
TCM	网格编码调制	WAN	广域网
TCP	传输控制协议	WARC	世界无线电行政会议
TDM	时分多路复用	WDM	波分复用技术
TDMA	时分多址		

参考文献

[1]　达新宇,等．数据通信原理与技术．北京:电子工业出版社,2003.

[2]　倪维桢,高鸿翔．数据通信原理．北京:北京邮电大学出版社,1996.

[3]　汤吉群,等．数据通信技术．北京:人民邮电出版社,1999.

[4]　乐光新,刘符,等．数据通信原理．北京:人民邮电出版社,1988.

[5]　李旭．数据通信技术教程．北京:机械工业出版社,1998.

[6]　达新宇,等．现代通信新技术．西安:西安电子科技大学出版社,2001.

[7]　马宏杰．数据通信．北京:中国铁道出版社,1995.

[8]　杜飞龙．Internet 原理与应用．北京:人民邮电出版社,1997.

[9]　汪润生,等．数据通信工程．北京:人民邮电出版社,1986.

[10]　陈德荣,等．通信新技术续篇．北京:北京邮电大学出版社,1999.

[11]　王兴亮,达新宇,等．数字通信原理与技术．西安:西安电子科技大学出版社,2000.

[12]　陈启美,李嘉．现代数据通信教程．南京:南京大学出版社,2000.

[13]　樊昌信,等．通信原理．北京:国防工业出版社,1995.

[14]　陈炽文,张建红．数字通信网．北京:清华大学出版社,1999.

[15]　王柏．智能网教程．北京:北京邮电大学出版社,2000.

[16]　林生．计算机通信与网络．北京:清华大学出版社,1998.

[17]　韩洁．计算机网络与通信．北京:北京邮电大学出版社,2002.

[18]　李昭智,等．数据通信与计算机网络．北京:电子工业出版社,2002.

[19]　毛京丽,等．数据通信原理．北京:北京邮电大学出版社,2000.

[20]　Behrouz Farouzan. Introduction to Data Communications and Networking. McGraw-Hill Companies,Inc. ,1998.

[21]　Willian Stallings. Data and Computer Communications,5th ed. Prentice Hall International,Inc. ,a Simon& Schuster Company,1997.

[22]　Henning Schulzrinne & Jonathan Rosenberg. Internet Telephony:Architecture and Protocols—an IETF Perspective. Computer Networks and ISDN Systems,1999.

[23]　Casaca A. Broadband communications. NcGraw-Hill,Inc. ,New York,1996.